敦煌吐魯番本《文選》輯校
中冊

金少華　著

目次

演連珠

【題解】

　　底卷編號為 P.2493b。P.2493 由兩件殘卷組成，《伯目》著錄云：「華文。此卷以不同之紙兩葉合成。一書陸機文殘篇，每段之首以『臣聞』二字起端；例如『臣聞圖形於影，未盡纖麗之容；察火於灰，不觀洪赫之列；……』此紙背及連接之紙，均錄佛經，當為《法華玄讚》。」[1] 伯希和已知底卷所抄為陸機文殘篇而不能比定為《文選・演連珠》，未審何故。陸翔按語云：「『圖形於影』云云係陸機《演連珠》第四十六首辭，見《昭明文選》卷五十五。」

　　《施目》著錄云：

　　P2493a 金剛般若經旨贊。
　　P2493b 文選殘卷。

1　〔法〕伯希和《巴黎圖書館敦煌寫本書目》，陸翔譯，《國立北平圖書館館刊》第 7 卷第 6 號；此據書目文獻出版社影印本第 7 冊，第 5735 頁。

說明：在今本為卷第五十五，存陸士衡演連珠四十八首，無注。
P2493v 金剛般若經旨贊。[2]

　　茲據《施目》將 P.2493 的《演連珠》部分編為 P.2493b。

　　底卷起陸機《演連珠五十首》第二首「臣聞任重於力，才盡則困」
之「盡」，至第四十九首「涸陰凝地，無累陵火之熱」之「凝」，共一
百四十六行，首行各字僅殘存左端少許筆畫，右半絕大部分整齊截
去，故歷來著錄皆一百四十五行。

　　王重民曾以為底卷與 P.2525《恩倖傳論—光武紀贊》及 P.2554《樂
府十七首—樂府八首》「筆跡相同，蓋原為一書，陳隋間寫本也」[3]。按
王氏之說不足為據。後二寫卷皆諱「虎」字，為唐初期寫本（參見相
關各篇「題解」）；而底卷於唐諱無一迴避，王重民「陳隋間寫本」之
說蓋是。

　　底卷自《演連珠》第四十三首以後，次序與傳世刻本《文選》不
同，王重民云：「意者善注此卷，採用劉孝標舊注，殆遂以劉本易昭明
舊第，此則為蕭氏舊帙故也。」[4]

　　《施目》著錄 P.2493a 及 P.2493v 皆為《金剛般若經旨贊》。按
P.2493a 長度不及 P.2493v 一半，而經文起訖則大致相當（參見《法
目》[5]）；經比勘可知 P.2493a 之贊文較 P.2493v 為簡略，而 P.2493v 與《大
正藏》本相合。又 P.2493v 二紙粘合處文字正相銜接，而 P.2493a 之末行

2　《敦煌遺書總目索引新編》，第 239-240 頁。

3　王重民《敦煌古籍敘錄》，第 316 頁。

4　王重民《敦煌古籍敘錄》，第 318 頁。

5　謝和耐、吳其昱、蘇遠鳴等《巴黎國家圖書館藏敦煌漢文寫本注記目錄》第 1 卷，第
　　317 頁。

與 P.2493b 之首行（二紙粘合處）皆殘存小半行，是 P.2493a 之抄寫時間確在 P.2493v 之前。P.2493v 有硃筆分段符號，凡經文用「コ」、贊文用「ム」標示，P.2493a 則無，P.2493a 蓋非定本（參見《補亡詩—上責躬應詔詩表》「題解」）。

　　王重民《敦煌古籍敍錄》（簡稱「王重民」）、羅國威《敦煌本〈昭明文選〉研究》（簡稱「羅國威」）都曾對底卷作過校勘。

　　今據 IDP（國際敦煌項目）網站的彩色照片錄文，以胡刻本《文選》為校本，校錄於後。

（前缺）

▨▨▨▨（盡則困）[1]；▨▨▨▨▨（用廣其器，應）博則凶。是以物稱權而衡殆[2]，形過鏡則照窮。故明[3]主程才以効業，貞臣底力而辝豐[4]。

　　臣聞髦俊之才，世所希乏；丘園之秀，因時則揚。是以大人基命，不擢才於后土；明主聿興，不降佐於昊倉[5]。

　　臣聞世之所遺，未為非寶；主之所珎[6]，不必適治。是以俊乂之藪，希蒙翹車之招；金碧之巖，必辱鳳舉之使。

　　臣聞祿放於寵，非隆家之舉；官私於親，非興邦之選。是以三卿世及，東國多衰弊之政；五侯並軌，西京有陵夷之運。

　　臣聞靈暉[7]朝覿，稱物納照；時風夕泛[8]，程形賦音。是以至道之行，万[9]類取足於世；大化既洽，百姓無貳於心。

　　臣聞頓網探淵，不能招龍；振綱羅雲，不必招鳳。是以巢其之夋[10]，不眄丘園之弊[11]；洗渭之民，不發傅巖之夢。

　　臣聞鑑之積也無厚，而照有重淵之深；目之察也有畔，而眡周天壤之際。何則？應事以精不以形，造物以神不以器。是以万邦凱樂，

非悅鍾皷[12]之娛；天下歸仁，非感玉帛之惠。

　　臣聞積實雖微，必動於物；崇虛雖廣，不能移心。是以都人冶容，不悅西施之景[13]；乘馬班如，不輟太山之陰。

　　臣聞應物有方，居難則易；藏器在身，所乏者時。是以充堂之芳，非幽蘭所歎[14]；繞樑之音，乃繁弦所思[15]。

　　臣聞知周通塞[16]，不為時窮；才經夷險，不為勢屈[17]。是以陵颸[18]之羽，不求反風；曜夜之月，不思倒日[19]。

　　臣聞忠臣率志，不謀其報；貞士發憤，期在明賢。是以柳莊黜擯[20]，非貪瓜衍之賞；禽息碎首，豈要先茅之田？

　　臣聞利眼臨雲，不能垂照；朗璞蒙垢，不能吐暉。是以明哲之君，時有蔽壅之累；俊乂之臣，屢抱後時之悲。

　　臣聞郁烈之芳，出於委灰；繁會之音，生於絕弦。是以貞女要名於沒世，烈士赴節於當年。

　　臣聞良宰謀朝，不必借威；貞臣衛主，脩身則足。是以三晉之強，屈於齊堂之俎；千乘之勢，弱於揚門之哭[21]。

　　臣聞赴曲之音，洪細入韻；蹈節之容，俯仰依詠。是以言苟適事，精麁[22]可施；士苟適道，脩短[23]可命。

　　臣聞因雲灑潤，則芳[24]澤易流；乘風載響，則音徽自遠。是以德教俟物而濟，榮名緣時而顯。

　　臣聞覽景耦質[25]，不能解獨；指迹慕遠，無救於遲[26]。是以脩虛器[27]者非應物之具，翫空言者非致治之機。

　　臣聞鑽燧出火[28]，以續暘谷[29]之晷；揮翮生風，而継[30]飛廉之功。是以物有微而毗著，事有璅[31]而助洪。

　　臣聞春風朝煦，蕭艾蒙其溫；秋霜霄隊[32]，芝蕙被其涼[33]。是故威以齊物為肅，德以普濟為弘。

臣聞巧盡於器，習數則興[34]；道繫於神，人亡則滅。是以輪匠肆目，不乏奚仲之妙；瞽史[35]清耳，而無泠倫[36]之察。

臣聞性之所期，貴賤同量；理之所極，卑高一歸。是以準月稟水[37]，不能加涼；晞日引火，不必增暉。

臣聞絕節高唱，非凡耳所悲；肆義芳訊，非庸聽所善。是以南荊有寡和之歌，東野有〔不〕[38]釋之辯。

臣聞尋煙染芬，薰息猶芳；徵音錄響，操終則絕。何則？垂於世者可継，止乎身者難結。是以玄晏之風恒存，而動神之言已滅[39]。

臣聞託闇藏形，不為巧密；倚知隱情[40]，不足自匿。是以重光發藻，尋虛捕影；大人貞觀，探心照忒[41]。

臣聞披雲看霄則天文清，澄風觀水則川流平。是以四族放而唐劭，二臣誅而楚寧。

臣聞音以比耳為美，色以悅目為歡。是以眾聽所傾，非假《北里》[42]之操；万夫婉孌，非俟西子之顏。故聖人隨世以擢佐，明主因時而命官。

臣聞出乎身者，非假物所隆；牽乎時者，非剋[43]己所勗。是以利盡万物，不能叡僮昏[44]之心；德表生民，不能救栖徨[45]之辱。

臣聞動循定檢，天有可察；應無常節，身或難照。是以望景揆日，盈數可期；撫臆論心，有時而謬。

臣聞傾耳求音，眠優聽苦；澄心殉[46]物，形逸神勞。是以天殊其數，雖同方不能分其感；理塞其通，則並質不能共其休。

臣聞遁[47]世之士，非受瓝[48]瓜之性；幽居之女，非無懷春之情。是以名勝欲故耦影之操矜[49]，窮愈達故陵霄之節厲。

臣聞聽極於音，不慕鈞天之樂；身足於蔭，無假垂天之雲。是以蒲密之黎[50]，遺時雍之世；豐沛之士，忘桓撥之君。

臣聞飛蠻西頓，則離朱与[51]矇瞍收察；懸景東隤[52]，則夜光与碔砆[53]匿曜。是以才換世則俱困，功耦時而並劭。

臣聞示應於近，遠有可察；託驗於顯，微或可包。是以寸管下傃，天地不能以氣欺；尺表逆立，日月不能以形逃。

臣聞弦有常音，故曲終則改；鏡無畜景，故觸形則照。是以虛己應物，必究千變之容；挾情適事，不觀万殊之妙。

臣聞枂梧稀聲[54]，以諧金石之和；鼖鼓疎擊，以節繁弦之契。是以經治必宣其通，圖物恒審其會。

臣聞目無嘗音之察，耳無照景之神。故在乎我者不殊之於己[55]，存乎物者不求備於人[56]。

臣聞放身而居，體逸則安[57]；肆口而食，屬猒則充[58]。是以王鮪登俎，不假吞波之魚；蘭膏停室，不思銜燭之龍。

臣聞衢[59]波安流，則龍舟不能以漂；震風洞發，〔則〕[60]夏屋有時而傾。何則？牽乎動則靜凝，係乎靜則動貞。是以淫風大行，貞女蒙冶容之悔；淳化殷流，盜跖挾曾史之情。

臣聞達之所服，貴有或遺；窮之所接，賤而必尋。是以江漢之君，悲其隊屨；少原之婦，哭其亡簪。

臣聞觸非其類，雖疾弗應；感以其方，雖微則順。是以商颷漂山，不興盈尺之雲；谷風乘條，必降弥[61]天之潤。故闇[62]於治者唱繁而和寡，審乎物者力約而功峻。

臣聞烟[63]出於火，非火之和；情出於性[64]，非性之適。故火壯則烟微，性充則〔情〕[65]約。是以殷墟有感物之悲，周京無佇立之跡[66]。

臣聞適物之技，俯仰殊用[67]；應事之器，通塞異任。是以鳥栖雲而繳飛，魚藏淵而網沉[68]；賁鼓密而含響，朗笛疎而吐音。

　　臣聞足於性者天損不能入〔69〕，貞於期者時累不能淫。是以迅風陵雨，不謬晨禽之察；勁陰煞〔70〕節，不彫寒木之心〔71〕。

　　臣聞理之所守，勢所常奪；道之所閉，權所必開。是以生重於利，故據圖無揮劍之痛；義貴於▨（身），故臨□（川）有投迹之哀。

　　臣聞圖形▨▨▨（於影，未）盡▨（纖）麗之容；察火於灰，不覩洪赫▨▨▨（之烈。是）以問道存乎其人，觀物必造其質。

　　臣聞通於變者用約而利博，明其要▨（者）器淺而應玄。是以天地之賾該於六位，万殊之曲窮於五弦。

　　臣聞情見於物，雖遠猶踈；▨（神）藏於形，雖近則密。是以儀天步晷，〔而〕〔72〕脩短可量；臨淵揆水，而淺深▨（難）察。

　　臣聞虐▨▨▨□□□□□□▨▨▨（暑熏天，不減堅冰之寒；涸陰凝）

（後缺）

【校記】

〔1〕　盡則困　「盡」字底卷殘存左端少許筆畫，「則」字殘存左半，「困」字殘存左端一豎畫，茲皆據胡刻本校補。以下凡殘字、缺字據胡刻本補出者不復一一注明。

〔2〕　物稱權而衡殆　胡刻本「稱」作「勝」。王重民云：「李善注曰『勝或為稱』，則此卷與善所見或本合。意者善注此卷，採用劉孝標舊注，殆遂以劉本易昭明舊第，而又校其異文以入注？然則善所稱或本，其即蕭統原書耶？故能與此本相同。」李梅《敦煌吐魯番寫本〈文選〉研究》云：「『稱』『勝』詞義有相通之

處，均有權衡、比較的意思。」[6]

〔3〕　明　胡刻本作「明」。「明」「明」古異體字。下凡「明」字同。

〔4〕　貞臣底力而辝豐　胡刻本「辝」作「辭」。《說文·辛部》：「辝，不受也。从辛，从受。辤，籀文辝从台。」「辭，訟也。」是「辝」本字，「辭」假借字。唯後世「辝讓」「辝說」字並皆作「辭」，一般不加區分。

〔5〕　倉　胡刻本作「蒼」。「倉」字六臣本同，校語云「善本作蒼」。「倉」「蒼」古今字。

〔6〕　珎　胡刻本作「珍」。「珎」為「珍」之俗字，說見《玉篇·玉部》[7]。

〔7〕　暉　胡刻本作「輝」。「暉」字《藝文類聚》卷五七《雜文部三》引陸機《演連珠》同[8]。「輝」為「暉」之後起換旁字。下凡「暉」字同。

〔8〕　時風夕泛　胡刻本「泛」作「灑」。李善注云：「《淮南子》曰：猶條風之時灑。許慎曰：灑，猶汎也。」羅國威云：「《說文·水部》：『灑，汎也。』與《淮南子》許注合。而『汎』與『汎』形近，『汎』乃『泛』之別體。（《演連珠》）此字原當作『泛』，由『泛』而書別體『汎』，繼而訛『汎』，進而訛與『汎』義近之『灑』。李善注引《淮南子》作『灑』，是唐初此字已訛『灑』，敦煌本作『泛』，可正千古之誤。」按胡刻本卷二四張華《答何劭》詩「穆如灑清風」句李注亦引《淮南子》「猶條風之時灑」，

6　浙江大學 2003 年碩士學位論文，第 11 頁。

7　《宋本玉篇》，第 17 頁。

8　歐陽詢《藝文類聚》，第 1037 頁。以下凡引《藝文類聚》所載陸機《演連珠》，不復一一出注。

蓋風之言「灑」乃習語，「泛風」則不辭。五臣本、《藝文類聚》
並作「灑」，五臣李周翰注云：「灑，猶散也。」羅氏之說殊嫌
迂曲，不可遵從。

〔9〕　万　胡刻本作「萬」。《玉篇・方部》：「万，俗萬字。十千也。」[9]
下凡「万」字同。

〔10〕　是以巢萁之㚟　胡刻本「萁」作「箕」，「㚟」作「叟」。箕山字
古籍通作「箕」，而敦煌吐魯番寫本⺮、艹二旁混用，此「萁」
當是「箕」字俗寫。《五經文字・又部》：「㚟叟，上《說文》，
從𡦼下又；下經典相承隸省。凡字從叟者放此。」[10]

〔11〕　丘園之弊胡刻本「弊」作「幣」。五臣本作「幣」，張銑注云：
「幣，帛也。」此句李善無注，上文第三首（臣聞髦俊之才）「丘
園之秀」李注云：「《周易》曰：六五，賁于丘園，束帛戔戔。
王肅曰：失位無應，隱處丘園。蓋象衡門之人道德彌明，必有
束帛之聘。戔戔，委積之貌也。」所引《周易・賁卦》爻辭即此
「丘園之幣」之所本，胡刻本「幣」字是也。唯古籍多以「弊」
字為「幣」，參見王念孫《讀書雜誌・史記第六》「幣」條[11]。

〔12〕　皷　胡刻本作「鼓」。「皷」為「鼓」之俗字，說見張涌泉師《敦
煌俗字研究》[12]。下凡「皷」字同。

〔13〕　景　胡刻本作「影」。「景」字六臣本同，校語云「善本作影
字」。「景」「影」古今字。下凡「景」「影」之別不復出校。

〔14〕　非幽蘭所歎　胡刻本「歎」作「難」。王重民云：「『歎』『思』

9　　《宋本玉篇》，第342頁。

10　《叢書集成初編》本，第69頁。

11　王念孫《讀書雜誌》，第166頁。

12　張涌泉《敦煌俗字研究》（第二版），第928頁。

對文，『難』字當誤。」

〔15〕 乃縈弦所思　胡刻本「乃」作「實」，「弦」作「絃」。《說文》
無「絃」字，「絃」為「弦」之後起別體。下凡「弦」「絃」之
別不復出校。

〔16〕 知周通塞　胡刻本「知」作「智」。「知」「智」古今字。

〔17〕 不為勢屈　胡刻本「勢」作「世」。王重民云：「今本『勢』誤
作『世』。」按《藝文類聚》正作「勢」，與底卷合。

〔18〕 陵飍　胡刻本作「凌飇」。《說文・夊部》：「夌，越也。」段玉
裁注云：「凡夌越字當作此，今字或作『淩』，或作『凌』，而
『夌』廢矣。今字概作『陵』矣。」[13] 下凡「凌」「陵」之別不
復出。「飍」為「飄」之俗字，說見《龍龕手鏡》風部平聲 [14]。
飍為迴風，飇為扶搖風，此作「飍」「飇」均無不可。

〔19〕 曜夜之月不思倒日　胡刻本「曜」作「耀」，「月」作「目」。「曜」
「耀」皆《說文・火部》「燿」之異體，說見徐灝《說文解字注
箋》[15]。下凡「曜」字同。羅國威云：「按文意，以作『月』是，
各本作『目』誤。」按劉峻注云：「鳶鵲能飛，不假風力；鴟鵂
夜見，豈藉還曜？此與聖人通塞而不窮，夷險而不屈，何以異
哉！」五臣李周翰注云：「曜夜之目，謂能夜視也。言有陵飇之
翮者不求反風之力也，夜見於物者不思迴日為明。」皆深契陸機
此文之旨，底卷「月」為「目」之形訛字，羅氏之說非也。《藝
文類聚》亦作「目」。

〔20〕 柳莊黜擯　胡刻本「擯」作「殯」。「擯」「殯」同源，說見王

13　段玉裁《說文解字注》，第 232 頁。

14　釋行均《龍龕手鏡》，第 125 頁。

15　《續修四庫全書》第 226 冊，第 321 頁。

力《同源字典》[16]。李善注云：「《韓詩外傳》曰：昔衞大夫史魚病且死，謂其子曰：我數言蘧伯玉之賢而不能進，彌子瑕不肖而不能退，死不當居喪正堂，殯我於室足矣。衞君問其故，子以父言聞於君，乃召蘧伯玉而貴之，彌子瑕退之，徙殯於正堂，成禮而後去。可謂生以身諫，死以尸諫。然經籍唯有史魚黜殯，非是柳莊，豈為書典散亡，而或陸氏謬也。」底卷「擯」為「殯」之假借字。

〔21〕 弱於揚門之哭　胡刻本「揚」作「陽」。「揚」字六臣本同，校語云「善本作陽字」。李善注引《禮記》云：「晉人之覘宋者反報於晉侯曰：陽門之介夫死，而子罕哭之哀，而人說，殆不可伐也。孔子聞之，曰：善哉覘國乎。」宋國睢陽正東門名揚門，見昭公二十一年《左傳》杜預注[17]。唯李注所引《禮記》「陽門」與傳本《檀弓下》相同[18]，李善注本《演連珠》正文「陽」字疑涉注文而改，「陽」「揚」未必為李善、五臣之異。

〔22〕 精麤　胡刻本作「精麤」。「麤」為「麤」之俗字，考詳《敦煌俗字研究》[19]。

〔23〕 脩短　胡刻本作「修短」。《說文·肉部》：「脩，脯也。」彡部：「修，飾也。」二字古多通用，此處當以作「脩」為正字。

〔24〕 芳　胡刻本作「芬」。「芳」字《藝文類聚》同，五臣本則作「芬」。「芬」「芳」同義。

16　王力《同源字典》，第540頁。

17　《十三經注疏》，第2098頁。按傳本《左傳》正文及杜注並作「楊門」，阮元《春秋左氏傳校勘記》云：「石經、宋本、宋殘本、淳熙本、岳本、足利本『楊』作『揚』，是也。注同。」（《清經解》第5冊，第892頁）

18　《十三經注疏》，第1315頁。

19　張涌泉《敦煌俗字研究》（第二版），第921頁。

〔25〕 覽景偶質　胡刻本「耦」作「偶」。羅國威云：「『耦』與『偶』通。」按對偶本字當作「耦」，「偶」為通行假借字，說見《說文・耒部》「耦」篆段注[20]。

〔26〕 遟　胡刻本作「遲」。「遟」小篆隸定字，「遲」籀文隸定字，「遟」則後出俗字。

〔27〕 脩虛器　胡刻本「脩」作「循」。王重民云：「今本『修』誤作『循』。『修虛器』與下文『翫空言』對文，若作『循』，則不對矣。」

〔28〕 出火　胡刻本作「吐火」。

〔29〕 暘谷　胡刻本作「湯谷」。「暘谷」二字六臣本同，校語云「善本作湯谷」。古籍或作「湯谷」，或作「暘谷」，或作「陽谷」，皆同。

〔30〕 継　胡刻本作「繼」。「継」為「繼」之俗字，說見《玉篇・糸部》[21]。下凡「継」字同。

〔31〕 璅　胡刻本作「瑣」。羅國威云：「『璅』乃別體。」按「璅」為「瑣」之俗字，說見《敦煌俗字研究》[22]。

〔32〕 霄隊　胡刻本作「宵墜」。《說文・雨部》：「霄，雨霰為霄。」宀部：「宵，夜也。」二字義各不同而古多通用。此與「朝」對文，則「宵」本字，「霄」假借字。「隊」「墜」古今字。下凡「隊」字同。

〔33〕 凉　胡刻本作「涼」。《玉篇・冫部》：「凉，俗涼字。」[23]

20　段玉裁《說文解字注》，第184頁。

21　《宋本玉篇》，第493頁。

22　張涌泉《敦煌俗字研究》（第二版），第465頁。

23　《宋本玉篇》，第364頁。

〔34〕 習數則興　胡刻本「興」作「貫」。六臣本作「慣」，校語云「善本作貫字」，五臣李周翰注云：「慣，猶善也。」按《說文・手部》：「摜，習也。」段注云：「此與辵部『遺』音義皆同。古多叚『貫』為之。」[24]後世通作「慣」。《演連珠》此句當作「貫」，承上「習數」而言，底卷「興」為訛字。

〔35〕 瞽史　胡刻本作「瞽叟」。胡克家《文選考異》云：「袁本、茶陵本『叟』作『史』。案：此尤誤改也。」王重民云：「今本『史』誤作『叟』，《考異》是也。」

〔36〕 泠倫　胡刻本作「伶倫」。李梅《敦煌吐魯番寫本〈文選〉研究》云：「考《左傳・成公九年》：『召而弔之，再拜稽首，問其族，對曰：泠人也。』注：『泠人，樂官。』孔穎達疏：『《呂氏春秋》稱黃帝使泠倫自大夏之西，崑崙之陰，取竹斷兩節而吹之，以為黃鍾之宮。』據此，應據寫本作『泠倫』，傳世刻本『泠』字因『倫』字而類化作單人旁。」[25]按《五經文字・水部》：「泠，歷丁反，樂官。或作伶，訛。伶音來定反。」[26]胡刻本卷四六王融《三月三日曲水詩序》「追伶倫於嶰谷」，P.2542寫卷亦作「泠倫」，與底卷相同。

〔37〕 準月稟水　胡刻本「準」作「准」。依準字今本《說文》從水作「準」，但古本似有從氵作「準」者；而「准」蓋「準」字隸變之訛，考詳《敦煌俗字研究》[27]。

〔38〕 不　底卷原脫，茲據胡刻本補。

24　段玉裁《說文解字注》，第601頁。

25　浙江大學2003年碩士學位論文，第9頁。

26　《叢書集成初編》本，第57頁。

27　張涌泉《敦煌俗字研究》（第二版），第541頁。

〔39〕 而動神之言已滅　胡刻本無「而」字，「言」作「化」。王重民
云：「今本脫『而』字。」李梅《敦煌吐魯番寫本〈文選〉研究》
云：「尤刻本李善注曰：『倪惠以堅白為辭，故其辯難繼。』以
『辭』『辯』注『言』，則作『言』為是。又李善注引曹植《魏
德論》：『玄晏之化，豐洽之政。』此釋『玄晏』，各本正文『化』
字或係涉李注而訛。」[28]

〔40〕 倚知隱情　胡刻本「知」作「智」。「知」「智」古今字。

〔41〕 探心照忒　胡刻本「照」作「昭」。「昭」「照」古今字。

〔42〕 北里　胡刻本作「百里」。胡克家《文選考異》云：「五臣『百』
作『北』，袁、茶陵二本校語云『善作百』『五臣作北』。百里
不可通，此必有誤，疑『里』當作『牙』。劉及善無注，以『百
牙』自不煩注耳。」王重民云：「今本『北』誤作『百』。『北里』
亦何煩注，自是刻本之誤。」李梅《敦煌吐魯番寫本〈文選〉研
究》云：「胡氏的懷疑有道理，然結論有誤。敦煌本作『北里』
為是。『北里』為古舞曲名，《史記·殷本紀》：『於是使師涓作
新淫聲，《北里》之舞，靡靡之樂。』曹植《七啟》：『亦將有才
人妙妓，遺世越俗。揚《北里》之流聲，紹《陽阿》之妙曲。』
成公子安《嘯賦》：『收激楚之哀荒，節《北里》之奢淫。』『百
里』當是音近之誤。」[29]

〔43〕 剋　胡刻本作「克」。《說文·克部》「克」篆段注云：「俗作
剋。」[30]

〔44〕 僮昏　胡刻本作「童昏」。《廣雅·釋詁三》：「僮，癡也。」王

28　浙江大學 2003 年碩士學位論文，第 12 頁。按「倪惠」云云為劉峻注。

29　浙江大學 2003 年碩士學位論文，第 12 頁。

30　段玉裁《說文解字注》，第 320 頁。

念孫疏證：「『童』與『僮』通。」[31] 按「童」「僮」古今字。「昬」
「昏」異體字。

〔45〕栖徨　胡刻本作「棲遑」。「栖」為「棲」之俗字，考詳《敦煌
俗字研究》[32]。「徨」「遑」皆「皇」之後起增旁俗字。

〔46〕殉　胡刻本作「徇」。羅國威云：「『徇』與『殉』通。」

〔47〕遁　胡刻本作「遯」。「遁」字五臣本同。羅國威云：「『遯』乃
別體。」按《說文・辵部》：「遯，逃也。」同部：「遁，遷也。
一曰逃也。」「遯」「遁」音義皆同，實為一字，說詳楊樹達《積
微居小學述林》卷四《造字時有通借證》[33]。

〔48〕瓟　胡刻本作「匏」。「瓟」為「匏」之後起別體，《集韻・爻
韻》：「匏，《說文》：『瓠也。从包，取其可包藏物。』或从瓜。」[34]
所謂「或从瓜」者，即「瓟」字也。

〔49〕矜　胡刻本作「矝」。古籍凡「矝」字皆「矜」之訛，說詳《說
文・矛部》「矜」篆段玉裁注[35]。

〔50〕是以蒲密之棃　胡刻本「棃」作「黎」。此「棃」為「黎」之假
借字，例見朱駿聲《說文通訓定聲》「棃」篆下[36]。

〔51〕与　胡刻本作「與」。「与」「與」二字古混用無別，敦煌吐魯
番寫本往往用「与」字，後世刊本則多改作「與」。下凡「与」
字同。

31　王念孫《廣雅疏證》，第80頁。

32　張涌泉《敦煌俗字研究》（第二版），第480頁。

33　楊樹達《積微居小學述林》，第101頁。

34　《宋刻集韻》，第55頁。

35　段玉裁《說文解字注》，第720頁。

36　朱駿聲《說文通訓定聲》，第588頁。

〔52〕 懸景東隤　胡刻本「隤」作「秀」。李善注云：「飛轡、懸景，
皆謂日也。西頓，謂已夕也。東秀，謂旦明也。《廣雅》曰：
秀，出也。《大戴禮》云：日歸于西，起明于東。月歸于東，起
明于西。」不過若據底卷作「隤」，則「懸景」謂月，「懸景東隤」
即上引《大戴禮》「月歸于東」之意。後世多以《說文》「穨」
之變體「頽」為「隤」字異體，而「頽」之俗字或作「頺」，然
則「隤」「秀」之異，殆以「頽」為中介。

〔53〕 碔砆　胡刻本作「武夫」。六臣本作「珷玞」，校語云「善本作
武夫」。「珷玞」「碔砆」皆「武夫」之後起增旁字。

〔54〕 柷梧稀聲　胡刻本「梧」作「敔」，「稀」作「希」。《周禮·春
官·大司樂職》鄭玄注引《虞書》云「合止柷敔」，陸德明《經
典釋文》：「敔，本又作梧。」[37] 陸氏所見或本與底卷相合。孫詒
讓《周禮正義》云：「『梧』即『敔』之借字。」[38]《說文·禾部》：
「稀，疏也。从禾，希聲。」徐鍇注云：「當言『從禾、爻、
巾』，無『聲』字，後人加之。爻者希疏之義，與爽同意；巾亦
是其希象。至『莃』與『晞』皆從稀省，何以知之？《說文》
巾部、爻部竝無『希』字，以是知之。」[39] 段玉裁注云：「許書
無『希』字，而希聲字多有，與由聲字正同，不得云無『希』
字、『由』字也。許時奪之，今不得其說解耳。」[40] 按出土秦漢
文字有「希」字，段說可從，「希」「稀」當是古今字。古籍多

---

37 陸德明《經典釋文》，第 121 頁。

38 孫詒讓《周禮正義》，第 1737 頁。

39 徐鍇《說文解字繫傳》，第 141 頁。

40 段玉裁《說文解字注》，第 321 頁。

作「希」，《集韻・微韻》：「稀，《說文》：『疏也。』通作希。」[41]

〔55〕　在乎我者不殊之於己　胡刻本「殊」作「誅」。羅國威云：「此章的意思是說，目不堪聽，耳不堪視，這一點我與他人無異。因之，作『殊』是，各本作『誅』誤。」按羅說非也。劉峻注云：「言為政之道恕己及物也。耳目在身，施之異務，不以通塞之故而誅之於己，是以存乎物者豈求其備哉？」「誅」與下句「求」對文同義，作「殊」則不倫。五臣本亦作「誅」，底卷「殊」則與《藝文類聚》相同，皆「誅」之形訛字。

〔56〕　存乎物者不求俻於人　胡刻本「俻」作「備」。「俻」為「備」之俗字，《干祿字書・去聲》：「俻俻備，上俗中通下正。」[42]「人」底卷原作「一人」。羅國威云：「此句是用《論語・微子》『無求備於一人』之成句，敦煌本有『一』是，各本脫『一』誤。」按「不求備於人」與「不誅之於己」儷偶，「一」字蓋涉《論語》成句而衍，茲據胡刻本刪。《藝文類聚》亦無「一」字。

〔57〕　軆逸則安　胡刻本「軆」作「體」。《玉篇・身部》：「躰軆，並俗體字。」[43]

〔58〕　屬猒則充　胡刻本「猒」作「厭」。羅國威云：「『猒』與『厭』通。」按《說文・甘部》「猒」篆段注云：「『猒』『厭』古今字。」[44]

〔59〕　衝　胡刻本作「衝」。《說文》正篆作「衝」，邵瑛《說文解字羣

41　《宋刻集韻》，第18頁。

42　施安昌《顏真卿書干祿字書》，第46頁。

43　《宋本玉篇》，第63頁。

44　段玉裁《說文解字注》，第202頁。

經正字》云：「今經典作『衝』。」⁴⁵

〔60〕 則　底卷原脫，茲據胡刻本補。

〔61〕 弥　胡刻本作「彌」。「弥」為「彌」之俗字，敦煌吐魯番寫本
大多作「弥」。

〔62〕 闇　胡刻本作「暗」。「闇」字五臣本、《藝文類聚》同。羅國威
云：「『闇』與『暗』通。」

〔63〕 烟　胡刻本作「煙」。《說文・火部》：「煙，火气也。从火，垔
聲。烟，或从因。」下凡「烟」字同。

〔64〕 情出於性　胡刻本「出」作「生」。五臣本作「生」，李周翰注
云：「夫煙能生火，性能生欲，火盛則煙滅，欲深則性亡。」底
卷「出」字與上句「烟出於火」重複，疑為訛字。

〔65〕 情　底卷原脫，茲據胡刻本補。

〔66〕 無佇立之跡　「跡」底卷原作「疏」，為「疏」字俗寫。此作
「疏」不辭，當是「跡」之形訛字，茲據胡刻本改正。五臣本亦
作「跡」。

〔67〕 俯仰殊用　胡刻本「殊」作「異」。下句云「通塞異任」，此似
宜避複變文作「殊」。

〔68〕 沉　胡刻本作「沈」。「沉」為「沈」之俗字，說見《玉篇・水
部》⁴⁶。

〔69〕 臣聞足於性者天損不能入　底卷此為《演連珠五十首》第四十
四首，胡刻本列為第五十首。王重民云：「自第四十三首以後，
次序與今本不同。卷子本第四十四首，為今本第五十，四十五

45　《續修四庫全書》第 211 冊，第 66 頁。

46　《宋本玉篇》，第 347 頁。

為今本四十四，四十六兩本同，四十七為今本四十五，四十八
為四十七，四十九為四十八，五十為四十九。蓋今本亦遵劉（孝
標）本，劉本非昭明原書，此則蕭氏舊帙故也。」按五臣本次序
合於胡刻本，唯第四十五、四十六兩首互易。不過若將此第四
十四首移為最後一首，則底卷次序恰與五臣本完全相同。

〔70〕　煞　胡刻本作「殺」。羅國威云：「『煞』與『殺』通。」按《干
　　　　祿字書・入聲》：「煞殺，上俗下正。」[47]

〔71〕　不彫寒木之心　胡刻本「彫」作「凋」。「凋」本字，「彫」假借
　　　　字。徐灝《說文解字注箋》「凋」篆下云：「霜雪至而艸木凋，
　　　　故从仌。通作彫、雕。」[48]

〔72〕　而　底卷原脫，茲據胡刻本補。

47　施安昌《顏真卿書干祿字書》，第60頁。
48　《續修四庫全書》第226冊，第462頁。

汧馬督誄

【題解】

底卷編號為 Дх.10810（底一）＋Дх.18967（底二），《俄藏》皆未能比定其名。

底一起潘岳《汧馬督誄》「守不乏械，歷有鳴駒」之「歷」，至篇末「嗚呼哀哉」句，共十九行，唯第八至十一共四行完整，其餘諸行上截殘泐，首行下截亦殘，僅存的「歷有鳴」三字又皆有殘損。

底二僅存兩上半行共九字，實為從底一脱落之碎片，正可綴接於底一第六、七兩行上端，兩卷拼合後共計六行完整。行有界欄，行款疏朗，書法工整。底二「世」字不諱，蓋先唐寫本。

今據《俄藏》錄文，以胡刻本《文選》為校本，校錄於後。

（前缺）

▨▨▨▨（歷有鳴）[1] ▨▨　▨▨▨（列）▨（將）[2]，覆軍喪器。戎釋我徒，顯▨（誅）□□□（我帥。以）生易死，疇克不二？

聖朝西顧[3]，開[4]右震□□□（惶。分我）汧庾，化為寇粮[5]。實賴夫子，思薔弥[6]□□□▨（長。咸使有）勇，致命知方。

　　我雖末學，聞之前典。十世有能[7]，表墓旌善。思人愛樹，甘棠不翦。矧乃▨▨（吾子）[8]，▨（功）深疑淺。兩造未具，儲隸蓋尠[9]。孰是勳▨（庸），而不獲免？禍哉部司[10]，其心反側。斲[11]善害能，醜正惡直。牧人逺蚍[12]，自公退食。閒[13]穢鷹▨▨（揚，曾）不戢翼。忘尒大勞，猜尒小利[14]。苟莫懷仁[15]，于何不至？慨慨馬生，磈磈[16]高致。發憤圖圖，沒▨□□□▨（而猶眠。嗚呼）哀哉！

　　安平出奇，破齊克完[17]。張□□□▨▨（孟運籌，危趙）獲安。汧人賴子，猶彼談單。□□□□（如何含嫉），搖之筆端？傾倉可賞，矧云私粟？□□□□▨（狄隸可頌，況）曰家僕？剝子雙龜，貫以三木。□□□□□□▨（功存汧城，身死汧）獄。凡尒同圉[18]，心焉摧剝。扶□□□□□□▨（老攜幼，街號巷哭。嗚）呼哀哉！

　　明明天子，旌＿＿▨（其）[19]門。司勳班爵[20]，亦兆＿＿▨（魂）[21]。嗚呼哀哉！

【校記】

〔1〕　歷有鳴　「歷」字底一殘損右上角少許筆畫，「有」字殘損右下角少許筆畫，「鳴」字殘存左上角「口」，茲皆據胡刻本校補。以下凡殘字、缺字據胡刻本補出者不復一一注明。

〔2〕　列將　「列」字底一殘存左半「歹」，胡刻本作「烈」。胡克家《文選考異》云：「何校『烈』改『列』，陳同，各本皆非。」按五臣呂延濟注云：「烈將，喪敗者眾也。」所注實為「列將」。《文選集注》正作「列」，茲據補。自前行「鳴」至此底一殘泐，胡刻本作「駒哀哀建威身伏斧質悠悠」。

〔3〕　顧　胡刻本作「顧」。「顧」為「顧」之俗字，說見《玉篇・頁部》[1]。

〔4〕　開　胡刻本作「關」。《干祿字書・平聲》：「開關，上俗下正。」[2]

〔5〕　粮　胡刻本作「糧」。「粮」為「糧」之後起換旁俗字，《五經文字・米部》：「糧，作粮訛。」[3]

〔6〕　弥　胡刻本作「彌」。「弥」為「彌」之俗字，敦煌吐魯番寫本大多作「弥」。

〔7〕　聞之前典十世有能　「典十世有能」五字為底二之文，胡刻本「有」作「宥」。按李善注引襄公二十一年《左傳》云「猶將十世宥之，以勸能者」，「宥」字是也。《文選集注》亦作「宥」，所載《鈔》曰：「宥，謂赦宥也。」底二「有」當是壞字。

〔8〕　矧乃吾子　此四字為底二之文，「吾」字殘存右半，「子」字殘存右上角。

〔9〕　勘　胡刻本作「鮮」。「勘」字六臣本同，校語云「善本作鮮字」。《說文・是部》：「尟，是少也。」段注云：「勘者尟之俗。」[4]「尟」字經典罕見，通作「鮮」，故《廣韻・獮韻》云：「鮮，少也。勘，俗。」[5]慧琳《一切經音義》卷二九《金光明最勝王經》第十卷音義「勘智」條云：「俗字也，正作鮮。《玉篇》云：鮮，少也，寡也。從甚、少，俗意。」[6]《文選集注》據李善注本作

1　《宋本玉篇》，第75頁。

2　施安昌《顏真卿書干祿字書》，第24頁。

3　《叢書集成初編》本，第10頁。

4　段玉裁《說文解字注》，第69頁。

5　《宋本廣韻》，第270頁。

6　徐時儀《一切經音義三種校本合刊》，第1023頁。

「勘」，胡刻本「鮮」字當是後人所改，非李善、五臣之異。

〔10〕 禍哉部司　胡刻本「禍」作「猾」。《文選集注》作「猾」，所載
《鈔》曰：「猾，狡猾也。」《音決》：「猾，胡八反。」五臣呂延
濟注云：「猾，乱也。」「禍哉部司」不辭，底一「禍」當是誤字。

〔11〕 斳　胡刻本作「斲」。「斳」字《文選集注》同，「斳」「斲」皆
「斷」之俗字，參見張涌泉師《敦煌俗字研究》及《正字通・斤
部》[7]。

〔12〕 逶虵　胡刻本作「逶迤」。《文選集注》據李善注本作「逶迤」，
所載《鈔》曰：「逶虵，委曲自得之皃。」適與底一合。聯綿詞
無定字，作「逶虵」「逶迤（迆）」均可。

〔13〕 聞　底一原誤作「開」，茲據胡刻本改正。五臣本、《文選集注》
並作「聞」。

〔14〕 忘尒大勞猜尒小利　胡刻本「尒」「尒」二字皆作「爾」。「尒」
為「尒」手寫變體；《說文》「尒」「爾」字別，但從古代文獻的
實際使用情況來看，二字多混用不分，說見《敦煌俗字研究》[8]。
下凡「尒」字同。

〔15〕 懷仁　胡刻本作「開懷」。《文選集注》作「開懷」，所載李善注
云：「言人苟不開懷以相容，則其瑕釁于何而不至？」《鈔》曰：
「直所司苟且不開懷容物，言其於事何所而不至乎？言皆至
也。」五臣李周翰注云：「開懷，恕小過也。」陸善經注云：「部
司不開錄善之懷，故誣（誣）構何所不至？」並無異文，底一
「懷仁」蓋非是。

7　張涌泉《敦煌俗字研究》（第二版），第 572-573 頁；《續修四庫全書》第 234 冊，第
478 頁。

8　張涌泉《敦煌俗字研究》（第二版），第 250 頁。

〔16〕碾碾　胡刻本作「琅琅」。胡克家《文選考異》云：「袁本、茶陵本作『碾碾』，注同，是也。此尤本誤。」按《文選集注》正作「碾碾」，與底一相同。

〔17〕完　底一似原作「兒」，茲據胡刻本錄作「完」。

〔18〕同圍　胡刻本作「同圍」。《文選集注》作「同圍」，所載《鈔》曰：「同在城中被圍之人，故言同圍也。」五臣呂向注云：「言同圍者聞敦之死，老幼相攜，哭於街巷也。」底一「圍」當是形訛字。

〔19〕其　底一殘存下端少許筆畫，其上殘泐，胡刻本作「以殊恩光光寵贈乃牙」。

〔20〕司勳班爵　胡刻本「班」作「頒」。「班」字五臣本、《文選集注》並同。《說文・頁部》：「頒，大頭也。一曰鬢也。」珏部：「班，分瑞玉也。」「班」篆段注云：「《周禮》以『頒』為『班』，古『頒』『班』同部。」[9]考《周禮・天官・大宰職》「八曰匪頒之式」鄭司農注云：「頒讀為『班布』之班，謂班賜也。」[10]是「班」本字，「頒」為通行假借字。

〔21〕魂　底一殘存右下角，其上殘泐，胡刻本作「後昆死而有靈庶慰冤」。

9　段玉裁《說文解字注》，第19-20頁。

10　《十三經注疏》，第648頁。

陽給事誄

【題解】

　　底卷編號為 S.5736，起顏延年《陽給事誄》「敢詢諸前典，而為之誄」之「典」，至「如彼騑駟，配服驂衡」之「服」，共七行，末二行下截殘泐，末行最後六字「如彼騑駟配服」均殘損左端筆畫。

　　《翟目》、《劉目》皆未定名[1]，饒宗頤《敦煌本文選斠證》（一）比定為顏延年《陽給事誄》殘卷：「存七行，起『貞不常佑義有必甄』句。」[2] 行數正確，起句則始於第二行。《金目》著錄云：「誄文。27.5×13。黃。首尾俱殘。起『……典而為之誄其辭曰』，訖『負雪懷霜如……』。」[3] 起訖不誤，唯未計末行下端殘字耳。游志誠《敦煌古抄本文選五臣注研究》云：「顏延年《陽給事誄》，存七行，起『貞不常

1　〔英〕翟理斯《英國博物館藏敦煌漢文寫本注記目錄》，此據黃永武主編《敦煌叢刊初集》第 1 冊，第 211 頁；《敦煌遺書總目索引》，第 227 頁。

2　《新亞學報》第 3 卷第 1 期，1957 年 8 月，第 335 頁。

3　中國文化大學中國文學研究所敦煌學研究小組編，金榮華總負責《倫敦藏敦煌漢文卷子目錄提要》，第 117 頁。

佑義有必甄』（一曰起「典而為之誄其辭曰」），止『負雪懷霜如彼』。」[4]
蓋分別抄自饒文及《金目》，「彼」字似據白化文《敦煌遺書中〈文選〉
殘卷綜述》校補[5]。

底卷行款疏朗，書法工整，《翟目》定為七世紀早期寫本。

羅國威《敦煌本〈昭明文選〉研究》（簡稱「羅國威」）曾對底卷
作過校勘。

P.3778 寫卷《陽給事誄》包含底卷全部內容。今據《英藏》錄文，
以胡刻本《文選》為校本，並參以 P.3778 寫卷，校錄於後。

（前缺）

典，而為之誄。其辤曰[1]：

　　貞不常祐，義有必甄。處父勤君，怨在登賢。苦夷致果，題子行
間。忠壯之烈，▨▨（宜自）尔先[2]。舊勳雖廢，邑氏遂傳。惟邑及
氏，自溫徂陽。狐續既降[3]，晉族弗昌。之子之生，立績宋皇。拳猛
沉[4]毅，溫敏肅良。如彼▨□（竹栢），負雪懷霜。▨▨▨▨▨▨
（如彼騑駟，配服）▭▭▭

（後缺）

【校記】

〔1〕　其辤曰　胡刻本「辤」作「辭」，P.3778 寫卷作「辞」。「辭說」
　　　　字敦煌吐魯番寫卷多作「辤」或「辞」，《干祿字書・平聲》：「辝
　　　　辤辭，上中竝辤讓；下辭說，今作辝，俗作辞，非也。」[6]是

4　臺灣中正大學中國文學系編《全國敦煌學研討會論文集》，第149頁。
5　參見趙福海等主編《昭明文選研究論文集》，第220頁。
6　施安昌《顏真卿書干祿字書》，第16頁。

「辝」可作為「辭」之俗字，而「辝」又「辝」之訛變俗字。

〔2〕　宜自尒先　「宜」字底卷殘損左半，「自」殘存右端一豎畫，茲據胡刻本校補。下凡殘字、缺字據胡刻本補出者不復一一注明。「尒」字 P.3778 寫卷同，胡刻本作「爾」。「尒」為「尔」手寫變體；《說文》「尔」「爾」字別，但從古代文獻的實際使用情況來看，二字多混用不分，說見張涌泉師《敦煌俗字研究》[7]。

〔3〕　降　胡刻本同，P.3778 寫卷作「隆」。「降」當是「隆」之形訛字，參見《三月三日曲水詩序（顏延年）─王文憲集序、陽給事誄、陶徵士誄、褚淵碑文》校記〔118〕。

〔4〕　沉　胡刻本作「沈」。「沉」為「沈」之俗字，說見《玉篇・水部》[8]。

7　張涌泉《敦煌俗字研究》（第二版），第 250 頁。
8　《宋本玉篇》，第 347 頁。

文選序

【題解】

　　底卷藏中國歷史博物館（現國家博物館），起蕭統《文選序》「臨淵有《懷沙》之志」之「沙」，至「自姬漢已來」句，共十七行，首二行及末三行下截殘泐。

　　該卷由黃文弼《吐魯番考古記》首先刊布：「此梁昭明太子《文選序》殘紙，係於一九二八年在吐魯番考察時，友人馬君所贈我者。據云出於三堡（即哈拉和卓）西北張懷寂墓中。蓋為初唐所寫。現存十七行。」[1]傅剛《文選版本研究》云：「張懷寂墓誌稱懷寂於長壽二年（693）去世，長壽三年（694）安葬，則寫本當是此前所為。又墓誌稱懷寂『雅善書劍，尤精草隸』，今觀寫本書法頗工，或是張懷寂所書，故亦隨葬墓中。」[2]

　　底卷「世」字不諱（第四行「葉」），行款疏朗，書法頗佳，饒宗

1　黃文弼《吐魯番考古記》，第24頁。
2　傅剛《文選版本研究》，第135頁。

頤稱其「以蒨麗勝，出能書者之手筆」[3]，榮新江亦謂《中國歷史博物館藏法書大觀》第 12 卷《戰國秦漢唐宋元墨迹》收錄《文選序》寫卷可能是「從書法角度取材的結果」[4]。

今據《中國歷史博物館藏法書大觀》錄文，以胡刻本《文選》為校本，校錄於後。

（前缺）

☒（沙）[1] 之志，吟澤有顦顇[2] ☒☒（之容）。☒（騷）[3] ☐☐☐☒（者），蓋志之所之也，情動於中☒（而）[4] ☐☐☐趾》，政始[5] 之道著；桑間、濮上，亡國之音表。（故風雅）之道，[6] 然可☒☒☒☒（觀。自炎）漢中葉，厥途[7] 漸異。退傅有在鄒之作，降將著河梁之篇[8]。四言五言，區以別矣。又少則三字，多則九言，各體互興，分鑣並驅。頌者，所以游揚德業，褒[9] 贊成功。吉甫有穆若之談，季子有至矣之歎。舒布為詩，既其[10] 如☒☒（彼；緫）成為頌，又亦若此。次則箴興於補闕，戒出於弼匡。論則拆[11] 理精微，銘則序事清潤。美終則誄發，圖像則讚興。又詔誥教令之流，表奏牋記之別[12]，書誓符檄之品，弔祭悲哀之作，荅客指事之製[13]，三言八字之文，篇辤引序[14]，碑碣誌狀，眾製鋒起，源流間出。譬陶匏異品[15]，並為入耳之娛；黼黻不同，☒（俱）為悅目之翫[16]。作者之致，蓋云備矣。

余☐☐☐☐（監撫餘閑），凥多暇日[17]。歷觀文囿，泛覽詞林[18]，☒☒（未嘗）☐☐☐移晷忘倦。自姬、漢已來[20] ☐☐☐☐

（後缺）

---

3 饒宗頤《敦煌吐魯番本文選》，《前言》第 16 頁。

4 榮新江《書評：〈中國歷史博物館藏法書大觀〉第十一卷〈晉唐寫經・晉唐文書〉、第十二卷〈戰國秦漢唐宋元墨迹〉》，《敦煌吐魯番研究》第 5 卷，第 336 頁。

【校記】

〔1〕　沙　底卷殘存右半「少」，茲據胡刻本校補，此為「臨淵有《懷沙》之志」句中文。以下凡殘字、缺字據胡刻本補出者不復一一注明。

〔2〕　顦顇　胡刻本作「憔悴」。聯綿詞無定字，作「顦顇」「憔悴」均可，或作「蕉萃」「瘯瘝」等。《說文・心部》「顇，顦顇也」段注云：「今人多用『憔悴』字。」[5]

〔3〕　騷　底卷殘存「馬」旁，其下殘泐，胡刻本作「人之文自茲而作詩」。

〔4〕　而　底卷殘存右上角少許筆畫，其下殘泐，胡刻本作「形於言關睢麟」。

〔5〕　政始　胡刻本作「正始」。《詩大序》云：「然則《關睢》、《麟趾》之化，王者之風；《周南》、《召南》，正始之道，王化之基。」[6]即《文選序》所本。孔穎達《毛詩正義》云：「《周南》、《召南》二十五篇之詩，皆是正其初始之大道，王業風化之基本也。」是底卷「政」為「正」之假借字。

〔6〕　粲　胡刻本作「粲」。《干祿字書・去聲》：「粲粲，上俗下正。」[7]

〔7〕　途　胡刻本作「塗」。「途」「塗」古今字。

〔8〕　降將著河梁之篇　「河」底卷原作「何」。五臣李周翰注云：「降將，謂李陵。降匈奴，蘇武別河樑上，作五言詩，自此始也。」底卷「何」為形訛字，茲據胡刻本改。

〔9〕　褻　胡刻本作「褻」。《說文・衣部》「褻」篆段注云：「隸作

5　段玉裁《說文解字注》，第421頁。

6　《十三經注疏》，第272-273頁。

7　施安昌《顏真卿書干祿字書》，第52頁。

『褒』。」[8]

〔10〕 既其 胡刻本作「既言」。「既其」二字日本藏上野鈔本、猿投
神社藏正安本、九條家本《文選序》並同[9]，較刻本「既言」為
勝。

〔11〕 抐 胡刻本作「析」。《玉篇·手部》：「抐，俗析字。」[10]

〔12〕 表奏牋記之別 胡刻本「別」作「列」。李梅《敦煌吐魯番寫本
〈文選〉研究》：「『別』字是。『流』與『別』義近，可以連言『流
別』，本指水的分支，引申為文章或學術的流派。《文選序》則
以『流』與『別』對舉，則寫本為是。」[11] 按日本藏上野鈔本、
猿投神社藏正安本、九條家本並作「別」[12]，胡刻本「列」當是
形訛字。

〔13〕 製 胡刻本作「制」。王筠《說文解字句讀》「製」篆注云：「製
即制之絫增字也。」[13] 下凡「製」字同。

〔14〕 篇觡引序 胡刻本「觡」作「辭」。「辭」本字，「觡」假借字。

〔15〕 陶匏異品 胡刻本「品」作「器」。「品」字日本藏上野鈔本、
猿投神社藏正安本、九條家本及《藝文類聚》卷五五《雜文部
一》引《文選序》並同[14]，「器」當是後人據《禮記·郊特牲》

8　段玉裁《說文解字注》，第 393 頁。

9　參見傅剛《從〈文選序〉幾種寫、鈔本推論其原貌》，《廣西師範大學學報》（哲學社
會科學版）2004 年第 1 期，第 52 頁。

10　《宋本玉篇》，第 127 頁。

11　浙江大學 2003 年碩士學位論文，第 12 頁。

12　參見傅剛《從〈文選序〉幾種寫、鈔本推論其原貌》，《廣西師範大學學報》（哲學社
會科學版）2004 年第 1 期，第 52 頁。

13　王筠《說文解字句讀》，第 313 頁。

14　參見傅剛《從〈文選序〉幾種寫、鈔本推論其原貌》，《廣西師範大學學報》（哲學社
會科學版）2004 年第 1 期，第 52 頁；歐陽詢《藝文類聚》，第 996 頁。

「器用陶匏」文校改。考孔穎達《禮記正義》云：「陶謂瓦器，謂酒尊及豆簋之屬，故《周禮》旊人為簋。匏謂酒爵。」[15] 與此序「陶匏」指樂器者實不相同。《說文·品部》：「品，眾庶也。从三口。」徐灝《說文解字注箋》云：「庶物謂之品物，引申之義也。又因之為品秩之偁。」[16]「品秩」猶等第、品類。《文心雕龍·通變》云：「故論文之方，譬諸草木，根幹麗土而同性，臭味晞陽而異品矣。」[17]「異品」適與蕭統《文選序》相合。此序上文云「書誓符檄之品」，亦可資比勘。

〔16〕 悅目之翫　胡刻本「翫」作「玩」。「翫」字五臣本同。《說文·玉部》：「玩，弄也。」習部：「翫，習猒也。」是「玩」本字，「翫」假借字。二字古多通用。

〔17〕 尻多暇日　胡刻本「尻」作「居」，「暇」作「暇」。《說文·尸部》「居，蹲也」段注云：「凡今人居處字，古祇作『尻處』。凡今人蹲踞字，古人祇作『居』。」[18]《廣韻·禡韻》：「暇，閑也。俗作暇。」[19]

〔18〕 泛覽詞林　胡刻本「詞」作「辭」。「詞」字五臣本同。「詞」「辭」二字古多通用。

〔19〕 未嘗　「未」字底卷殘損左下角，「嘗」字殘存右上角，其下殘泐，據行款為四個字，胡刻本作「不心遊目想」五字，疑底卷原抄脫一字，後校補於行間，今已不可得見。

〔20〕 已來　胡刻本作「以來」。「已」「以」二字古多通用。

15　《十三經注疏》，第1452頁。

16　《續修四庫全書》第225冊，第289頁。

17　楊明照《增訂文心雕龍校注》，第393頁。

18　段玉裁《說文解字注》，第399頁。

19　《宋本廣韻》，第402頁。

羽獵賦—西徵賦

【題解】

　　底卷原藏德國柏林印度藝術博物館，現歸亞洲藝術博物館保管，編號為 MIK Ⅲ 520，起揚雄《羽獵賦》「三軍芒然，窮尤閼與」之「與」，至潘岳《西徵賦》「五方雜會，風流溷淆」之「淆」，由十個斷片拼接而成，殘損十分嚴重，部分斷片並不能直接綴合，可辨認文字者尚存二百四十一行[1]。

　　榮新江《海外敦煌吐魯番文獻知見錄》著錄云：「《文選》卷四卷五殘卷，吐魯番出土，編號 MIK Ⅲ 520，寫於佛教故事畫的背面，白文無注本，有硃筆句讀及訂正處。上下均殘，中間亦有斷裂，存楊子雲《羽獵賦》至潘安仁《西徵賦》部分文字，共有二三九行文字，在今本卷八至卷十，尚未有人用作校勘之資。」[2]榮氏以《文選》一面為寫卷

1　參見束錫紅、府憲展《德藏吐魯番本〈文選〉校議》，《西域研究》2006 年第 3 期，第 57 頁。

2　榮新江《海外敦煌吐魯番文獻知見錄》，第 104 頁。

背面，蓋偶爾疏忽，後至發表《德國「吐魯番收集品」中的漢文典籍與文書》時已不取前說[3]。

　　饒宗頤《敦煌吐魯番本文選》著錄云：「白文無注本。吐魯番出。行書殘葉。背為佛教說話畫卷。原卷藏德國柏林印度藝術博物館。起『亶觀夫剽禽之紲〔踰〕』句，訖於《西徵賦》『由此觀之，土〔無常俗〕』句，約存二百四十行左右。上半及中間多破損缺失，共十斷片，最大者 20×324.5 釐米。影本見一九九一年朝日新聞社印之《吐魯番古寫本展》。」[4]饒氏大致依據《吐魯番古寫本展》之解說；因首行「亶」上「與」及末行僅存的「淆」為殘字，故未言及。

　　底卷行款細密，行書純熟。「葉」字概避諱作「葉」，但第 1 行「跰」又不諱「世」；「民」字亦或諱或不諱。潘岳《西徵賦》「曲陽僭於白虎」之「虎」字底卷作「武」，也因避唐諱而改。秦丙坤《吐魯番寫本〈文選〉殘卷及其價值》僅據底卷避「民」字諱即推測其「可能為初唐寫本」[5]，似嫌武斷。

　　西脇常記《德國所藏吐魯番漢語文書》（簡稱「西脇常記」）曾對底卷作過校錄，束錫紅、府憲展《德藏吐魯番本〈文選〉校議》[6]（簡稱「束錫紅」）及秦丙坤《〈德藏吐魯番本文選校議〉摭遺校補》[7]（簡稱「秦丙坤」）曾作校勘。

　　今據西脇常記《柏林吐魯番收集品中的漢語文書研究》所附圖版錄文，以胡刻本《文選》為校本，校錄於後。

3　饒宗頤主編《華學》第 3 輯，第 312 頁。

4　饒宗頤《敦煌吐魯番本文選》，《敘錄》第 2 頁。

5　《圖書與情報》2004 年第 6 期，第 56 頁。

6　《西域研究》2006 年第 3 期，第 56-63 頁。

7　《敦煌研究》2010 年第 3 期，第 119-124 頁。

（前缺）

□□▨（與）[1]。亶觀夫剿禽之跐▨（蹴）[2]，□□ □□▨▨（魂亡）魄失[3]，觸輻關胚。妄發期中，□□ □□▨（冥）[4]之館，▨▨▨（以臨珍）池。□□ □□▨灌以岐（怪）[5]▨物（暗）□□ □□▨（鼻）[6]鷩振鷺，上▨（下）□□ □□▨（薄）索□□（蛟螭）[7]。▨▨▨（蹈獝獱），□□ □□▨（離）[8]，▨▨▨（剖明月）之□□ □□▨▨（匡《雅》）《頌》[9]，揖▨▨（讓於）□□ □□長[10]，逢珧[11]來享，▨▨▨（抗手稱）臣。□□ □□▨（哉）乎德[12]，雖有唐虞大▨（夏）□□ □□▨（哉）[13]？上猶▨▨▨▨▨（謙讓而未俞）□□ □□憐[14]之□□□▨（囿，幸神雀）之林。▨（奢）□□ □□▨（飾）[15]，木功不雕[16]。拯民乎農（桑）[17]，□□ □□禁菀[18]，▨□▨□▨（散公儲，創道）德之囿，□□ □□麋鹿▨（芻）蕘与百姓共之[19]，□□ □□勤五帝[20]，不亦重乎[21]！乃▨（祇）莊雍□□ ▨（之）[22]靡也。因回軫還〔衡〕[23]，背阿□□□□（房，反未央）。

【校記】

[1]　與　底卷殘存左半，茲據胡刻本校補。以下凡殘字、缺字據胡刻本補出者不復一一注明。

[2]　跐蹴　「蹴」字底卷殘存左半「𧾷」旁，茲據五臣本校補；胡刻本「跐蹴」作「紲隃」。李善注云：「紲與跐同，已見上文。」上文「跐轡阮」句李善引《漢書》如淳注云：「跐，超踰也。」《羽獵賦》載《漢書》揚雄本傳，顏師古注「紲隃」云：「紲與跐同，

紲，度也。隃與踰同。」「跇巒阬」顏注亦云：「跇，渡也。」[8] 是「跇踰」本字，「紲隃」假借字。

〔3〕 魂亡魄失 自前行「踰」至此底卷殘泐，胡刻本作「犀兕之牴觸熊羆之挐玃虎豹之凌遽徒角槍題注蹴竦讋怖」。「失」字胡刻本無。胡克家《文選考異》云：「袁本、茶陵本有『失』字，云『善無』。案：各本所見皆非也。《漢書》有，善自與之同，傳寫脫耳。陳云：上當以『徒角槍題注』為句，而『竦讋怖』『魂亡魄失』各以四字為句也。」

〔4〕 冥 自前行「中」至此底卷殘泐，胡刻本作「進退履獲創淫輪夷丘累陵聚於是禽殫中衰相與集于靖」。

〔5〕 怪 自前行「岐」至此底卷殘泐，胡刻本作「梁溢以江河東瞰目盡西暢無崖隨珠和氏焯爍其陂玉石嶜崟眩耀青熒漢女水潛」。

〔6〕 皀 自前行「暗」至此底卷殘泐，胡刻本作「冥不可殫形玄鸞孔雀翡翠垂榮王雎關關鴻鴈嚶嚶羣娛乎其中噍噍昆鳴」，胡克家《文選考異》云：「袁本、茶陵本『娛』作『嬉』，云『善作娛』。案：所見皆非也。《漢書》作『娭』，音許其反，說見《上林賦》『娭遊往來』下。」「娭遊往來」條云：「『娭』『嬉』同字。」

〔7〕 薄索蛟螭 「薄索蛟」三字底卷原拼接於下篇《長楊賦》第五行「從至」之上（「薄」殘存右下角，「蛟」殘存右上角），茲據西脇常記移至本行「螭」（殘存右下角）之上。自前行「下」至此底卷殘泐，胡刻本作「砰磕聲若雷霆乃使文身之技水格鱗蟲凌堅冰犯嚴淵探巖排碕」。

〔8〕 離 自前行「獺」至此底卷殘泐，胡刻本作「據黿鼉抾靈蠵入

8 《漢書》第11冊，第3550、3548頁。

　　洞穴出蒼梧乘巨鱗騎京魚浮彭蠡目有虞方椎夜光之流」。

〔9〕　匪雅頌　自前行「之」至此底卷殘泐，胡刻本作「珠胎鞭洛水之宓妃餉屈原與彭胥於茲乎鴻生鉅儒俄軒冕雜衣裳脩唐典」。

〔10〕　長　自前行「於」至此底卷殘泐，胡刻本作「前昭光振燿蠁曶如神仁聲惠於北狄武誼動於南鄰是以旃裘之王胡貉之」。

〔11〕　迻珎　胡刻本作「移珍」。秦丙坤云：「『迻』或為『移』的借字。」按《說文·辵部》：「迻，遷徙也。」段玉裁注云：「今人假『禾相倚移』之『移』為『遷迻』字。」[9]「珎」為「珍」之俗字，說見《玉篇·玉部》[10]。下凡「珎」字同。

〔12〕　哉乎德　自前行「臣」至此底卷殘泐，胡刻本作「前入圍口後陳盧山群公常伯陽朱墨翟之徒喟然並稱曰崇」，胡克家《文選考異》云：「袁本、茶陵本『陽』作『楊』，注同。案：『陽』蓋尤本之譌，《漢書》作『楊』。」

〔13〕　哉　自前行「夏」至此底卷殘泐，胡刻本作「成周之隆何以侈茲夫古之覲東嶽禪梁基舍此世也其誰與」。

〔14〕　憐　胡刻本作「麟」。《說文》「麟」篆從鹿、粦聲，「憐」為後起換旁字，或又從馬作「驎」。自前行「俞」至此底卷殘泐，胡刻本作「也方將上獵三靈之流下決醴泉之滋發黃龍之穴窺鳳凰之巢臨麒」。

〔15〕　飾　自前行「奢」至此底卷殘泐，胡刻本作「雲夢侈孟諸非章華是靈臺罕徂離宮而輟觀游土事不」。

〔16〕　木功不雕　胡刻本「雕」作「彫」。「彫」本字，「雕」假借字。

9　段玉裁《說文解字注》，第72頁。

10　《宋本玉篇》，第17頁。

〔17〕 拯民乎農桑　胡刻本「拯」作「丞」。李善注云：「《聲類》曰：
丞，亦拯字也。《說文》曰：拯，上舉也。」按「丞」「拯」古
今字，說見李孝定《甲骨文字集釋》[11]。

〔18〕 禁菀　自前行「桑」至此底卷殘泐，胡刻本作「勸之以弗怠儕
男女使莫違恐貧窮者不徧被洋溢之饒開」。胡刻本「菀」作
「苑」。「菀」為「苑」之俗字，說詳張涌泉師《敦煌俗字研
究》[12]。

〔19〕 麋鹿蒭蕘与百姓共之　「麋」字底卷剖為左右兩半，左半及後
行「勤五」曾碎裂脫落，拼接時皆移後一行。自前行「囿」至
此底卷殘泐，胡刻本作「弘仁惠之虞馳弋乎神明之囿覽觀乎群
臣之有亡放雉兔收罝罘」。胡刻本「与」作「與」。「与」「與」
二字古混用無別，敦煌吐魯番寫本往往用「与」字，後世刊本
則多改作「與」。

〔20〕 勤五帝　自前行「之」至此底卷殘泐，胡刻本作「蓋所以臻茲
也於是醇洪鬯之德豐茂世之規加勞三皇勗」。

〔21〕 不亦重乎　胡刻本「重」作「至」。五臣本、《漢書》揚雄本傳
並作「至」[13]，束錫紅謂底卷「重」字誤。

〔22〕 之　自前行「雍」至此底卷殘泐，胡刻本作「穆之徒立君臣之
節崇賢聖之業未遑范囿之麗遊獵」。

〔23〕 衡　底卷原脫，茲據胡刻本補。

11　李孝定《甲骨文字集釋》，第783-784頁。

12　張涌泉《敦煌俗字研究》（第二版），第753頁。

13　《漢書》第11冊，第3553頁。

（中空四至五行）

□□☒（雉）賦一首□☒（潘安）仁[24]□□　□□**狃獵下**[25] **長楊**☒（**賦**）□□　□□斜[26]，東〔至〕弘農[27]，南歐漢中[28]。 □□　□□☒☒（熊館）[29]。以罔[30]為周阹，縱禽獸其□□　□□從[31]至射熊館，還，上《長□☒（楊賦）》。□□　□□☒（風）[32]。其詞曰[33]：□□☒（為）[34]身。今年獵長楊，先命右☒ （扶）□□　□☒（列）[35]萬騎於山隅。帥軍踔阹，□□　□□☒（極）[36]觀也。雖然，亦頗擾於[37]（農）□□　□□之則不為乾 豆之事[38]，豈□□　□□動以疲車甲[39]，本非人主之（急）□□ □□☒（其）二[40]、見其☒☒（外不）識其內者[41]也。☒（僕） □□　□□☒（唯）[42]唯。主人曰：昔有強秦[43]，封☒☒（豕其） 土，□□　□□沸[44]雲擾，群[45]黎為之不康。於是☒☒☒（上帝 眷）□□　□□所為麾城搣邑[46]，下將降旗，一□□　□□☒ （蟲）[47]，介冑被霑汗，以為万[48]姓請命□□　□□下[49]密如也。 ☒☒（逮至）聖文，隨風乘流，方☒（垂）□□　□□☒（宮）賤 璵瑂而疎珠璣[50]，却☒（翡）□□　□□之[51]樂，憎聞鄭衛要妙 [52]☒（之）□□　□□☒（相）[53]亂。遐萌[54]為之不安，☒（中） □□　□□電[55]發。飈騰波流[56]，☒機（駭）□□　□□遂獵 ☒（乎）[57]□□　□□☒（累）[58]老弱。吮鋋瘝者[59]、金鏃淫☒ （夷）□□　□□☒（兵）[60]四臨，幽都先加；迴戈邪指，南☒（越） □□　□□黨[61]之域，自上仁所不化，茂德所不綏[62]，莫☒（不） □□　□□金[63]革之患。今朝廷純仁，遵道顯□□　□□☒（所）覆 [64]，莫不霑濡[65]。士有不談王（道）（肆）[66]險，安不望危[67]。迺 時以有年□□　□□萃[68]然登☒☒（南山，瞰）烏弋。西壓月堀 [69]，東□□　□□☒（禦）[70]也。是以車不按軌[71]，日未□□　□王

〔72〕之田，反五帝之虞。使▨（農）＿＿＿▨（役）〔73〕。▨（見）百年，存孤弱，率〔74〕与＿＿＿▨（鳴）〔75〕球，掉八列之舞。酌允▨（鑠）＿＿＿此〔76〕，故真神之所勞也。方▨（將）＿＿＿▨（徒）欲淫覽泛觀〔77〕，馳騁粳〔78〕稻＿＿＿＿＿＿鹿〔79〕之獲哉！且盲者不見咫＿＿＿＿＿＿獸〔80〕，曾不▨▨▨▨（知我亦將）〔81〕已獲其王侯。言未卒，墨客降＿＿＿▨（能）〔82〕及也。乃今日發矇〔83〕，廓然已昭矣。

【校記】

〔24〕雉賦一首潘安仁　此為蕭統三十卷本《文選》卷五卷首子目，「雉」字底卷殘存左下角，其上殘泐，可據胡刻本及底卷抄寫格式擬補為「畋獵下　　長楊賦一首　楊子雲　射」，此行下載及後行上載殘泐者可擬補為「紀行　　北徵賦一首　班叔皮　東徵賦一首　曹大家　西徵賦一首　潘安仁」[14]。此行之前底卷空四至五行（上下載皆殘泐），當抄卷四尾題「文選卷第四」及卷五首題「文選卷第五　賦戊　梁昭明太子撰」[15]。

〔25〕細獵下　此為《文選》賦體分類名，胡刻本作「畋獵」。「細」「畋」皆「田」之增旁分化字。「下」字當有，底卷是也。《文選》共收五篇畋獵賦：《子虛》、《上林》、《羽獵》、《長楊》、《射雉》。蕭統三十卷原帙卷四載前三篇，為「畋獵上」，卷五載後二篇，為「畋獵下」。李善注本卷七載第一篇，為「畋獵上」；卷八載第二、三兩篇，為「畋獵中」；卷九載第四、五兩篇，為「畋獵下」。胡刻本卷九卷首子目尚作「畋獵下」不誤，卷內則

14　李善分蕭統《文選》一卷為二，《西徵賦》歸入卷十，故「紀行」類亦分上、下。

15　胡刻本無「賦戊」，卷一「賦甲」下李善注云：「賦甲者，舊題甲乙，所以紀卷先後。今卷既改，故甲乙併除，存其首題，以明舊式。」

脱「下」字[16]。

〔26〕 斜　此為《長楊賦》前言中文字，其上殘泐部分為篇題「長楊
　　　賦一首」、作者名「楊子雲」及前言「明年上將大誇胡人以多禽
　　　獸秋命右扶風發民入南山西自襃」，其中篇題「長楊賦」三字尚
　　　見存於底卷前一行，其下當直接前言，不換行。又胡克家《文
　　　選考異》云：「袁本、茶陵本云『善無發民二字』。案：今本《漢
　　　書》有，蓋尤依之添也。」

〔27〕 東至弘農　「至」字底卷原脱，據胡刻本補。

〔28〕 南歐漢中　「歐」字底卷原作「歐」（裂為左右兩半，拼接時上
　　　下錯位）。朱駿聲《說文通訓定聲》以「歐」為「歐」之假借
　　　字[17]，似不如徑視為俗訛字更為妥當，茲據胡刻本改。

〔29〕 熊館　自前行「中」至此底卷殘泐，胡刻本作「張羅罔罝罘捕
　　　熊羆豪豬虎豹狖玃狐兔麋鹿載以檻車輸長楊射」。

〔30〕 罔　胡刻本作「網」。「罔」字《漢書》揚雄本傳載《長楊賦》
　　　同[18]，「網」為「罔」之後起增旁分化字。

〔31〕 從　自前行「其」至此底卷殘泐，胡刻本作「中令胡人手搏之
　　　自取其獲上親臨觀焉是時農民不得收斂雄」。

〔32〕 風　自前行「賦」至此底卷殘泐，胡刻本作「聊因筆墨之成文
　　　章故藉翰林以為主人子墨為客卿以」。

〔33〕 其詞曰　胡刻本「詞」作「辭」。「辭」「詞」二字古多通用。
　　　此行下截底卷空白，蓋《長楊賦》前言自成段落，賦文提行抄

16　又胡刻本卷七、卷八卷首子目作「畋獵上」「畋獵中」不誤，卷內則分別脱「上」字
　　及「畋獵中」。此類體例傳世刻本《文選》往往不甚嚴謹。

17　朱駿聲《說文通訓定聲》，第367頁。

18　《漢書》第11冊，第3557頁。以下凡引《漢書》所載《長楊賦》，不復一一出注。

寫。

〔34〕「為」上此底卷殘泐，胡刻本作「子墨客卿問於翰林主人曰蓋聞聖主之養民也仁霑而恩洽動不」。

〔35〕列　自前行「扶」至此底卷殘泐，胡刻本作「風左太華而右褒斜椓巀嶭而為弋紆南山以為罝羅千乘於林莽」。

〔36〕極　自前行「陆」至此底卷殘泐，胡刻本作「錫戎獲胡搤熊羆拖豪豬木擁槍纍以為儲胥此天下之窮覽」。

〔37〕於　胡刻本作「于」。「于」「於」二字古多通用。

〔38〕之則不為乾豆之事　自前行「農」至此底卷殘泐，胡刻本作「人三旬有餘其廑至矣而功不圖恐不識者外之則以為娛樂之遊內」。胡刻本「不為」作「不以為」。秦丙坤云：「寫本脫『以』字。」按此與上句「外之則以為娛樂之遊」儷偶，底卷「不為」是也，若作「不以為」則多一字，似欠妥當。五臣本、《漢書》並作「以為」，雖不符《長楊賦》本意，然亦僅兩字。

〔39〕動以疲車甲　自前行「豈」至此底卷殘泐，胡刻本作「為民乎哉且人君以玄默為神澹泊為德今樂遠出以露威靈數搖」。胡刻本「疲」作「罷」。束錫紅雲：「『疲』通『罷』，同音假借。」按「疲」字五臣本同，《漢書》則作「罷」。「疲」本字，「罷」假借字。

〔40〕其二　自前行「急」至此底卷殘泐，胡刻本作「務也蒙竊惑焉翰林主人曰吁客何謂之茲耶若客所謂知其一未睹」，胡克家《文選考異》云：「袁本、茶陵本無『之』字，尤本此處脩改。案今本《漢書》作『謂之茲耶』，詳顏注云『謂茲邪，猶言何為如此也』，仍當有『何』字、無『之』字。蓋《漢書》傳寫譌，尤延之據添，非也。袁、茶陵二本所見與未脩改正同，是矣。又案

《難蜀父老》曰『烏謂此乎』，烏，何也；此，茲也；乎，邪也。子雲好擬相如，此亦用彼語，不當衍『之』字甚明。」

〔41〕　者　胡刻本無。《漢書》有「者」字，與底卷相同，胡刻本則合於五臣本。

〔42〕　唯　自前行「僕」至此底卷殘泐，胡刻本作「嘗倦談不能一二其詳請略舉其凡而客自覽其切焉客日」。

〔43〕　強秦　胡刻本作「彊秦」。據《說文》，「彊」本字，「強」假借字。

〔44〕　沸　自前行「土」至此底卷殘泐，胡刻本作「竄窳其民鑿齒之徒相與摩牙而爭之豪俊麋」。

〔45〕　群　胡刻本作「羣」。「羣」「群」古異體字。下凡「群」「羣」之別不復出校。

〔46〕　所為麾城撕邑　自前行「眷」至此底卷殘泐，胡刻本作「顧高祖高祖奉命順斗極運天關橫鉅海漂崑崙提劍而叱之」。胡刻本「所為」作「所過」。束錫紅謂「所為」「所過」均可。按《漢書》但作一「所」字。

〔47〕　蟲　自前行「一」至此底卷殘泐，胡刻本作「日之戰不可殫記當此之勤頭蓬不暇梳飢不及餐鞮鍪生蟣」。

〔48〕　万　胡刻本作「萬」。《玉篇‧方部》：「万，俗萬字。十千也。」[19]下凡「万」字同。

〔49〕　下　自前行「命」至此底卷殘泐，胡刻本作「乎皇天迺展人之所詘振人之所乏規億載恢帝業七年之間而天」。

〔50〕　宮賤瑋瑁而疎珠璣　自前行「垂」至此底卷殘泐，胡刻本作「意

19　《宋本玉篇》，第342頁。

於至寧躬服節儉綈衣不弊革鞜不穿大廈不居木器無文於是後」。胡刻本「踈」作「梳」。「梳」「疏」隸變之異；「踈」則「疏」之俗字，說見《廣韻・魚韻》[20]。

〔51〕之　自前行「翡」至此底卷殘泐，胡刻本作「翠之飾除彫琢之巧惡麗靡而不近斥芬芳而不御抑止絲竹晏衍」。

〔52〕要妙　胡刻本作「幼眇」。李善注云：「幼，一笑切。眇，音妙。」「一笑切」即「要」字之音，故束錫紅雲：「『要妙』『幼眇』同音相通。」按「幼眇」一般讀為疊韻聯綿詞，故通作「要妙」，《漢書・元帝紀》「窮極幼眇」顏師古注「幼眇讀曰要妙」[21]是也。

〔53〕相　自前行「之」至此底卷殘泐，胡刻本作「聲是以玉衡正而太階平也其後熏鬻作虐東夷橫畔羌戎睚眥閩越」。

〔54〕遐萌　胡刻本作「遐氓」。胡克家《文選考異》云：「袁本、茶陵本『氓』作『岷』。案：此皆非也。正文當作『萌』，注當作『韋昭曰：萌，音氓。萌，人也』，今作『氓音萌』，誤倒。《漢書》作『萌』，（李）善自與之同。蓋五臣作『氓』而各本亂之，因又改韋注也。」按「氓」當是「岷」之換旁會意俗字，「萌」則「岷」之假借字。《說文・田部》「甿，田民也」段注云：「民部曰『氓，民也』，此从田，故曰『田民也』。古衹作『萌』，故許引《周禮》『以興鋤利萌』，蓋古本如是。」[22]《後漢書・文苑・杜篤傳》載《論都賦》云「忿葭萌之不柔」，李賢注：「楊子雲《長楊賦》曰：『遐萌為之不安。』謂遠人也。」[23]正作「萌」，

20　《宋本廣韻》，第49頁。
21　《漢書》第1冊，第299頁。
22　段玉裁《說文解字注》，第697頁。
23　《後漢書》第9冊，第2608頁。

與底卷相同。

〔55〕 電　自前行「中」至此底卷殘泐，胡刻本作「國蒙被其難於是聖武勃怒爰整其旅廼命驃衛汾沄沸渭雲合」。

〔56〕 飈騰波流　胡刻本「飈」作「猋」。「飈」字五臣本同，《漢書》則作「猋」。李善注云：「《爾雅》曰：扶搖謂之飈。猋與飈古字通也。」按《龍龕手鏡》風部平聲：「飆，俗；飈，今；飇，正。布遙反，狂風也。」[24]「猋」為「飇」之省借字。

〔57〕 遂獵乎　自前行「駭」至此底卷殘泐，胡刻本作「蠭軼疾如奔星擊如震霆碎轒轀破穹廬腦沙幕余吾」。胡刻本作「獵」作「躐」。「獵」字五臣本、《漢書》同，《後漢書・文苑・杜篤傳》「割裂王庭」李賢注引《長楊賦》云「遂獵乎王庭」[25]，亦作「獵」。

〔58〕 累　自前行「乎」至此底卷殘泐，胡刻本作「王庭敺橐駝燒熐蠡分剺單于磔裂屬國夷阬谷拔鹵莽刊山石蹂屍輿廝係」。

〔59〕 吮鋋瘢耆　「吮」字底卷原作「充」。胡刻本作「充」，胡克家《文選考異》云：「茶陵本云『五臣作吮，辭兖切』；袁本作『吮』。案：茶陵及尤所見非也，蓋此賦有作『吮』、作『兖』兩本，小顏以作『兖』為是，故今本《漢書》字如此；善以作『吮』為是，故最後引服虔云『其瘡如含然』，乃訓『吮』為含也。『充』字他無所見，恐是或改『吮』為『兖』而誤成此形耳。袁本無校語，其所見善正文自是『吮』字，尤本注末音云『吮，辭兖切』，不作『充』，亦其一證。」考錢繹《方言箋疏》卷九

24　釋行均《龍龕手鏡》，第125頁。

25　《後漢書》第9冊，第2600頁。

云：「揚子《長楊賦》『兗鋌瘋耆、金鏃淫夷者數十萬人』，『兗』讀如《史記・吳起傳》『卒有病疽者，起為吮之』之『吮』，《漢曹全碑》云：『興師征討，有兗膿之仁，分醪之惠。』即用吳起吮疽故事，而字作『兗』，可為『兗』『吮』通用之證。此文蓋借『兗』為『吮』。《文選》『兗』作『充』，『充』即『吮』之異文，知古本原有作『吮』者矣。」[26] 黃侃《文選評點》則謂「充」當作「吮」[27]。按「兗」可借為「吮」，俚俗或增旁作「充」，不妨視為「吮」之異體字，錢說是也。底卷「充」則「吮」或「充」之形訛字，茲據五臣本改。

〔60〕 兵　自前行「夷」至此底卷殘泐，胡刻本作「者數十萬人皆稽顙樹頷扶服蛾伏二十餘年矣尚不敢惕息夫天」。

〔61〕 「黨」上底卷殘泐，胡刻本作「相夷靡節西征羌僰東馳是以遐方疏俗殊鄰絕」。

〔62〕 茂德所不綏　「所」上底卷原衍「之」字，茲據胡刻本刪正。

〔63〕 「金」上底卷殘泐，胡刻本作「蹻足抗首請獻厥珍使海內澹然永亡邊城之災」。

〔64〕 所覆　自前行「顯」至此底卷殘泐，胡刻本作「義并包書林聖風雲靡英華沈浮洋溢八區普天」。

〔65〕 莫不霑濡　胡刻本「霑」作「沾」。《說文・雨部》：「霑，雨也。」水部：「沾，水出壺關，東入淇。」是「霑」本字，「沾」假借字。

〔66〕 肆　自前行「道」至此底卷殘泐，胡刻本作「者則樵夫笑之意

26　錢繹《方言箋疏》，第304頁。
27　黃侃《文選平點》（重輯本），第91頁。

者以為事罔隆而不殺物靡盛而不虧故平不」。

〔67〕　安不望危　胡刻本「望」作「忘」。五臣本、《漢書》並作「忘」，
底卷「望」為音訛字。

〔68〕　萃　自前行「年」至此底卷殘泐，胡刻本作「出兵整輿竦戎振
師五柞習馬長楊簡力狡獸校武票禽廼」。

〔69〕　西壓月堀　胡刻本「壓」作「厭」，「堀」作「𡾺」。「壓」字六
臣本同，校語云「善本作厭」。「厭」「壓」古今字。六臣本作
「窟」，校語云「善本作𡾺」。《說文‧土部》「堀，突也」段注
云：「突為犬從穴中暫出，因謂穴中可居曰突，亦曰堀。俗字作
窟。」[28]《玉篇‧出部》：「𡾺，亦作窟，地室也。」[29]

〔70〕　禦　自前行「東」至此底卷殘泐，胡刻本作「震日域又恐後代
迷於一時之事常以此為國家之大務淫荒田獵陵夷而不」。

〔71〕　按軔　胡刻本「安軔」。束錫紅雲：「『安軔』是。德藏本意可
通，不如諸本。」按「安軔」本字當作「按」，《說文‧手部》：
「按，下也。」「安」為省借字。

〔72〕　「王」上底卷殘泐，胡刻本作「靡肵從者彷彿訉屬而還亦所以
奉太尊之烈遵文武之度復三」。

〔73〕　「役」上底卷殘泐，胡刻本作「不輟纗工不下機婚姻以時男女
莫違出凱弟行簡易矜劬勞休力」。

〔74〕　率　胡刻本作「帥」。「率」「帥」二字古多通用。

〔75〕　「鳴」上底卷殘泐，胡刻本作「之同苦樂然後陳鐘鼓之樂鳴韶
磬之和建碣磏之虞拮隔」。

28　段玉裁《說文解字注》，第685頁。

29　《宋本玉篇》，第515頁。

〔76〕 「此」上底卷殘泐，胡刻本作「肴樂胥聽廟中之雍雍受神人之
　　　 福祐歌投頌吹合雅其勤若」。

〔77〕 徒欲淫覽泛觀　「徒」上底卷殘泐，胡刻本作「俟元符以襌梁
　　　 甫之基增泰山之高延光于將來比榮乎往號豈」。胡刻本「泛」作
　　　 「浮」。李善注云：「孔安國《尚書傳》曰：浮，過也。」束錫紅
　　　 雲：「『浮』『泛』均為『過』之意。淫覽泛觀，『淫』與『泛』
　　　 為對文，『淫』為深度之過，『泛』為廣度之過。『泛』似較『浮』
　　　 為優。」按《漢書》作「浮」，《說文・水部》「泛」「浮」互訓，
　　　 似不必強分優劣。

〔78〕 粳　胡刻本作「秔」。《說文・禾部》：「秔，稻屬。从禾，亢聲。
　　　 稉，秔或从更聲。」段注引陸德明云：「稉與粳皆俗秔字也。」[30]

〔79〕 鹿　自前行「稻」至此底卷殘泐，胡刻本作「之地周流黎栗之
　　　 林蹂踐芻蕘誇訹眾庶盛狄獲之收多纍」。

〔80〕 獸　自前行「咫」至此底卷殘泐，胡刻本作「尺而離妻燭千里
　　　 之隅客徒愛胡人之獲我禽」。

〔81〕 將　底卷殘損右端少許筆畫，胡刻本無此字，與《漢書》同，
　　　 茲據六臣本校補，六臣本「將」下校語云「善本無將」。

〔82〕 「能」上底卷殘泐，胡刻本作「席再拜稽首曰大哉體乎允非小
　　　 人之所」。

〔83〕 乃今日發矇　胡刻本「乃」作「廼」。「乃」字五臣本、《漢書》
　　　 並同。《說文・乃部》「卤」篆段注云：「《詩》、《書》、《史》、
　　　 《漢》發語多用此字作『廼』，而流俗多改為『乃』。」[31]「廼」
　　　 「廼」隸變之異。

30　段玉裁《說文解字注》，第 323 頁。

31　段玉裁《說文解字注》，第 203 頁。

　　□□□□樂羽族之羣飛〔84〕。偉采毛之英麗▨（兮）〔85〕，有五□□
□□□▨□（略兮）〔86〕，畫墳衍之▨（分）畿〔87〕。於時青陽告□□
□□□殞舊〔88〕。天泱泱而〔89〕垂雲，泉涓涓而▨（吐）□□□□
媒〔90〕▨▨□▨（之變態。奮）勁翮〔91〕以角槎，瞵▨▨▨（悍目以）
□□▨（以）姣態〔92〕。尔乃摯塲柱〔93〕□□▨（衷）〔94〕料戾以徹
鑒，表厭躡（以）□□▨（視）〔95〕。何調翰之喬桀，邈疇□□蹢〔96〕
而徐來。摛朱冠之▨（葩）□□蘭〔97〕綷。或蹶或啄，時行時□
（止）。□□捧〔98〕黃間以密縠，屬剛▨▨（挂以）〔99〕□▨（鏨）
〔100〕凌岑，飛鳴薄廩。擘牙砥〔101〕□□擅〔102〕▨□（塲挾）兩。櫟雌
妬異，儵來忽往〔103〕。忌上風之饕□□▨（懷）〔104〕。伊義鳥之應機
〔105〕，啾攫地以厲饗〔106〕。彼聆□□▨（臆）〔107〕仰。或乃崇墳夷靡
〔108〕，農不易▨（墥）〔109〕。□□□□▨（馳）〔110〕敵，雖形隱而草
動。瞻挺稯〔111〕之□□□□▨（悚）〔112〕。望壓合而翳鼻，奰挾肩
以旋▨（踵）〔113〕。□□□□▨（驚）〔114〕，無見自脉〔115〕。周環回
覆，□□膚〔116〕，傍截疊翮。若夫多□□閴閣躅葉〔117〕，冪歷乍見
〔118〕。□□▨（值）匈〔119〕，裂縢破觜。夷險□□▨（解）〔120〕顏於
一箭。醜夫為之□□藝之安逸兮〔121〕，羌禽從而〔122〕□□豈唯皂隷
〔123〕，此焉君舉。□□端〔124〕操或虧。此則老氏之〔125〕□□□

【校記】

〔84〕 樂羽族之羣飛　此為《射雉賦》篇中文字，其上殘泐部分為篇
　　　題「射雉賦一首」、作者名「潘安仁」及正文首句「涉青林以遊
　　　覽兮」，正文直接篇題，不換行。唯篇題內「一首」二字胡刻
　　　本、五臣本均無，不合《文選》體例，底卷及胡刻本之卷首子
　　　目皆有此二字。

〔85〕 偉采毛之英麗兮　胡刻本「偉」作「聿」。徐爰注云：「聿，述也。一本聿作偉。」（徐注為李善所留舊注）《藝文類聚》卷六六《產業部下》引潘岳《射雉賦》亦作「偉」[32]。

〔86〕 略兮　自前行「五」至此底卷殘泐，胡刻本作「色之名罺厲耿介之專心兮㐹雄豔之媱姿巡丘陵以經」。

〔87〕 畫墳衍之分畿　胡刻本「之」作「而」。徐爰注云：「言周行丘陵，因其墳衍以為疆界，分而護之，不相侵越也。」是「畫」「分」皆動詞，則作「而」義長。

〔88〕 殞舊　胡刻本作「改舊」，自前行「告」至此底卷殘泐，胡刻本作「謝朱明肇授靡木不滋無草不茂初莖蔚其曜新陳柯槭以」。《北堂書鈔》卷一五四《歲時部二》引《射雉賦》作「殞舊」[33]，此蓋蕭統《文選》原文；徐爰注云「槭然陳宿之柯變其舊色」，則作「改舊」。

〔89〕 而　胡刻本作「以」。「而」「以」二字古多通用。

〔90〕 媒　自前行「吐」至此底卷殘泐，胡刻本作「溜麥漸漸以擢芒雉鷕鷕而朝鴝眄箱籠以揭驕睨驍」。

〔91〕 骹　胡刻本作「骹」。徐爰注云「骹，脛也」，與《說文》相合，底卷「骹」可視為「骹」之換旁俗字。

〔92〕 以姣態　「以」上底卷殘泐，胡刻本作「旁睞鷺綺翼而翹搊灼繡頸而衮背鬱軒鷔以餘怒思長鳴」，「姣態」胡刻本作「效能」。徐爰注云：「鬱然暴怒，軒舉長鳴，思見野敵，效其才能也。」是據「效能」施注。束錫紅雲：「（前文）其意是以媒雉吸引野

32　歐陽詢《藝文類聚》，第 1178 頁。以下凡引《藝文類聚》所載《射雉賦》，不復一一出注。

33　董治安主編《唐代四大類書》第 1 冊，第 708 頁。

雉以射殺之，媒所現本非『能』，更非引野雉『效其才能』，而是作出一種『姣態』，『良遊呃喔，引之規裏』，以致『倒禽紛以迸落，機聲振而未已』。『能』本可作『態』之省文，亦可通用。然注釋為『才能』，則相去甚遠。」秦丙坤《〈德藏吐魯番本文選校議〉商兌補校》云：「李善本注中本有『能，怒代切』的反切注音，可知『能』本當為『態』，形近而誤。」[34] 按李善音「怒代切」為泥紐，所注顯然為「能」字。而《射雉賦》上文有「睨驍媒之變態」句，若此又用「態」，則涉重韻之戒，恐非潘岳原文。《藝文類聚》作「効態」，「態」與底卷相同，疑皆「能」字之誤；「効」即「效」之俗字，合於徐爰注，蓋是也。

〔93〕 尔乃擎塲柱　胡刻本「尔」作「爾」，「塲柱」作「場拄」。「尔」為「尒」手寫變體；《說文》「尒」「爾」字別，但從古代文獻的實際使用情況來看，二字多混用不分，說見《敦煌俗字研究》[35]。「塲」為「場」之後起別體。下凡「塲」字同。「拄」為「柱」之俗字。徐爰注云：「拄，株庾切。」《說文·木部》「柱，楹也」段注云：「柱引申為支柱、柱塞，不計縱橫也。凡經注皆用『柱』，俗乃別造從手『拄』字，音『株主切』。」[36]「株主切」即徐注「株庾切」。

〔94〕 「衷」上底卷殘泐，胡刻本作「翳停僮葱翠綠柏參差文翮鱗次蕭森繁茂婉轉輕利」。

〔95〕 「視」上底卷殘泐，胡刻本作「密緻恐吾游之晏起慮原禽之罕至甘疲心於企想分倦目以寓」。

34　《圖書館雜誌》2009 年第 9 期，第 72 頁。

35　張涌泉《敦煌俗字研究》（第二版），第 250 頁。

36　段玉裁《說文解字注》，第 253 頁。

〔96〕「蹡」上底卷殘泐，胡刻本作「類而殊才候扇舉而清叫野聞聲而應媒褻微罟以長眺已踉」。

〔97〕「蘭」上底卷殘泐，胡刻本作「赫敷藻翰之陪鰓首葯綠素身拕黼繪青鞦莎靡丹臆」。

〔98〕「捧」上底卷殘泐，胡刻本作「班尾揚翹雙角特起良遊呃喔引之規裹應叱愕立擢身竦峙」。

〔99〕屬剛挂以　「挂」字底卷殘損左下角，胡刻本作「罫」。五臣本、《藝文類聚》作「挂」，《廣韻》去聲卦韻古賣切小韻「挂」字注引《射雉賦》同[37]，皆與底卷相合。李善注云：「剛罫，弩矢鏃也。以鐵為之，形如十字，各長三寸，方似罔罫，故曰罫焉。罫，古買切，挂同。」「罫」字或出徐爰注本。

〔100〕「壑」上底卷殘泐，胡刻本作「潛擬倒禽紛以迸落機聲振而未已山鷩悍害姦迅已甚越」。

〔101〕擎牙砥　胡刻本作「鯨牙低」。「擎」字六臣本同，徐爰注云：「擎，舉也，舉弩牙低矢鏑以射之。」《太平御覽》卷三四八《兵部七九》引《射雉賦》云「擎牙低鏃，心平望審」[38]，亦作「擎」。唯《藝文類聚》同胡刻本作「鯨牙低鏃」，「鯨」蓋音訛字。又底卷「砥」字與諸本皆不相合，疑為形訛字。

〔102〕「擅」上底卷殘泐，胡刻本作「心平望審毛體摧落霍若碎錦逸羣之儁」。

〔103〕儵來忽往　胡刻本「儵」作「倏」。「倏」為「倏」之俗字。《說文・犬部》「倏」篆段注云：「或叚儵字為之。」黑部「儵」篆

37 《宋本廣韻》，第363頁。

38 《太平御覽》，第1605頁。

注云：「古亦叚為倏忽字。」[39]

〔104〕　「懹」上底卷殘泐，胡刻本作「切畏映日之儻朗屏發布而累息徒心煩而技」。

〔105〕　應機　胡刻本作「應敵」。「機」字五臣本同，張銑注云：「惟媒雉能應我心機，挐攫於地，啾然屬其音響也。」

〔106〕　啾攫地以厲饗　胡刻本「攫」作「攪」，「饗」作「響」。徐爰注引《埤蒼》云：「攪地，爪持也。」胡克家《文選考異》云：「『地』字當去，各本皆衍，因正文云『攪地』而誤耳。又案《韻會舉要》『攫』下引《說文》『扟也，爪持也』，今徐鼎臣本無下三字。然則『攪』即『攫』之異文，故五臣改正文為『攫』，亦可證此注不當有『地』字。」按「攫」字蓋蕭統《文選》原文，非五臣所改。「響」字五臣本同，與「啾」相照應，底卷「饗」為誤字。

〔107〕　「臆」上底卷殘泐，胡刻本作「音而遛進忽交距以接壤彤盈窻以美發紛首頮而」。

〔108〕　崇墳夷靡　「墳」底卷原作「憤」，茲據胡刻本改正。

〔109〕　壟　底卷殘存上半「龍」，胡刻本作「壠」。「壟」「壠」偏旁易位字，《說文》正篆作「壠」。

〔110〕　馳　自前行「壟」至此底卷殘泐（當斷片拼接處），胡刻本作「稊菽蘰糅蘙薈葺鳴雄振羽依于其冢捌降丘以」。

〔111〕　挺　底卷原誤作「梃」，茲據胡刻本改正。

〔112〕　悚　自前行「之」至此底卷殘泐，胡刻本作「傾掉意淰躍以振踊暾出苗以入場愈情駭而神」。

39　段玉裁《說文解字注》，第475、489頁。

〔113〕敻脥肩以旋踵 胡刻本「敻」作「雉」,「以」作「而」。《射
雉賦》除開篇「雉鷕鷕而朝鴝」句外,諸射雉場景皆不見「雉」
字,刻本此句云「雉脥肩以旋踵」,疑非潘岳原文。按此節言
從遠處射雉,底卷「敻」字疑不誤,敻者遠也,正與上句「望
麕合而翳罜」相照應。「以」「而」二字古多通用。

〔114〕鷩 自前行「踵」至此底卷殘泐,胡刻本作「倣余志之精銳擬
青顱而點項亦有目不步體邪眺旁剔靡聞而」。

〔115〕無見自脉 胡刻本「脉」作「鷩」。徐爰注云:「鷩,音脉,字
亦從脉。《方言》云脉,俗謂點為鬼脉。言雉性驚鬼點。」胡克
家謂賦文、徐注「鷩」字皆當作「鷩」:「徐云『鷩,音脉,字
亦從脉』者,謂『鷩』之或體字作『鷩』也。云『《方言》云
脉』者,謂此賦之『鷩』即《方言》之『脉』也。云『俗謂點
為鬼脉』者,《方言》注云然也。此必五臣用徐注改正文作
『鷩』,後遂以亂善,於是賦及注中各本皆不見『鷩』字,而徐
爰所云絕不可通矣。唯《集韻》二十一麥載『鷩』字從脉,二
十三錫載『鷩』字從脈,皆云『鳥驚視』,其所據此賦未誤
也。」按徐注「從脉」疑「作脉」之誤,故接引《方言》「脉」
云云。「字亦作脉」者,正與底卷相合也。「脉」「脈」隸變之
異,從鳥者為後起增旁字。

〔116〕「膺」上底卷殘泐,胡刻本作「繚繞磐辟戾翳旋把縈隨所歷彳
亍中輟馥焉中鏑前重」。

〔117〕闒閭蠲葉 「闒」上底卷殘泐,胡刻本作「疑少決膽劣心狷內
無固守出不交戰來若處子去如激電」。胡刻本「蠲」作「蘭」。
徐爰注云:「蘭,麥稠也。」李善注云:「蘭與稠並同,古玄
切。」「蠲」「蘭」皆「稠」之同音假借字。

〔118〕羃歷乍見　胡刻本「羃」作「幎」。《說文・巾部》「幎」篆段
注云：「其字亦作『冪』，俗作『羃』。」[40]

〔119〕值匈　「值」上底卷殘泐，胡刻本作「於是筭分銖商遠邇揆懸
刀騁絕技如如軒不高不埤當昧」。胡刻本「匈」作「胷」。「匈」
「胷」古今字。《說文・勹部》：「匈，膺也。」而無「胷」字，
段注云：「今字『胷』行而『匈』廢矣。」[41]

〔120〕「解」上底卷殘泐，胡刻本作「殊地馴龘異變不暇食夕不告勌
昔賈氏之如皐始」。

〔121〕藝之安逸兮　「藝」上底卷殘泐，胡刻本作「改貌憪妻為之釋
怨彼遊田之致獲咸乘危以馳鶩何斯」。「兮」字胡刻本無。

〔122〕而　胡刻本作「其」。

〔123〕豈唯皁隸　「豈」上底卷殘泐，胡刻本作「己豫清道而行擇地
而住尾飾鑣而在服肉登俎而永御」。胡刻本作「皁」作「皐」。
《干祿字書・上聲》：「皁皐，上通下正。」[42]「隸」底卷原作
「隸」，胡刻本作「隷」。「隷」同「隸」，「隸」則「隸」之俗
字，參見《敦煌俗字研究》[43]，茲徑錄作「隸」。

〔124〕「端」上底卷殘泐，胡刻本作「若乃耽槃流遁放心不移忘其身
恤司其雄雌樂而無節」。

〔125〕老氏之　胡刻本無「之」字，「老氏」下作「所誡君子不為」（底
卷抄於後一行上半截，與《文選》賦體分類名「紀行」及下篇
標題「北徵賦一首」同行）。胡克家《文選考異》云：「袁本、

40　段玉裁《說文解字注》，第358頁。

41　段玉裁《說文解字注》，第433頁。

42　施安昌《顏真卿書干祿字書》，第41-42頁。

43　張涌泉《敦煌俗字研究》（第二版），第874頁。

茶陵本『氏』下有『之』字，『子』下有『之所』二字。案：
此疑善、五臣之異，但二本無校語，今不可考，當各仍其舊。」
按五臣本「君子」上尚有一「而」字。《藝文類聚》此二句作
「此老氏之所戒，而君子所不為」，無後「之」字，蓋是。「戒」
「誡」古今字。

□□（紀行）　□□（北征）賦一首　班叔皮[126]
丘[127]□□（墟兮），曾□（不）得乎少留。遂奮袂以北征□（兮），
□□□□（而）反□□（顧兮）[128]，望通天之（崇）崇。（乘）
□□□□□（之）[129]不（傷）。彼何生之優渥兮[130]，我獨離[131]
□（此）□□□□□義[132]渠之舊城。忿戎王之淫佚兮[133]，□（穢）
□□□宣后（以）[134]歷茲。遂舒節以遠逝兮，□□□悲[135]祖廟之
不脩。釋余馬□□□（傷）[136]情兮，哀詩人之歎時。□□□（怨）
[137]。舍高亥之切憂兮[138]，事□□□兮[139]，猶數功而辭譽[140]。何夫
子□□□（獯）鬻[141]之猾夏兮，吊[142]尉卬於□（朝）□□□
（佗）[143]。降几杖於藩國兮，折吳□（濞）□□□□□□（望山谷）[144]
之嵯峨。野蕭條以莽蕩□（兮）[145]，□□□（雲）霧之杳杳兮[146]，
涉積雪之皚皚。鴈邕邕以群□□□（撫）[147]長劍而慨息，泣連落以
霑衣[148]。攬余涕□□□□（度）[149]。諒時運之所為兮，永伊鬱其誰
□（愬）？□□□□（人）[150]□□□從（事，有儀）則兮。行
止屈申，□□（與時）□□□（懼）[151]兮。

【校記】
〔126〕紀行北徵賦一首班叔皮　胡刻本無「一首」二字，不合《文選》
　　　體例。「班叔皮」下底卷留空，換行抄寫《北徵賦》正文，然

　　此上《射雉賦》及此下《東徵賦》、《西徵賦》之正文皆直接篇
題，篇題並不獨立成行（參見校記〔84〕〔152〕〔172〕）。按《射
雉賦》與其上《長楊賦》屬「畋獵下」分類，《北徵賦》以下
三篇屬「紀行」分類，蓋賦文別起一類，其首篇之正文乃提行
抄寫。

〔127〕「丘」上底卷殘泐，胡刻本作「余遭世之顛覆兮罹塡塞之阨災
　　　　舊室滅以」。

〔128〕而反顧兮　「兮」底卷殘存上半，胡刻本無此字。自前行「兮」
　　　　至此底卷殘泐，胡刻本作「超絕迹而遠遊朝發軔於長都兮夕宿
　　　　瓠谷之玄宮歷雲門」。

〔129〕之　自前行「乘」至此底卷殘泐，胡刻本作「陵崗以登降息郇
　　　　邠之邑鄉慕公劉之遺德及行葦之不」。

〔130〕兮　胡刻本無。

〔131〕離　胡刻本作「罹」。胡克家《文選考異》云：「茶陵本『罹』
　　　　作『離』，云『五臣作罹字』；袁本云『善作離』。案：此尤本
　　　　以五臣亂善，非也。五臣以『離』是古『罹』字，故從而改
　　　　之，其實班自用『離』字矣。」

〔132〕義　自前行「此」至此底卷殘泐，胡刻本作「百殃故時會之變
　　　　化兮非天命之靡常登赤須之長坂入」。

〔133〕淫佼兮　胡刻本「佼」作「狡」，無「兮」字。李善注云：「杜
　　　　預《左氏傳注》曰：狡，猾也。」王念孫《讀書雜誌‧餘編下》
　　　　云：「李說非也。『狡』讀為『姣』，姣亦淫也。襄九年《左傳》
　　　　『弃位而姣，不可謂貞』，杜注曰：『姣，淫之別名。』作『狡』

者借字耳。」⁴⁴ 按「姣」與底卷之「佼」字古多混用無別，正
可證成王氏之說。

〔134〕「以」上底卷殘泐，胡刻本作「之失貞嘉秦昭之討賊赫斯怒以
北征紛吾去此舊都兮騑遲遲」。

〔135〕「悲」上底卷殘泐，胡刻本作「指安定以為期涉長路之緜緜兮
遠紆迴以樛流過泥陽而太息兮」。

〔136〕「傷」上底卷殘泐，胡刻本作「於彭陽兮且弭節而自思日晻晻
其將暮兮　牛羊之下來寢曠怨之」。

〔137〕「怨」上底卷殘泐，胡刻本作「越安定以容與兮遵長城之漫漫
劇蒙公之疲民兮為彊秦乎築」。

〔138〕兮　底卷原誤作「乎」，茲據胡刻本改正。

〔139〕「兮」上底卷殘泐，胡刻本作「蠻狄之遼患不耀德以綏遠顧厚
固而繕藩首身分而不寤」。

〔140〕舜譽　胡刻本作「辭譽」。「舜」本字，「辭」假借字。「譽」
為「譽」之訛俗字。

〔141〕「鑣鸞」上底卷殘泐，胡刻本作「之妄說兮孰云地脉而生殘登
鄣隧而遙望兮聊須臾以婆娑閔」。

〔142〕弔　胡刻本作「弔」。《干祿字書・去聲》：「弔弔，上俗下
正。」⁴⁵

〔143〕佗　底卷殘損上半，胡刻本作「他」，茲據五臣本校補。《說
文・它部》「它」篆段注云：「其字或叚『佗』為之，又俗作
『他』。」⁴⁶「佗」上底卷殘泐，胡刻本作「那從聖文之克讓兮

44　王念孫《讀書雜誌》，第 1050 頁。

45　施安昌《顏真卿書干祿字書》，第 53 頁。

46　段玉裁《說文解字注》，第 678 頁。

不勞師而幣加惠父兄於南越兮黜帝號於尉」。

〔144〕「望山谷」上底卷殘泐，胡刻本作「之逆邪惟太宗之蕩蕩兮豈曩秦之所圖隮高平而周覽」。

〔145〕兮　底卷殘存上半，胡刻本無此字。

〔146〕雲霧之杳杳兮　胡刻本無「兮」字。「雲」上底卷殘泐，胡刻本作「迴千里而無家風森發以漂遙兮谷水灌以揚波飛」。

〔147〕「撫」上底卷殘泐，胡刻本作「翔兮鵑雞鳴以嘖嘖遊子悲其故鄉心愴悢以傷懷」。

〔148〕泣連落以霑衣　胡刻本「連」作「漣」，「以」作「而」。李善注引《周易》云：「泣血漣如。」束錫紅據以謂當作「漣落」，底卷「連」字誤。按五臣本同底卷作「連」。李富孫《易經異文釋》云：「《淮南・繆稱》『漣』引作『連』，從省。」47是「連」非誤字。「以」「而」二字古多通用。

〔149〕「度」上底卷殘泐，胡刻本作「以於邑兮哀生民之多故夫何陰曀之不陽兮嗟久失其平」。

〔150〕人　自前行「慇」至此底卷殘泐，胡刻本作「亂曰夫子固窮遊藝文兮樂以忘憂惟聖賢兮達」。

〔151〕「懼」上此底卷殘泐，胡刻本作「息兮君子履信無不居兮雖之蠻貊何憂」。

▨▨☒（春）之吉日〔152〕，撰良辰而將行。乃▨▨☒（發）〔153〕曙而不寐兮，心遲遲而▨▨☒（陳）〔154〕力而相追。且從眾而就列▨▨☒（徂）逝〔155〕，聊遊目〔156〕而遨魂。歷▨▨☒（既）〔157〕免

脫於峻嶮兮，歷滎陽⊠（而）▯▯▯而〔158〕竊歎。小人性之懷土⊠
（兮），▯▯▯⊠（追）想兮〔159〕，念夫子之阨〔160〕勤。⊠（彼）▯▯▯
⊠（而）將昏〔161〕。到長垣之境界▯▯▯▯⊠（惕）覺⊠（寤）而顧
問兮〔162〕，想子路之威神。▯▯▯⊠（東）〔163〕南兮，民亦尚其丘墳。
唯令德為不朽兮，▯▯▯仁〔164〕賢。吳札稱其君子兮〔165〕，其言信而⊠
（有）▯▯▯⊠（之）在天兮〔166〕，由力行而近仁。俛仰高⊠▯（而蹈）
〔167〕▯▯▯⊠（庶）靈祇⊠（之）監照兮〔168〕，祐貞良而輔⊠（信）。
▯▯▯兮〔169〕。⊠（先）君⊠▯（行止），則有作兮。雖其不敏，⊠
（敢）▯▯▯之智〔170〕，愚智同兮。靖恭▯▯▯兮〔171〕。

【校記】

〔152〕 春之吉日　此為《東徵賦》篇中文字，其上殘泐部分為篇題
「東徵賦一首」、作者名「曹大家」及正文「惟永初之有七兮余
隨子乎東征時孟」，正文直接篇題，不換行。唯篇題內「一首」
二字胡刻本、五臣本皆無，與《文選》體例不合。胡刻本「吉
日」下有「兮」字，五臣本、《藝文類聚》卷二七《人部十一》
引《東徵賦》並同[48]，底卷疑脫訛。

〔153〕 「發」上底卷殘泐，胡刻本作「舉趾而升輿兮夕予宿乎偃師遂
去故而就新兮志愴恨而懷悲明」。

〔154〕 「陳」上底卷殘泐，胡刻本作「有違酌罇酒以弛念兮喟抑情而
自非諒不登欒而豚蠡兮得不」。

〔155〕 「徂逝」上底卷殘泐，胡刻本作「兮聽天命之所歸遵通衢之大
道兮求捷徑欲從誰乃遂往而」。胡刻本「逝」下有「兮」字。

48　歐陽詢《藝文類聚》，第490頁。

〔156〕遊目　胡刻本作「游目」。「游」「遊」古今字。

〔157〕「既」上底卷殘泐，胡刻本作「七邑而觀覽兮遭鞏縣之多艱望
河洛之交流兮看成皋之旋門」。

〔158〕「而」上底卷殘泐，胡刻本作「過卷食原武之息足宿陽武之桑
間涉封丘而踐路兮慕京師」。

〔159〕追想兮　「追」上底卷殘泐，胡刻本作「自書傳而有焉遂進道
而少前兮得平丘之北邊入匡郭而」。胡刻本「想」作「遠」。李
善注云：「《論語》：子畏於匡。又曰：慎終追遠。《史記》曰：
孔子將適陳，過匡，匡人聞之，以為魯之陽虎。虎嘗暴於匡
人，匡人遂止孔子。」束錫紅雲：「起於陽虎暴匡之興，非追遠
思古之情，故以中性之詞『追想』方合。」按束說可從，唯李
善注本蓋作「追遠」，故引《論語》「慎終追遠」。

〔160〕阨　胡刻本作「厄」。《說文·戶部》：「戹，隘也。」阜部：
「阨，塞也。」二字音同義異，俚俗分別作「厄」「阨」。《孟子·
盡心下》云：「君子之戹於陳蔡之間，無上下之交也。」[49]「戹
（厄）」者困也（《東徵賦》下文云「乃困畏乎聖人」），「阨
（阨）」可視為假借字。王筠《說文解字句讀》則謂「阨」為
「厄」之絫增字[50]。

〔161〕而將昏　「而」上底卷殘泐，胡刻本作「衰亂之無道兮乃困畏
乎聖人悵容與而久駐兮忘日夕」。胡刻本「昏」作「昬」。「昬」
「昏」異體字。

〔162〕惕覺寤而顧問兮　前行「界」下僅缺一字，疑為「兮」，茲擬

49　《十三經注疏》，第2774頁。

50　王筠《說文解字句讀》，第467頁。

補一缺字符。「惕」上底卷殘泐，胡刻本作「察農野之居民睹
蒲城之丘墟兮生荊棘之榛榛」。胡刻本「頋」作「顧」。「頋」
為「顧」之俗字，說見《玉篇·頁部》[51]。

〔163〕「東」上底卷殘泐，胡刻本作「衛人嘉其勇義兮訖于今而稱云
蘧氏在城之」。

〔164〕「仁」上底卷殘泐，胡刻本作「身既沒而名存惟經典之所美兮
貴道德與」。

〔165〕吳札稱其君子兮　胡刻本「其」作「多」。李善注引《左氏傳》
云：「吳季札適衛，說蘧瑗、史狗、史鰌、公子荊、公叔發，
謂公子朝曰：衛多君子，未有患也。」束錫紅雲：「『其』為單
數和複數，『多』為複數，此處兩者均可。但上下句同時有
『其』字，稍遜文采，或為後人修飾潤色。」

〔166〕之在天兮　胡刻本無「兮」字。「之」上底卷殘泐，胡刻本作
「徵後衰微而遭患兮遂陵遲而不興知性命」。

〔167〕俛仰高而蹈　胡刻本「俛」作「勉」。李善注引《毛詩》云：「高
山仰止，景行行止。」束錫紅雲：「『仰高而蹈景』自不應
『俛』，德藏本誤。」

〔168〕庶靈祇之監照兮　「庶」上底卷殘泐，胡刻本作「景兮盡忠恕
而與人好正直而不回兮精誠通於明神」。胡刻本「監」作
「鑒」。《說文·臥部》：「監，臨下也。」金部：「鑑，大盆也。」
「鑒」「鑑」偏旁易位字。「監」「鑒」二字古多互相假借，此
賦當以「監」為本字。

〔169〕「兮」上底卷殘泐，胡刻本作「亂曰君子之思必成文兮盍各言

51　《宋本玉篇》，第75頁。

　　　志慕古人」。

〔170〕之智　胡刻本「智」作「運」。五臣本作「運」，束錫紅謂底卷「智」為誤字。秦丙坤《〈德藏吐魯番本文選校議〉商兌補校》云：「寫本『運』字涉下一個『智』字而誤書。」[52]「之」上底卷殘泐，胡刻本作「不法兮貴賤貧富不可求兮正身履道以俟時兮脩短」。

〔171〕「兮」上底卷殘泐，胡刻本作「委命唯吉凶兮敬慎無怠思嗛約兮清靜少欲師公綽」。

　　　▭▭▭統日[172]，乙未御辰。潘子憑▭▭▭廓忽悗[173]，化壹[174]氣而甄▭▭⊠（命）[175]，位有通塞之遇。鬼神▭▭⊠（納）旌弓於鉉台兮[176]，⊠⊠（讚庶）▭▭道兮[177]，佐士師而一黜。⊠□（武皇）▭▭⊠（冢）[178]宰。彼負荷▭▭▭▭▭⊠（明以）安位兮[179]，祇居逼以示專。⊠⊠蹈（亂逆）[180]▭▭⊠（與）[181]國而舒捲。苟蔽微以謬彰兮[182]，患▭▭之⊠⊠（拘摯）兮[183]，飄莘[184]浮而蓬轉。寮□（位）▭▭⊠⊠（鷲之）[185]巢幕。□⊠（心戰）懼以⊠（兢）▭▭作[186]。匪擇木以栖集兮[176]，鮮林⊠（焚）▭▭▭⊠⊠⊠⊠（秋霜之嚴）威兮[189]，流春澤之渥恩。甄大▭▭⊠（牧）疲民於西夏兮[190]，携[191]▭▭▭⊠（兮）[192]，疚聖達之幽情。矧厎[193]▭▭⊠（闕）[194]庭。眘羣落而掩涕兮[195]，▭▭⊠（遠）[196]矣姬德，興自高辛。▭▭旋牧野而歷茲兮[197]，愈▭▭猶危兮[198]，祀八百而餘▭▭▭指[199]日而比盛。人度⊠（量）之▭▭⊠⊠⊠⊠（都而營築）[200]。既定鼎⊠⊠⊠（于郊鄗）▭▭⊠（是）[201]祐。豈時

52　《圖書館雜誌》2009 年第 9 期，第 73 頁。

王之無僻兮〔202〕，賴先▨（哲）▭▭▨（頹）之樂禍兮〔203〕，尤闕西之效〔204〕戾。重毅▨（帶）▭▭▨（義）〔205〕以▨（獻）說。咨景悼以迄丐兮〔206〕，▨▨（政凌）▭▭▨▨▭▨（竟橫噬於）虎口兮〔207〕，▭▭▨▨▨▨▨（坎路側而瘞之）〔208〕。亭▨（有）▭▭眪山川以懷古兮〔209〕，悵攬彎▭▭劉后之來蒸〔210〕。事迴沆〔211〕▭▭虎狼之強國兮〔212〕，趙侵弱▭▭以接刃〔213〕。辱十城之虛壽兮〔214〕，▭▭▨（兮）〔215〕，若四體〔216〕之無骨。處▭▨▨（言）〔217〕。當光武之蒙塵，致▭▭奮〔218〕翼而高揮。建佐命▭▭託墳於南陵兮〔219〕，文違風（於）▭▭帥〔220〕以濟河。值庸主之▨▨（矜憿），▭▭▨（敗）而不詘兮〔221〕，儷淩晉以雪▨（恥）〔222〕。▨豈▭▭▭虞〔223〕。貪誘賂以賣鄰▭▭兮〔224〕，不及騰而就拘〔225〕。兮〔226〕，仲雍之祀忽諸。我祖安陽〔227〕，言陟陝郛。▭▭▨▨（固乃）周邵國之所▨分（兮）〔228〕，二南▨（風）〔229〕▭▭

【校記】

〔172〕統日　此為《西徵賦》篇中文字，其上殘泐部分為篇題「西徵賦一首」、作者名「潘安仁」及正文「歲次玄枵月旅蕤賓丙丁」，正文直接篇題，不換行。唯篇題內「一首」二字胡刻本、五臣本皆無，與《文選》體例不合。

〔173〕廓忽怳　「廓」上底卷殘泐，胡刻本作「軼西征自京徂秦徆喟然歎日古往今來邈矣悠哉寥」。胡刻本「忽怳」作「惚恍」。「忽怳」五臣本同。《說文·心部》：「怳，狂之皃。」邵瑛《說文解字羣經正字》云：「此即『怳忽』之『怳』。《淮南·原道》『驚怳忽』，又云『忽兮怳兮』是也，故《說文》本部云：『忽，忘也。』今經典作『恍惚』，《禮記·祭義》：『夫何恍惚之有乎？』」

《論語·子罕》何晏注:『言恍惚不可為形象。』《說文》無『恍惚』字,正字當作『怳忽』。」53

〔174〕壹　胡刻本作「一」。「一」「壹」二字古通用。

〔175〕「命」上底卷殘泐,胡刻本作「三才此三才者天地人道唯生與位謂之大寶生有脩短之」。

〔176〕納旌弓於鉉台兮　「納」上底卷殘泐,胡刻本作「莫能要聖智弗能豫當休明之盛世託菲薄之陋質」。「兮」字胡刻本無。

〔177〕道兮　「道」上底卷殘泐,胡刻本作「續於帝室嗟鄙夫之常累固既得而患失無柳季之直」。「兮」字胡刻本無。

〔178〕「冢」上底卷殘泐,胡刻本作「忽其升遐八音遏於四海天子寢於諒闇百官聽於」。

〔179〕明以安位兮　自前行「荷」至此底卷殘泐,胡刻本作「之殊重雖伊周其猶殆窺七貴於漢庭讟一姓之或在無危」。「兮」字胡刻本無。

〔180〕蹈亂逆　胡刻本「蹈」作「陷」。李善注云:「言無見危之明以安其位,祇為逼主以示己專也。干寶《晉紀》曰:(楊)駿被誅。」束錫紅雲:「『蹈』字和『陷』字當為形近之訛。德藏本『蹈』字似更多帶有主動性,與文意相合,似更合理。」

〔181〕「與」上底卷殘泐,胡刻本作「以受戮匪禍降之自天孔隨時以行藏蘧」。

〔182〕謬彰兮　胡刻本「謬彰」作「繆章」,無「兮」字。「謬彰」二字五臣本同。《說文·糸部》「繆,枲之十絜也」段注云:「亦

53　《續修四庫全書》第211冊,第276頁。

段為謬誤字。」⁵⁴「章」「彰」古今字。

〔183〕之拘攣兮　「之」上底卷殘泐，胡刻本作「過辟之未遠悟山潛之逸士卓長往而不反陋吾人」。「兮」字胡刻本無。

〔184〕洴　胡刻本作「萍」。「洴」字五臣本同。洴、萍同物，故《干祿字書·平聲》云：「萍洴，上通下正。」⁵⁵

〔185〕「鷩之」上底卷殘泐，胡刻本作「儡其隆替名節濯以隕落危素卵之累殼甚玄」。

〔186〕「作」上底卷殘泐，胡刻本作「悚如臨深而履薄夕獲歸於都外宵未中而難」。

〔187〕栖集兮　胡刻本「栖」作「棲」，無「兮」字。「栖」為「棲」之俗字，考詳《敦煌俗字研究》⁵⁶。

〔188〕尟林焚　胡刻本「尟」作「尠」。「尟」字五臣本同。《說文·是部》：「尟，是少也。」段注云：「尠者尟之俗。」⁵⁷「尟」字經典罕見，通作「鮮」，故《廣韻·獮韻》云：「鮮，少也。尠，俗。」⁵⁸慧琳《一切經音義》卷二九《金光明最勝王經》第十卷音義「尠智」條云：「俗字也，正作尟。《玉篇》云：尟，少也，寡也。從甚、少，俗意。」⁵⁹「焚」底卷殘損左下角，原似作「燚」，茲徑據胡刻本。

〔189〕秋霜之嚴威兮　「秋」上底卷殘泐，胡刻本作「而鳥存遭千載

54　段玉裁《說文解字注》，第661頁。

55　施安昌《顏真卿書干祿字書》，第31頁。

56　張涌泉《敦煌俗字研究》（第二版），第480頁。

57　段玉裁《說文解字注》，第69頁。

58　《宋本廣韻》，第270頁。

59　徐時儀《一切經音義三種校本合刊》，第1023頁。

之嘉會皇合德於乾坤弛」。「兮」字胡刻本無。

〔190〕牧疲民於西夏兮　「牧」上底卷殘泐，胡刻本作「義以明責反初服於私門皇鑒揆余之忠誠俄命余以末班」。胡刻本「民」作「人」，無「兮」字。「人」為「民」之諱改字。

〔191〕携　胡刻本作「攜」。《五經文字・手部》：「攜，戶圭反。相承作或作携者，皆非。」[60]是「携」為後起俗字。

〔192〕兮　底卷殘損右上角，胡刻本無此字。其上底卷殘泐，胡刻本作「老幼而入關丘去魯而顧歎季過沛而涕零伊故鄉之可懷」。

〔193〕疋　胡刻本作「匹」。《廣韻・質韻》：「匹，俗作疋。」[61]

〔194〕「闕」上底卷殘泐，胡刻本作「夫之安土邈投身於鎬京猶犬馬之戀主竊託慕於」。

〔195〕眷鞏落而掩涕兮　胡刻本「落」作「洛」，無「兮」字。李善注云：「鞏、洛，二縣名也。」束錫紅雲：「『洛』是，德藏本誤。」

〔196〕「遠」上底卷殘泐，胡刻本作「思纏縣於墳塋爾乃越平樂過街郵秣馬皋門稅駕西周」。

〔197〕旋牧野而歷茲兮　「旋」上底卷殘泐，胡刻本作「思文后稷厥初生民率西水滸化流岐豳祚隆昌發舊邦惟新」。「兮」字胡刻本無。

〔198〕猶危兮　「猶」上底卷殘泐，胡刻本作「守柔以執競夜申旦而不寐憂天保之未定惟泰山其」。「兮」字胡刻本無。

〔199〕「指」上底卷殘泐，胡刻本作「慶鑒亡王之驕淫竄南巢以投命

60　《叢書集成初編》本，第6頁。

61　《宋本廣韻》，第449頁。

坐積薪以待然方」。

〔200〕「都而營築」上底卷殘泐，胡刻本作「乖舛何相越之遼迴考土
中于斯邑成建」。

〔201〕「是」上底卷殘泐，胡刻本作「遂鑽龜而啓繇平失道而來遷繫
二國而」。

〔202〕兮　胡刻本無。

〔203〕頮之樂禍兮　「頮」上底卷殘泐，胡刻本作「哲以長懋望圉北
之兩門感虢鄭之納惠討子」。「兮」字胡刻本無。

〔204〕効　胡刻本作「効」。《玉篇・力部》：「効，俗效字。」[62]

〔205〕「義」上底卷殘泐，胡刻本作「以定襄弘大順以霸世靈壅川以
止鬪晉演」。

〔206〕兮　胡刻本無。

〔207〕竟橫噬於虎口兮　「竟」上底卷殘泐，胡刻本作「遲而彌季俾
庶朝之構逆歷兩王而干位踰十葉以逮赧邦分崩而為二」。「兮」
字胡刻本無。

〔208〕「坎路側而瘞之」上底卷殘泐，胡刻本作「輸文武之神器澡孝
水而濯纓嘉美名之在茲夭赤子於新安」。

〔209〕眄山川以懷古兮　「眄」上底卷殘泐，胡刻本作「千秋之號子
無七旬之期雖勉勵於延吳實潛慟乎余慈」。「兮」字胡刻本無。

〔210〕劉后之來蘓　「劉」上底卷殘泐，胡刻本作「於中塗虐項氏之
肆暴坑降卒之無辜激秦人以歸德成」。胡刻本「蘓」作「蘇」。
《干祿字書・平聲》：「蘓蘇，上俗下正。」[63]

62　《宋本玉篇》，第 149 頁。

63　施安昌《顏真卿書干祿字書》，第 19 頁。

〔211〕迴沆　胡刻本作「回沆」。「回」「迴」古今字。

〔212〕虎狼之強國兮　「虎」上底卷殘泐，胡刻本作「而好還卒宗滅而身屠經澠池而長想停余車而不進秦」。胡刻本「強」作「彊」，無「兮」字。據《說文》，「彊」本字，「強」假借字。

〔213〕以接刃　胡刻本「以」作「而」。「以」「而」二字古多通用。其上底卷殘泐，胡刻本作「之餘燼超入險而高會杖命世之英蘭恥東瑟之偏鼓提西缶」。

〔214〕兮　胡刻本無。

〔215〕兮　底卷殘損上端少許筆畫，胡刻本無此字。其上底卷殘泐，胡刻本作「奄咸陽以取僞出申威於河外何猛氣之咆勃入屈節於廉公」。

〔216〕軆　胡刻本作「體」。《玉篇・身部》：「躰軆，並俗體字。」[64]

〔217〕「言」上底卷殘泐，胡刻本作「智勇之淵偉方鄙之忿悁雖改日而易歲無等級以寄」。

〔218〕「奮」上底卷殘泐，胡刻本作「王誅于赤眉異奉辭以伐罪初垂翅於回谿不尤眚以掩德終」。

〔219〕託墳於南陵兮　胡刻本「託」作「記」，無「兮」字。胡克家《文選考異》云：「袁本、茶陵本『記』作『託』，云『善作記』。案：此善亦作『託』，但傳寫譌為『記』，二本校語及尤所見皆非。」按《藝文類聚》卷二七《人部十一》引《西徵賦》亦作「託」[65]，「記」無疑為形訛字。「託」上底卷殘泐，胡刻本作「之元勛振皇綱而更維登崤坂之威夷仰崇嶺之嵯峨皐」。

64　《宋本玉篇》，第63頁。

65　歐陽詢《類文類聚》，第491頁。

〔220〕「帥」上底卷殘泐，胡刻本作「北阿騫哭孟以審敗襄墨縗以授戈曾隻輪之不反縑三」。

〔221〕敗而不詘兮　「敗」上底卷殘泐，胡刻本作「殆肆叔於朝市任好綽其餘裕獨引過以歸己明三」。胡刻本「詘」作「黜」，無「兮」字。束錫紅云：「『詘』同『黜』，通假字。」

〔222〕儺淩晉以雪恥　胡刻本「雜」作「卒」，「淩」作「陵」。李善注云：「卒或為雜，非也。」「雜」蓋「雜」之增旁字，未見他例。五臣本作「淩」。《說文・夊部》：「夌，越也。」段注云：「凡夌越字當作此，今字或作『淩』，或作『凌』，而『夌』廢矣。今字概作『陵』矣。」[66]

〔223〕虞　自前行「豈」至此底卷殘泐，胡刻本作「虛名之可立良致霸其有以降曲崤而憐虢託與國於亡」。

〔224〕兮　胡刻本無。

〔225〕不及臘而就拘　胡刻本「臘」作「臈」。《干祿字書・入聲》：「臈蠟，上臘祭，下蜜。俗字從葛，非也。」[67]

〔226〕兮　胡刻本無。其上底卷殘泐，胡刻本作「垂棘反於故府屈產服于晉輿德不建而民無援」。

〔227〕我祖安陽　胡刻本「祖」作「徂」。束錫紅云：「『徂』『陟』『行』『憩』對文，德藏本誤。」按此因俗書礻、彳二旁混用所致。

〔228〕固乃周邵國之所分兮　「固」上底卷殘泐，胡刻本作「行乎漫瀆之口憩乎曹陽之墟美哉邈乎茲土之舊也」。「國」「兮」二字胡刻本無。參見下條。

---

66 段玉裁《說文解字注》，第232頁。

67 施安昌《顏真卿書干祿字書》，第63頁。

〔229〕二南風　「風」殘損左下角，胡刻本無此字。《初學記》卷一
　　　　○《帝戚部》「二南兩東」條引《西徵賦》云「固乃周召職之
　　　　所分，二南風之所交」[68]，正合於底卷，以「二南風」與「周
　　　　邵國（職）」各三字相對為文，胡刻本則以「二南」與「周邵」
　　　　對文。

（中缺）

□□□☒（許）而中☒（惕）[230]。□　□　□☒（鋒）刃兮[231]，
☒（洞）□　□　□☒（悵）兮[232]，惜☒☒（兆亂）而兄替。枝
□□□之無恥兮[233]，徒利開而義□□☒（害）[234]。或開開而延敵
兮[235]，竟[236]☒（遯）□□☒（合）[237]而成大。豈地勢之安危，
□□□甘微行以遊槃[238]。長憖[239]賔於□□□巡幸兮[240]，故清道以
後往[241]。懼□□□重於天下兮[242]，奚斯漸之可□□□趙[243]虜。加
顯戮於☒（儲）□　□　□全節兮[244]，又継[245]之以☒（盤）
□　□　□☒（濟）[246]潼。眺華岳之陰崖兮[247]，覿高☒□（掌之）
□□□於[248]孔公。唱韓馬之大慜兮[249]，阻關谷以☒☒（稱亂）。
□□□筭[250]。砰揚枠以振塵☒（兮）[251]，☒（劃）[252]□　□　□
☒（低）[253]仰。蹈秦☒（郊）[　]□□□

（中缺）

□□□☒（清風）[254]□　□　□漕[255]引淮☒☒☒☒（海之粟。
林茂）有鄂□□□☒（於）東主兮[256]，安處所以聽於□□□掌兮
[257]，義桓友之忠規。竭股□□□☒（兮）[258]，疾幽皇[259]之詭惑。舉

68　《初學記》，第238頁。

偽烽以□□☑（國）〔260〕。又有繼於此者，異哉秦始皇□□勤〔261〕。
外離西楚之禍兮〔262〕，內□□厚☑（德）載物〔263〕。觀夫漢高之
□□☑（愛）〔264〕。澤靡不漸，恩無不逮。□□☑（豐）〔265〕，製造
〔266〕新邑。故□□□□☑（家）〔267〕竟而入。籍含怒於鴻門兮，沛
〔268〕□□□□兮〔269〕，危冬葉之待霜。履虎尾而不☑（噬），
□□龍攄兮〔270〕，雄霸上而高驤。曾遷□□□□飲餞於東郊兮
〔271〕，☑□☑（畏極位）之☑（盛）〔272〕□□□

【校記】

〔230〕許而中惕　底卷此當斷片拼接處，與上一斷片並不能直接綴
　　　　合，其間有缺行。

〔231〕鋒刃兮　自前行「惕」至此底卷殘泐，胡刻本作「追皇駕而驟
　　　　戰望玉輅而縱鏑痛百寮之勤王咸畢力以致死分身首於」。「兮」
　　　　字胡刻本無。

〔232〕悵兮　自前行「洞」至此底卷殘泐，胡刻本作「臂腋以流矢有
　　　　褰裳以投岸或攘袂以赴水傷桴檝之褊小撮舟中而掬指升曲沃而
　　　　惆」。「兮」字胡刻本無。

〔233〕之無恥兮　「之」上底卷殘泐，胡刻本作「末大而本披都偶國
　　　　而禍結臧札飄其高厲委曹吳而成節何莊武」。「兮」字胡刻本
　　　　無。

〔234〕「害」上底卷殘泐，胡刻本作「閉躪函谷之重阻看天險之衿帶
　　　　迹諸侯之勇怯籌嬴氏之利」。

〔235〕或開開而延敵兮　胡刻本「開」作「關」，「而」作「以」，無

「兮」字。《干祿字書·平聲》:「開闓,上俗下正。」[69]「而」
字顏師古《匡謬正俗》卷五「逡遁」條引《西徵賦》同[70],「以」
「而」古多通用。

〔236〕 竸　胡刻本作「競」。「竸」為「競」之俗字,參見《敦煌俗字
研究》[71]。下凡「竸」字同。

〔237〕「合」上底卷殘泐,胡刻本作「逃以奔竄有噤門而莫啓不窺兵
於山外連雞互而不棲小國」。

〔238〕 甘微行以遊槃　「甘」上底卷殘泐,胡刻本作「信人事之否泰
漢六葉而拓畿縣弘農而遠關厭紫極之閑敞」。胡刻本「槃」作
「盤」。「盤」「槃」皆「般」之後起分別文。

〔239〕 傲　胡刻本作「傲」。《說文·人部》:「傲,倨也。」無「傲」
字,「傲」為「傲」之後起別體。

〔240〕 巡幸兮　「巡」上底卷殘泐,胡刻本作「於柏谷妻　貌而獻餐
疇匹婦其已泰胡厥夫之繆官昔明王之」。「兮」字胡刻本無。

〔241〕 故清道以後往　胡刻本「故」作「固」,「以」作「而」。「故」
「固」、「以」「而」古多通用。

〔242〕 重於天下兮　「重」上底卷殘泐,胡刻本作「衞縣之或變峻徒
御以誅賞彼白龍之魚服挂豫且之密網輕帝」。胡刻本「於」作
「于」,無「兮」字。「于」「於」二字古多通用。

〔243〕「趙」上底卷殘泐,胡刻本作「長弔戾園於湖邑諒遭世之巫蠱
探隱伏於難明委讒賊之」。

〔244〕 全節兮　自前行「儲」至此底卷殘泐,胡刻本作「貳絕肌膚而

69　施安昌《顏真卿書干祿字書》,第24頁。
70　劉曉東《匡謬正俗平議》,第125頁。
71　張涌泉《敦煌俗字研究》(第二版),第680頁。

不顧作歸來之悲臺徒望思其何補紛吾既邁此」。「兮」字胡刻本
無。

〔245〕継　胡刻本作「繼」。「継」為「繼」之俗字，說見《玉篇・糸
部》[72]。下凡「継」字同。

〔246〕濟　自前行「盤」至此底卷殘泐，胡刻本作「桓問休牛之故林
感徵名於桃園發闌鄉而警策愍黃巷以」。

〔247〕兮　胡刻本無。

〔248〕「於」上底卷殘泐，胡刻本作「之遺蹤憶江使之反璧告亡期於
祖龍不語怪以徵異我聞之」。

〔249〕唱韓馬之大憝兮　胡刻本「唱」作「愠」，無「兮」字。李善
注云：「何晏《論語注》曰：愠，怒也。」束錫紅雲：「『愠』
是，德藏本誤。」

〔250〕「箄」上底卷殘泐，胡刻本作「魏武赫以霆震奉義辭以伐叛彼
雖眾其焉用故制勝於廟」。

〔251〕兮　底卷殘存上半，胡刻本無此字。

〔252〕劃　底卷殘損左半，胡刻本作「繘」。朱駿聲《說文通訓定聲》
「繘」字下云：「叚借為『劃』。《西徵賦》『繘瓦解而冰泮』，
注：『破聲也。』」[73]

〔253〕低　自前行「劃」至此底卷殘泐，胡刻本作「瓦解而冰泮超遂
遁而奔狄甲卒化為京觀倦狹路之迫隘軌踦䟆以」。

〔254〕清風　底卷此當斷片拼接處，與上一斷片並不能直接綴合，其
間有缺行。

---

〔255〕漕　白前行「風」至此底卷殘泐，胡刻本作「之靁戾納歸雲之鬱蓊南有玄灞素滻湯井溫谷北有清渭濁涇蘭池周曲浸決鄭白之渠」。

〔256〕於東主兮　「於」上底卷殘泐，胡刻本作「之竹山挺藍田之玉班述陸海珍藏張敘神皋隩區此西實所以言」。「兮」字胡刻本無。

〔257〕掌兮　「掌」上底卷殘泐，胡刻本作「憑虛也可不謂然乎勁松彰於歲寒貞臣見於國危入鄭都而抵」。「兮」字胡刻本無。

〔258〕兮　底卷殘存下半，胡刻本無此字。其上底卷殘泐，胡刻本作「肱於昏主赴塗炭而不移世善職於司徒緇衣弊而改為履犬戎之侵地」。

〔259〕幽皇　胡刻本作「幽后」。束錫紅雲：「『幽皇』顯然指周幽王，斷非『幽后』褒姒，德藏本是。」按五臣本、《藝文類聚》並作「幽后」[74]。「后」「皇」同義，皆訓為「君」，《西徵賦》上文云「激秦人以歸德，成劉后之來蘇」，「劉后」指漢高帝劉邦，是其比。

〔260〕「國」上底卷殘泐，胡刻本作「沮眾淫嬖襃以縱慝軍敗戲水之上身死驪山之北赫赫宗周威為亡」。

〔261〕「勤」上底卷殘泐，胡刻本作「之為君也傾天下以厚葬自開關而未聞匠人勞而弗圖俾生埋以報」。

〔262〕外離西楚之禍兮　胡刻本「離」作「罹」，無「兮」字。胡克家《文選考異》云：「袁本、茶陵本『罹』作『離』。案：『離』是也。」五臣本正作「離」。參見校記〔131〕。

74　歐陽詢《類文類聚》，第491頁。

〔263〕厚德載物　「德」字底卷殘存下半，原誤倒在「厚」字之上，後加乙倒符乙正。其上殘泐，胡刻本作「受牧豎之焚語日行無禮必自及此非其効與乾坤以有親可久君子以」。

〔264〕「愛」上底卷殘泐，胡刻本作「興也非徒聰明神武豁達大度而已也乃實慎終追舊篤誠款」。

〔265〕「豐」上底卷殘泐，胡刻本作「率土且弗遺而況於隣里乎況於卿士乎于斯時也乃摹寫舊」。

〔266〕製造　胡刻本作「製造」。王筠《說文解字句讀》「製」篆注云：「製即制之絫增字也。」[75]

〔267〕家　自前行「故」至此底卷殘泐，胡刻本作「社易置枌榆遷立街衢如一庭宇相襲渾雞犬而亂放各識」。

〔268〕籍含怒於鴻門兮沛　「兮沛」二字底卷原倒置拼接於此行之末，「兮」字胡刻本無。

〔269〕兮　胡刻本無。自前行「沛」至此底卷殘泐，胡刻本作「踽踽而來王范謀害而弗許陰授劒以約莊撝白刃以萬舞」。

〔270〕龍攄兮　「龍」上底卷殘泐，胡刻本作「寔要伯於子房樊抗憤以戹酒咀彘肩以激揚忽蛇變而」。「兮」字胡刻本無。

〔271〕飲餞於東郊兮　自前行「遷」至此底卷殘泐，胡刻本作「怒而橫撞碎玉斗其何傷嬰冑組於軹塗投素車而肉袒跣」。「餞」底卷原誤作「賤」，茲據胡刻本改正。胡刻本「東郊」作「東都」，無「兮」字。六臣本作「東門」，校語云「善本作都」。考李善注云：「《漢書》曰：踈廣字仲翁，為太子太傅，兄子受為少傅，廣謂受曰：吾聞知足不辱，知止不殆，今官成名立，不

75　王筠《說文解字句讀》，第313頁。

　　去，懼有後悔。遂上疏乞骸骨，上皆許之。故人邑子為設祖
　　道，供帳東都門外。蘇林曰：長安東門也。」五臣劉良注同。
　　國外曰郊，底卷作「東郊」義長，「東都」「東門」疑皆後人據
　　注文而改。

〔272〕畏極位之盛　「位之盛」三字底卷原倒置拼接於此行之末，
　　　　「位」殘存左半，「盛」殘存上半。

（中缺）

　　□□▨▨（自強）〔273〕□□　□□▨□□▨（營宇寺署）〔274〕，肆
▨（廛）□□　□□▨（明）〔275〕，建陽昌陰，北渙南平〔276〕。
　　□□▨（縈）馺娑而欱駘蕩〔277〕，轇□□□▨（殿）〔278〕傍。何黍苗
之離離兮〔279〕，而□□□▨（遷）〔280〕於灞川。懷夫▨（蕭）曹魏邴
□□□▨（兵）〔281〕舉而皇威暢。臨危而□□□▨（長）〔282〕卿淵雲之
文，子長□□□終〔283〕童山東之英妙，□□□▨（奮）〔284〕迅泥滓。或
從容傅會，□□□於上列〔285〕，垂令問〔286〕而不已。想□□□▨（也）
〔287〕，▨▨（乃熏）灼四方，震燿〔288〕都▨（鄙）。□□　□□□▨
（漸）臺而扼捥兮〔289〕，梟巨猾而餘怒。▨（揖）□□　□□□▨（而）
不悟〔290〕。曲陽譖於白武兮〔291〕，化奢▨（淫）文〔292〕成而溺五利。侔
▨▨▨▨（造化以製作），□□　□□▨▨▨▨（骼於漫沙）兮
〔293〕，□□□

（中缺）

　　□□□▨（無）漸〔294〕。較▨（面）朝之▨（煥）□□　□□▨（輕）
躰▨▨（之纖）纚〔295〕。咸□□　□□▨（撫）劒兮〔296〕，快孝文之
命帥。周□□□▨（彎）〔297〕。肅天威之臨顏兮〔298〕，率軍□□□▨（孝）
〔299〕里之前號。悯輚駕而容□□□兮〔300〕，反推怨以歸咎。未十里

　　▢▢▢▢▢（墟）於渭城兮〔301〕，冀闕緬其▢▢▢▢楹〔302〕以抗憤。燕啚〔303〕窮而荊▢▢▢茲兮〔304〕，亦狼狽而可▢（憝）〔305〕。▢▢▢▢▢（邊）〔306〕。儒林填於坑窣兮〔307〕，《詩》▢（《書》）▢▢▢犬〔308〕何可復▢（牽）。▢▢▢▢▢而〔309〕寄坐。▢（兵）在頸而顧問兮〔310〕，▢▢▢（何不早）▢▢　▢▢決兮〔311〕，▢▢（敢討）賊以舒禍〔312〕。勢土崩而▢▢▢▢▢▢（羽）天▢▢▢▢（與而弗取）兮〔313〕，冠沐猴而▢（縱）▢▢▢▢▢▢▢（韓之）舊▢（處）〔314〕。▢▢▢

【校記】

〔273〕　自強　底卷此當斷片拼接處，與上一斷片並不能直接綴合，其間有缺行。

〔274〕　營宇寺署　自前行「強」至此底卷殘泐，胡刻本作「而不息於是孟秋爰謝聽覽餘日巡省農功周行廬室街里蕭條邑居散逸」。

〔275〕　明　自前行「廬」至此底卷殘泐，胡刻本作「管庫蕆芮於城隅者百不處一所謂尚冠脩成黃棘宣」。

〔276〕　北渙南平　胡刻本「渙」作「煥」。李善注云：「皆里名也。」束錫紅雲：「作里名似以『北煥』為宜。」按五臣本、《太平御覽》卷一五七《州郡部三》引《西徵賦》並作「北煥」[76]。

〔277〕　縈馺娑而欹駘蕩　「縈」上底卷殘泐，胡刻本作「皆夷漫滌盪亡其處而有其名爾乃階長樂登未央汎太液凌建章」。胡刻本「欹」作「款」，「駘蕩」作「駘盪」。《玉篇・欠部》：「款，俗作欹。」[77]胡刻本卷一班固《西都賦》云「經駘盪而出馺娑」，

76　《太平御覽》，第765頁。

77　《宋本玉篇》，第179頁。

　　卷二張衡《西京賦》云「馺娑駘盪」，並作「駘盪」。「駘盪」
與「滌盪」一聲之轉，則「盪」為本字，「蕩」為假借字。

〔278〕「殿」上底卷殘泐，胡刻本作「枌詣而櫼承光徘徊桂宮惆悵柏
梁鷩雉雛於臺陂狐兔窟於」。

〔279〕兮　胡刻本無。

〔280〕「遷」上底卷殘泐，胡刻本作「余思之芒芒洪鍾頓於毀廟乘風
廢而弗縣禁省鞠為茂草金狄」。

〔281〕「兵」上底卷殘泐，胡刻本作「之相辛李衛霍之將銜使則蘇屬
國震遠則張博望教敷而彝倫敘」。

〔282〕「長」上底卷殘泐，胡刻本作「智勇奮投命而高節亮暨乎秅侯
之忠孝淳深陸賈之優游宴喜」。

〔283〕「終」上底卷殘泐，胡刻本作「政駿之史趙張三王之尹京定國
釋之之聽理汲長孺之正直鄭當時之推士」。

〔284〕「奮」上底卷殘泐，胡刻本作「賈生洛陽之才子飛翠綏拖鳴玉
以出入禁門者眾矣或被髮左袵」。

〔285〕於上列　「於」上底卷殘泐，胡刻本作「望表知裏或著顯績而
嬰時戮或有大才而無貴仕皆揚清風」。胡刻本「列」作「烈」。
「列」字五臣本同，呂向注云：「上列，上代也。」束錫紅雲：
「各本作『列』『烈』均可解。」

〔286〕令問　胡刻本作「令聞」。胡刻本李善注引《毛詩》云「令聞
令望」，六臣本作「令問令望」，「令問」適與底卷相合。《毛
詩・大雅・緜》「亦不隕厥問」，陳奐《詩毛氏傳疏》云：「『問』
讀為『令聞』之『聞』，古『問』『聞』通用。」[78]

78　陳奐《詩毛氏傳疏》卷二三，第24A頁。

〔287〕 「也」上底卷殘泐，胡刻本作「珮聲之遺響若鏗鏘之在耳當音鳳恭顯之任勢」。

〔288〕 燿　胡刻本作「耀」。「耀」為「燿」之後起別體，說見徐灝《說文解字注箋》「燿」篆下[79]。

〔289〕 漸臺而扼捥兮　自前行「鄙」至此底卷殘泐，胡刻本作「而死之日曾不得與夫十餘公之徒隸齒才難不其然乎望」。胡刻本「捥」作「腕」，無「兮」字。《玉篇・肉部》：「腕，烏段切，手腕。亦作捥。」[80]

〔290〕 而不悟　自前行「揖」至此底卷殘泐，胡刻本作「不疑於北闕軑樐里於武庫酒池鑒於商辛追覆車」。胡刻本「悟」作「寤」。王力《同源字典》云：「睡醒叫『寤』，覺悟叫『悟』。覺悟的『悟』來源于睡醒的『寤』，並且常寫作『寤』。」[81]

〔291〕 曲陽譖於白武兮　胡刻本「譖」作「僭」，「武」作「虎」，無「兮」字。李善注引《漢書》云：「王根為曲陽侯。五侯大脩第室，起土山漸臺，洞門高廊。百姓歌之曰：五侯初起，曲陽最怒。壞決高都，連竟外杜。土山漸臺，象西白虎。」《說文・人部》「僭」篆段注云：「以下儗上，『僭』之本義也。《詩》亦假『譖』為『僭』。」[82] 是「譖」為假借字，底卷似已校改左半偏旁為「亻」。「武」為「虎」之諱改字。

〔292〕 「文」上底卷殘泐，胡刻本作「而無度命有始而必終孰長生而久視武雄略其焉在近惑」。又「文」上底卷實存一「辶」旁，

79　《續修四庫全書》第 226 冊，第 321 頁。

80　《宋本玉篇》，第 146 頁。

81　王力《同源字典》，第 136 頁。

82　段玉裁《說文解字注》，第 378 頁。

似原卷「近惑」二字誤倒，茲不作錄文。

〔293〕 骼於漫沙兮　自前行「作」至此底卷殘泐，胡刻本作「窮山海
之奧秘靈若翔於神島奔鯨浪而失水爆鱗」。「兮」字胡刻本無。

〔294〕 無澌　底卷此當斷片拼接處，與上一斷片並不能直接綴合，其
間有缺行。胡刻本「澌」作「賜」。李善注引《方言》云：「賜，
盡也。」而「澌」亦有盡義。《說文・水部》：「澌，水索也。
从水，斯聲。」王筠注云：「《字林》同。《方言》：『澌，索也。』
注云：『盡也。』《蒼頡解詁》：『索，盡也。』」[83]《廣雅・釋
詁一》云：「澌，盡也。」[84] 皆其證。又考《玉篇・水部》：「澌，
息咨切，水名。又音賜，水盡。」[85]《廣韻》去聲寘韻斯義切
「賜」小韻：「澌，盡也。」[86]「澌」之訓盡，正與「賜」同音。

〔295〕 輕躰之纖纚　自前行「煥」至此底卷殘泐，胡刻本作「炳次後
庭之猗靡壯當熊之忠勇深辭輦之明智衛鬢髮以光鑒趙」。胡刻
本「躰」作「體」，「纖纚」作「纖麗」。《玉篇・身部》：「躰體，
並俗體字。」[87] 聯綿詞無定字，作「纖纚」「纖麗」均可。

〔296〕 撫劒兮　自前行「咸」至此底卷殘泐，胡刻本作「善立而聲流
亦寵極而禍侈津便門以右轉究吾境之所暨掩細柳而」。「兮」字
胡刻本無。

〔297〕「釁」上底卷殘泐，胡刻本作「受命以忘身明戎政之果毅距華
蓋於罍和案乘輿之尊」。

83　王筠《說文解字句讀》，第 440 頁。

84　王念孫《廣雅疏證》，第 40 頁。

85　《宋本玉篇》，第 357 頁。

86　《宋本廣韻》，第 326 頁。

87　《宋本玉篇》，第 63 頁。

〔298〕 兮　胡刻本無。

〔299〕 「孝」上底卷殘泐，胡刻本作「禮以長擅輕棘霸之兒戲重條侯之倨貴索杜郵其焉在云」。

〔300〕 兮　胡刻本無。其上底卷殘泐，胡刻本作「與哀武安以興悼爭伐趙以徇國定廟箅之勝負扞矢言而不納」。

〔301〕 墟於渭城兮，「於」上底卷殘泐，胡刻本作「於遷路尋賜劒以刎首嗟主闇而臣嫉禍於何而不有窺秦」。「兮」字胡刻本無。

〔302〕 「楹」上底卷殘泐，胡刻本作「堙盡覓陛殿之餘基裁岐屹以隱嶙想趙使之抱璧瀏睍」。

〔303〕 圕　胡刻本作「圖」。《干祿字書・平聲》：「圕圖，上俗下正。」[88]

〔304〕 茲兮　「茲」上底卷殘泐，胡刻本作「發紛絕袖而自引筑聲厲而高奮狙潛鉛以脫膾據天位其若」。「兮」字胡刻本無。

〔305〕 亦狼狽而可慜　「慜」字底卷殘損下半，胡刻本作「愍」。「慜」可視為「愍」之假借字。

〔306〕 「邊」上底卷殘泐，胡刻本作「簡良人以自輔謂斯忠而軔賢寄苛制於捐灰矯扶蘇於朔」。

〔307〕 兮　胡刻本無。

〔308〕 「犬」上底卷殘泐，胡刻本作「煬而為煙國滅亡以斷後身刑輳以啓前商法焉得以宿黃」。

〔309〕 而　自前行「牽」至此底卷殘泐，胡刻本作「野蒲變而成脯苑鹿化以為馬假讒逆以天權鉗眾口」。

〔310〕 兮　胡刻本無。

88　施安昌《顏真卿書干祿字書》，第19頁。

〔311〕　決兮　自前行「早」至此底卷殘泐，胡刻本作「而告我願黔黎其誰聽惟請死而獲可健子嬰之果」。「兮」字胡刻本無。

〔312〕　舒禍　胡刻本作「紓禍」。李善注云：「杜預《左氏傳注》曰：紓，除也。」束錫紅雲：「『舒』『紓』可通。」按「舒」「紓」同源，說見王力《同源字典》[89]。

〔313〕　羽天與而弗取兮　自前行「而」至此底卷殘泐，胡刻本作「而莫振作降王於路左蕭收圖以相劉料險易與眾寡」。「兮」字胡刻本無。

〔314〕　韓之舊處　自前行「縱」至此底卷殘泐，胡刻本作「火貫三光而洞九泉曾未足以喻其高下也感市閭之蓛井歎尸」。

（中缺）

▨▨▨（高貴）[315]，▨▨▨舉[316]。存威格乎▨▨▨（兮）[317]，諒惠聲之寂寞。弔▨▨（而）[318]矜譆？殞吳嗣之局下[319]，▨（蓋）▨▨（兮）[320]，茲沮善而勸惡。告▨（孝）▨▨（儉）[321]。過延門而▨▨（責成）兮[322]，▨▨（忠何）▨▨劉皇統[323]之▨（孕）育。▨□（張舅）▨▨（法）〔堯〕[324]而承羞，永終古▨（而）▨▨（漢）[325]恥而不雪。雖積誠[326]▨▨橋而旋軫兮[327]，歷弊邑[328]▨▨倬[329]▨▨（樊川）以激池。役▨▨（鬼傭）[330]▨▨宗桃汙而為沼兮[331]，豈▨▨（斯宇）▨▨▨▨（以拜）郎[332]。誦六藝以飾奸兮[333]，焚▨（《詩》）▨▨游▨（兮）[334]，▨（紹）衰緒而中興[335]。不▨▨▨造自[336]▨▨

89　王力《同源字典》，第 155 頁。

（中缺）

▢▢似湯▢（谷）[337]，夕類▢（虞）▢▢　▢▢峙[338]。▢▢（嵒万載）而不▢（傾）兮[339]，▢（奄）▢▢▢（鳧）[340]躍鴻漸。乘雲頡[341]，▢▢茲池之肇穿兮[342]，肆水戰於[343]▢▢▢▢（有贍）[344]乎原陸。在皇▢（代）而物土，▢▢▢（課）[345]獲，引▢▢▢▢（繳舉效。鼲）▢▢▢▢連[346]白，鳴棍厲響。▢（貫）▢▢躍[347]鱗，▢（素）鱮揚鰭[348]。▢▢▢兮[349]，賨旅竦而▢▢（遲御）。▢▢▢（乃）端策拂茵[350]，彈▢▢（冠振）▢▢敢夢兮[351]，▢（竊）▢▢▢▢莫之亢吉▢▢林[352]▢▢▢▢子▢（贏）鋤以借父兮[353]，▢（化）秦▢（法）[354]▢▢芮[355]▢▢（愧而）訟息。由此觀之，▢（土）▢▢▢（淯）[356]▢▢

（後缺）

【校記】

〔315〕高貴　底卷此當斷片拼接處，與上一斷片並不能直接綴合，其間有缺行。

〔316〕舉　自前行「貴」至此底卷殘泐，胡刻本作「非所望於蕭傅造長山而慷慨偉龍顏之英主曶中豁其洞開羣善湊而必」。

〔317〕兮　底卷殘損左上角，胡刻本無此字。自前行「乎」至此底卷殘泐，胡刻本作「天區亡墳掘而莫禦臨捭坎而累抃步毀垣以延佇越安陵而無譏」。

〔318〕「而」上底卷殘泐，胡刻本作「爰絲之正義伏梁劎於東郭訊景皇於陽丘奚信譖」。

〔319〕殞吳嗣之局下　胡刻本「殞」作「隕」，「之」作「於」。「殞」字六臣本同，校語云「善本作隕」。《說文》有「隕」無「殞」，

「殯」為後起別體。

〔320〕 兮　底卷殘存下半，胡刻本無此字。其上殘泐，胡刻本作「發怒於一博成七國之稱亂龘助逆以誅錯恨過聽而無討」。

〔321〕 「儉」上底卷殘泐，胡刻本作「元於渭墬執奄尹以明貶褒夫君之善行廢園邑以崇」。

〔322〕 兮　胡刻本無。

〔323〕 剿皇統　胡刻本「剿」作「勦」。《說文‧刀部》：「剿，絕也。」《玉篇‧刀部》：「剿，子小切，絕也。勦，同上。」《龍龕手鏡》刀部上聲：「剿，或作；剿，正。子小反。剿，絕也。」[90] 是「剿」「勦」皆「剿」之後起別體，「勦」則「剿」之訛俗字。「剿」上底卷殘泐，胡刻本作「辜而為戮陷社稷之王章俾幽死而莫鞫忕淫嬖之匈忍」。

〔324〕 法堯　「法」上底卷殘泐，胡刻本作「氏之姦漸貽漢宗以傾覆剌哀主於義域僭天爵於高安欲」。「堯」字底卷原脫，茲據胡刻本補。

〔325〕 「漢」上底卷殘泐，胡刻本作「不刊瞰康園之孤墳悲平后之專絜殃厥父之篡逆蒙」。

〔326〕 雖積誠　胡刻本作「激義誠」。束錫紅雲：「下句為『赴丹爐』，此處對文應為『激義誠』。」

〔327〕 橋而旋軫兮　自前行「誠」至此底卷殘泐，胡刻本作「而引決赴丹爐以明節投宮火而焦糜從灰熛而俱滅驚橫」。「兮」字胡刻本無。

〔328〕 弊邑　胡刻本作「敝邑」。「弊」字五臣本同，為「敝」之俗

90　《宋本玉篇》，第319頁；釋行均《龍龕手鏡》，第98頁。

字，說見《玉篇·敝部》[91]。

〔329〕倬 自前行「邑」至此底卷殘泐，胡刻本作「之南垂門礠石而梁木蘭兮構阿房之屈奇疏南山以表闕」。

〔330〕役鬼傭 胡刻本「役」作「役」。《說文·殳部》：「古文役从人。」不過敦煌吐魯番寫本彳、亻二旁混用，此「役」字蓋「役」之俗寫。「鬼」下一字底卷僅存上端少許筆畫，似「庸」字之殘，茲暫據胡刻本作「傭」。考刻本李善注云：「鄭玄《周禮注》曰：傭與庸通。」此注可疑，所引絕非鄭注，不過恰可證《西徵賦》當作「庸」。蓋役力而受僱值者後世通用「傭」字，若賦文本作「傭」，似無煩注云「傭與庸同」。

〔331〕宗祧汙而為沼兮 自前行「傭」至此底卷殘泐，胡刻本作「其猶否矧人力之所為工徒斲而未息義兵紛以交馳」。「兮」字胡刻本無。

〔332〕以拜郎 自前行「宇」至此底卷殘泐，胡刻本作「之獨隳由偽新之九廟夸宗虞而祖黃驅吁嗟而妖臨搜佞哀」。

〔333〕飾姧兮 胡刻本「姧」作「姦」，無「兮」字。《五經文字·女部》：「姦，私也。俗作姧，訛。」[92]

〔334〕游兮 自前行「詩」至此底卷殘泐，胡刻本作「書而面牆心不則於德義雖異術而同亡宗孝宣於樂」。「兮」底卷殘存右半，胡刻本無此字。

〔335〕紹衰緒而中興 胡刻本「而」作「以」。「以」「而」二字古多通用。

---

91 《宋本玉篇》，第297頁。

92 《叢書集成初編》本，第65頁。

〔336〕造自　自前行「不」至此底卷殘泐，胡刻本作「獲事于敬養盡加隆於園陵兆惟奉明邑號千人訊諸故老」。

〔337〕似湯谷　底卷此當斷片拼接處，與上一斷片並不能直接綴合，其間有缺行。

〔338〕峙　自前行「虞」至此底卷殘泐，胡刻本作「淵昔豫章之名宇披玄流而特起儀景星於天漢列牛女以雙」。

〔339〕兮　胡刻本無。

〔340〕「虎」上底卷殘泐，胡刻本作「奄摧落於十紀擢百尋之層觀今數仞之餘趾振鷺于飛」。

〔341〕頡鴻　胡刻本作「頡頏」。「頡鴻」、「頡頏」蓋皆「吉亢」後起增旁字，考詳許建平師《英藏敦煌〈毛詩音〉寫卷所見〈毛詩〉本字考》[93]。

〔342〕茲池之肇穿兮　「茲」上底卷殘泐，胡刻本作「隨波澹淡瀹瀩驚波喋喋茇華蓮爛於淥沼青蓄蔚乎翠伊」。「兮」字胡刻本無。

〔343〕肆水戰於　胡刻本「肆」作「肆」。「肆」為「肆」之通行假借字。

〔344〕「有贍」上底卷殘泐，胡刻本作「荒服志勤遠以極武良無要於後福而菜蔬芼實水物惟錯乃」。

〔345〕「課」上底卷殘泐，胡刻本作「故毀之而又復凡厥寮司既富而教咸帥貧惰同整橄橍收罟」。

〔346〕連　自前行「鰥」至此底卷殘泐，胡刻本作「夫有室愁民以樂徒觀其鼓枻迴輪灑釣投網垂餌出入挺叉來往纖經」。

〔347〕「躍」上底卷殘泐，胡刻本作「鰓罟掣三牽兩於是弛青鯤於網

93　許建平《讀卷校經：出土文獻與傳世典籍的二重互證》，第120頁。

　　鉅解頿鯉於黏徽華魴」。

〔348〕鬐　胡刻本作「鬈」。李善注云：「鬈，已見《子虛賦》。」查
　　　　《文選》卷七司馬相如《子虛賦》無「鬈」字，實指卷八同作
　　　　者《上林賦》「捷鬐掉尾」句，郭璞注云：「鬐，背上鬣也。」
　　　　「鬈」「鬐」二字《說文》皆未收，髟部新附：「鬈，馬鬣也。」
　　　　紐樹玉《說文新附考》云：「鬈通作者。《士喪禮》『進鬈，三
　　　　列』，鄭注：『鬈，脊也。古文鬈為者。』《士虞禮》注同。《漢
　　　　書・揚雄傳》『兗鋋瘢者』，注：『孟康曰：瘢者，馬脊創瘢處
　　　　也。服虔曰：者鬣傷者。』據此，知古通作『者』。《說文》『龗』
　　　　訓『龍者脊上』，亦其證。」[94]「鬈」「鬐」皆「者」之增旁分
　　　　化字，後世則馬者用「鬈」、魚者用「鬐」，分別甚嚴。

〔349〕兮　胡刻本無。其上底卷殘泐，胡刻本作「雍人縷切鸞刀若飛
　　　　應刃落俎霍霍霏霏紅鮮紛其初載」。

〔350〕乃端箣拂茵　「乃」上底卷殘泐，胡刻本作「既餐服以屬厭泊
　　　　恬靜以無慾迴小人之腹為君子之慮爾」。胡刻本「箣」作
　　　　「策」。「箣」為「策」之隸變俗字，說見《敦煌俗字研究》[95]。

〔351〕敢夢兮　「敢」上底卷殘泐，胡刻本作「衣徘徊酆鎬如渴如飢
　　　　心翹懃以仰止不加敬而自祗豈三聖之」。「兮」字胡刻本無。

〔352〕「莫之」以下七字，西脇常記錄文作「莫之亢吉積風林」，以
　　　　為即胡刻本「神降之吉積德延」（參見下條）之異文，蓋據底
　　　　卷行款而言。束錫紅錄文作「莫之亢吉於深林」，云：「此句不
　　　　見於諸本（《文選》），亦不見於諸本的注文，書寫十分確定。

94　《續修四庫全書》第 213 冊，第 128 頁。
95　張涌泉《敦煌俗字研究》（第二版），第 726 頁。

可惜殘損較甚，不知其前後文如何。是為現存《文選》之佚
文。」按底卷「吉」下二字不易辨識，故二家錄文有異。「莫」
上底卷尚存殘畫，束錫紅錄作「化」。按殘畫與下行「化」字
差別較大，而似「祚」字之殘，傳本《西徵賦》「積德延祚」
句下恰為「莫」。俟考。

〔353〕子嬴鋤以借父兮　自上文「竊」至此胡刻本作「十亂之或希經
始靈臺成之不日惟鄪及郘仍京其室庶人子來神降之吉積德延祚
莫二其一永惟此邦云誰之識越可略聞而難臻其極」。「兮」字胡
刻本無。

〔354〕化秦法　胡刻本「化」作「訓」。束錫紅雲：「『化』『訓』均
可解。」按五臣本作「訓」，張銑注云：「秦法父子異居，子有
嬴餘之鋤，以借於父，仍說秦法不許，自以有恩，而形於色
也。」釋「訓」為「說」，是也。底卷「化」字疑涉《西徵賦》
下文「沾姬化而生刺」而誤。

〔355〕「芮」上底卷殘泐，胡刻本作「而著色耕讓畔以閑田沾姬化而
生棘蘇張喜而詐騁虞」。

〔356〕「淆」上底卷殘泐，胡刻本作「無常俗而教有定式上之遷下均
之埏埴五方雜會風流溷」。

海　賦

【題解】

　　底卷藏中國歷史博物館（現國家博物館），由兩個斷片組成：前一片起木華《海賦》「爾其水府之內，極深之庭」之「府」，至「颺凱風而南逝，廣莫至而北征」之「南」，共三行；後一片起「其垠則有天琛水怪，鮫人之室」之「人」，至「腰眇蟬蜎」之「眇」，共六行。兩斷片並不能直接綴合，據行款推算，其間尚殘缺一行。

　　底卷書法精美，饒宗頤稱其「結體秀整含蓄，字與字之間，疏朗有致」[1]。徐俊根據「字體為楷書但有較強隸意」的特徵，判為「唐以前寫本」[2]。按底卷出吐魯番阿斯塔那230號墓，該墓所出基本為李唐及武周時期社會經濟文書[3]，《海賦》寫卷為其中特異者。

　　《吐魯番出土文書〔肆〕》曾對底卷作過錄文。

1　饒宗頤《敦煌吐魯番本文選》，《前言》第16頁。

2　徐俊《書評：〈敦煌吐魯番本文選〉、〈敦煌本昭明文選研究〉、〈敦煌本文選注箋證〉、〈文選版本研究〉》，《敦煌吐魯番研究》第5卷，第371頁。

3　參見唐長孺主編《吐魯番出土文書〔肆〕》，第65-88頁。

今據《吐魯番出土文書〔肆〕》所附圖版錄文，以胡刻本《文選》
為校本，校錄於後。

（前缺）
▨▨□（府之內）〔1〕，□□□（極深之）庭，則有崇島巨䥔〔2〕，崢嶒〔3〕
孤▨□（亭。擘）洪▨（波），指太清。楬盤石〔4〕，樓〔5〕百靈。陽▨
▨（凱飆）〔6〕而▨（南）
（中缺）
▅▅▅人▨▨▨▨▨□□（之室。瑕石詭暉，鱗）□□（甲異）質。
雲錦散文於沙宂之▨（際）〔7〕，綾羅▨（被）光於螺蜯〔8〕之節。繁綵
揚華〔9〕，万〔10〕色隱鮮。陽氷□□□□（不冶，陰火）□□▨（潛燃）
〔11〕。喜炭重燔〔12〕，（吹）▅▅▅　▅▅▅▨（眇）〔13〕▅▅▅
（後缺）

【校記】

〔1〕　府之內　「府」字底卷殘損右下角，「之」字殘存左端少許筆
　　　畫，「內」字殘泐，茲皆據胡刻本校補。以下凡殘字、缺字據胡
　　　刻本補出者不復一一注明。

〔2〕　巨䥔　胡刻本作「巨鼇」。「敖」篆《說文》從出、放會意，隸
　　　變為「敖」，底卷「放」蓋「敖（敎）」之隸省。《說文》無「鼇」
　　　字，新附始有。鄭珍《說文新附考》「鼇」字下鄭知同按語云：
　　　「古凡物大者謂之『敖』，如犬大者曰獒，蟹大足曰螯，人大頟
　　　曰，皆是。謷亦有大義。巨龜名鼇，造言者加之名耳，初時不

過以『敖』俋之，本無專字。」⁴蔡鏡浩《〈睡虎地秦墓竹簡〉注釋補正》（一）也以為「從『敖』得聲的孳乳字亦往往有高、大之義」⁵。是「敖」「鼇」古今字。

〔3〕 岊嚙　胡刻本作「岊兒」。李善注云：「岊兒，高貌。」「岊」為聯綿詞，二字《廣韻》皆未收。《集韻》「岊兒」音徒結切，為「嵽」字異體；「峴」音倪結切，為「嵲」字異體⁶。故「岊峴」又作「嵽嵲」，P.2011 王仁昫《刊謬補缺切韻》入聲屑韻「嵽」字注云：「嵽嵲，高兒。」釋義正與《海賦》李注相同。又「嚙」字《集韻》尚未收，當是「齧」之後起增旁字。《廣韻》「齧」音五結切，疑紐屑韻，則「岊嚙」與「嵽嵲（岊峴）」同音，為一詞之異形。

〔4〕 楬盤石　胡刻本作「竭磐石」。敦煌吐魯番寫本扌、木二旁混用，此「楬」當是「揭」字俗寫。而「揭」「竭」同源。《說文·立部》：「竭，負舉也。」手部：「揭，高舉也。」二字聲類相同，義亦相近。《說文》有「盤」無「磐」，「磐」為後起別體。

〔5〕 樓　胡刻本作「栖」。「栖」為「樓」之俗字，考詳張涌泉師《敦煌俗字研究》⁷。

〔6〕 陽凱飄　「凱」字底卷殘損左下角，「飄」殘損左半，《吐魯番出土文書〔肆〕》錄文作「凱飄」，茲從之；胡刻本作「颺凱風」，五臣本同，李周翰注云：「凱風，南風，風颺則南往也。」

4　《續修四庫全書》第 223 冊，第 333 頁。

5　《文史》第 29 輯，第 130 頁。按「敖」當與「堯」「高」同源，參見劉鈞杰《同源字典補》，第 33 頁。

6　《宋刻集韻》，第 201、202 頁。

7　張涌泉《敦煌俗字研究》（第二版），第 480 頁。

底卷「陽」為「颺」之同音假借字，「飄」蓋「風」之訛字。

〔7〕 雲錦散文於沙汃之際　胡刻本「雲」上有「若乃」二字，「汃」作「汭」。胡刻本《文選》卷三一江淹《雜體詩三十首・謝臨川》「雲錦被沙汭」即化用《海賦》此句，李善注引《海賦》云：「雲錦散文於沙汭之際。」考《說文・水部》：「汭，水相入皃。从水、內，內亦聲。」段注云：「《大雅》之『汭』亦作『芮』，毛云：『水厓也。』鄭云：『汭之言內也。』鄭箋『之言』云者，謂汭即內也。凡云『某之言某』，皆在轉注假借間。」[8]是「汭」為「內」字之孳乳，底卷「汃」當是「內」之形訛字。

〔8〕 蜯　胡刻本作「蚌」。《說文》有「蚌」無「蜯」，「蜯」為後起換旁字。

〔9〕 繁綵揭華　胡刻本「綵」作「采」。「綵」字《藝文類聚》卷八《水部上》引木華《海賦》同[9]。「采」「綵」古今字。

〔10〕 万　胡刻本作「萬」。《玉篇・方部》：「万，俗萬字。十千也。」[10]

〔11〕 潛燃　「燃」字底卷殘損右上角，胡刻本作「然」。《藝文類聚》亦作「燃」。「然」「燃」古今字。

〔12〕 喜炭重燔　胡刻本「喜」作「熺」。李善注引《廣雅》「熺，熾也」，「熺」即《說文》「熹」之偏旁易位字，底卷「喜」可視為「熺」之省借。

〔13〕 眇　自前行「吹」至此底卷殘泐，胡刻本作「烱九泉朱綠煙瞹」。

8　段玉裁《說文解字注》，第546頁。

9　歐陽詢《藝文類聚》，第153頁。

10　《宋本玉篇》，第342頁。

李善注本

西京賦

【題解】

　　底卷編號為 P.2528，起張衡《西京賦》「井幹疊而百增」句，至賦末李善注止，尾題「文選卷第二」，共三百五十八行，正文大字，小注雙行（少數為單行），卷末題記云「永隆年二月十九日弘濟寺寫」，世稱「永隆本」。

　　該卷為我國學人最早見到的敦煌寫卷之一，吳縣蔣黼於一九一〇年曾撰著題記，後來影印入羅振玉印行的《鳴沙石室古籍叢殘》[1]。一九一一年劉師培《敦煌新出唐寫本提要》著錄云：「《文選》李注卷第二，三百五十三行。由《西京賦》『井幹疊而百增』起，至賦末李注止。末標『文選卷第二』五字，別有『永隆年二月十九日弘濟寺寫』一行。永隆為高宗年號，弘濟寺在唐長安，或此卷書自寺僧手也。『世』字『虎』字弗盡缺筆，書法弗工，介楷書、行書之間。每行字數多寡弗齊（由十五字至二十六七字），第一行、第二行、第六行均有漫

1　羅氏《叢殘》收入黃永武主編《敦煌叢刊初集》第 8 冊。

字，正文及注字多校改。此乃李注未經紊亂之本也。」[2]

劉師培謂底卷「乃李注未經紊亂之本」，後人多從其說。高步瀛《文選李注義疏》略有不同意見：「攷唐高宗永隆元年在顯慶三年（李）善上《文選注》後二十二年，而在善卒載初元年之前九年。彼其所書是善定本否固不敢決，然可見此注為後人妄增或傳寫致誤者，多矣。」[3]傅剛《永隆本〈西京賦〉非盡出李善本說》則基於底卷《西京賦》正文用字多與薛綜注一致卻異於李善注的特徵（薛注為李善所留舊注），認為底卷非盡出李善注本，而係弘濟寺僧所合成：「正文及薛綜注抄的是薛本，然後再抄李善注。」[4]按底卷賦文用字與李善注文相歧異者多達四十餘條，絕大部分李善皆引書作注，引文與賦文不同。金少華《P.2528〈西京賦〉寫卷為李善注原本考辨》依據李注引書「各依所據本」之特殊體例考定底卷並非合成本[5]。

底卷避諱不甚嚴格（參見上引劉師培《提要》），尤可注意者，底卷「治」字凡四見，皆不缺筆。唐高宗朝長安寫本而不諱「治」，可見不能單憑避諱一端判定敦煌寫卷的抄寫年代。

劉師培《敦煌新出唐寫本提要》[6]（簡稱「劉師培」）、高步瀛《文選李注義疏》（簡稱「高步瀛」）、饒宗頤《敦煌本文選斠證》（一）[7]（簡

2　《劉申叔遺書》，第 2008 頁。

3　高步瀛《文選李注義疏》，第 246 頁。按唐高宗調露二年（680）八月改元永隆，永隆二年十月又改元開耀，此卷題記云「永隆年二月十九日」，則為永隆二年（參見伏俊連《從敦煌唐寫本殘卷看李善〈文選注〉的體例》，《社科縱橫》1993 年第 4 期，第 51 頁）。

4　原載《中華文史論叢》第 60 輯；此據傅剛《文選版本研究》，第 244 頁。

5　《敦煌研究》2013 年第 4 期，第 107-115 頁；參見本書《緒論》。

6　《劉申叔遺書》，第 2008-2010 頁。

7　《新亞學報》第 3 卷第 1 期，1957 年 8 月，第 333-402 頁。

稱「饒宗頤」）、伏俊連《敦煌賦校注》（簡稱「伏俊連」）、羅國威《敦煌本〈昭明文選〉研究》（簡稱「羅國威」）都曾對底卷作過校勘。張錫厚《敦煌賦彙》也有一些校勘意見，然多據前人之說，今不取。

今據 IDP（國際敦煌項目）網站的彩色照片錄文，以胡刻本《文選》為校本，校錄於後。底卷凡「臣善曰」胡刻本皆省「臣」字，凡「某某反」胡刻本皆作「某某切」，校記中不複述及。

（前缺）

▨▨▨（井幹疊）〔1〕而百增。臣善曰：《漢（書）》囗囗囗囗囗囗囗（曰：孝武立神明臺）。又曰：武帝作井囗囗囗囗囗囗（幹樓，高五十丈）〔2〕。囗囗囗（跱遊極）於浮柱，結重欒以相承。跱，猶置也。三▨囗囗囗囗囗囗（輔名梁為極。作遊梁）置浮柱之上〔3〕。欒，柱上曲囗囗囗囗囗（木，兩頭受櫨）者〔4〕。累層構而遂躋〔5〕，望北辰而高興。隮，升〔6〕。北辰，極也〔7〕。消雰▨▨▨（埃於中）宸〔8〕，集重陽之清澂。雰埃〔9〕，塵穢也。宸，天地之交宇也。言神明臺高，既除去下地之垢穢〔10〕，乃上止▨（於）天陽之宇清澂之中也〔11〕。上為陽，清又為陽〔12〕，故曰重陽。臣善曰：《楚囗（辭）〔13〕》曰：集重陽入帝宮兮〔14〕，造旬始而觀清都。宸，音辰〔15〕。瞰囗（宛）〔16〕虹之長鬐，察雲師囗囗囗（之所憑），▨（鬐）〔17〕▢▢▨（鬐），渠▨（袛）反〔18〕。上飛闥而仰眺，正睹瑤光與玉繩〔19〕。囗囗囗囗囗（飛闥，突出方）木也。臣善曰：《春秋運斗樞》曰：北斗七星，第七曰搖光〔20〕。《春秋元命苞》曰：玉衡北兩星為玉繩。將乍往而未半，怵悼慄而慫兢。言恐墮也〔21〕。臣善曰：《方言》曰：慫，悚也〔22〕。先拱反〔23〕。非都盧之輕趫，孰能超而究升？臣善曰：《漢書》曰：自合浦南有都盧国〔24〕。《太康地誌》曰：都盧国其人善緣高。《說

文》曰：趫，善緣木之士也。綺驕反。馺娑駘盪，燾霱桔桀。柭詣
承光，睽眾庨豁。馺娑、駘盪、柭詣、承光，皆臺名。燾霱、桔桀、
睽眾、庨豁，皆形㒵也〔25〕。臣善曰：燾，徒到反。霱，五到反〔26〕。
桔，音吉桀反〔27〕。睽，呼圭反。眔，許孤反〔28〕。庨，呼交反。增桴
重棼〔29〕，鍔鍔列列。臣善曰：鍔鍔列列，高皃〔30〕。反宇業業，飛
檐轍轍。凡屋宇皆垂下向，而好大屋扉邊頭瓦〔31〕皆更微使反上，其
形業業然。檐，板承落也。轍轍，高㒵也〔32〕。臣善曰：《西都賦》曰：
上反宇以蓋戴。轍，魚桀反。流景內照，引曜日月。言皆朱畫華
采，流引日月之光曜於宇內也〔33〕。天梁之宮，寔開高闈。天梁，宮
名。宮中之門謂之闈。此言特高大也〔34〕。旗不脫扃，結駟方蘄。熊
虎為旗〔35〕。扃，開〔36〕也。謂建旗車上，有開制之，令不動搖曰扃，
每門解下之。今此門高，不復脫扃，結駕駟馬，方行而入也。蘄，馬
銜〔37〕也。臣善曰：《左氏傳》曰：楚人惎之脫扃。古熒反。《楚辭》
曰：青驪結駟齊千乘。蘄，巨衣反〔38〕。櫟輻輕騖〔39〕，容於一扉。
馭車欲馬疾，以箠櫟於輻，使有聲也。長廊廣廡，途閣雲曼〔40〕。謂
閣道如雲氣相延曼也。臣善曰：許慎《淮南子注》曰：廊，屋也。《說
文》曰：廡，堂下周屋也。無禹反〔41〕。閈〔42〕庭詭異，門千戶万
〔43〕。臣善曰：《蒼頡篇》曰：閈，垣也。胡旦反。《西都賦》曰〔44〕：張
千門而立万戶。重閨幽闥，轉相踰延〔45〕。宮中之門小者曰闥。言互
相周通也〔46〕。望叫窱以俓廷〔47〕，眇不知其所返。叫窱、俓廷，過
度之意〔48〕。言入其中皆迷惑不識還道也。臣善曰：窱，他弔反。廷，
他定反。〔返〕〔49〕，方万反。既乃珍〔50〕臺蹇產以極壯，磴道麗倚〔51〕
以正東。蹇產，形皃也。磴，閣道也。麗倚，一高一下、一屈一直也
〔52〕。乃從城西建章舘而踰西城〔53〕，東入於正宮中也。臣善曰：《甘泉
賦》曰：珍臺閒〔54〕館。《西都賦》曰：凌隥道而超西墉〔55〕。麗，力氏

反。倚，其綺反。似閬風之遐坂，橫西洏而絕金墉。閬風，崑崙
[56] 山名也。墉，墻 [57]，謂城也。絕，度也。言閣道似此山之長崖
[58]，橫越西池而渡 [59] 金城也。西方稱之曰金。臣善曰：東方朔《十
州記》曰 [60]：崑崙其北角曰閬風之巔。洏，已見上文。城尉不弛柝，
而內外潛通。弛，癈 [61] 也。潛，嘿也。言城門校尉不癈擊柝之備
[62]，內外已自嘿通也。臣善曰：弛，詩紙 [63] 反。柝，音託 [64]。

【校記】

〔1〕　井幹疊　「井」字底卷僅存左端少許殘畫，「幹疊」二字均殘存
　　　　左半，茲據胡刻本校補。以下凡殘字、缺字據胡刻本補出者不
　　　　復一一注明。

〔2〕　「井幹疊而百增」上句為「神明崛其特起」，此節注胡刻本作
　　　　「崛，高貌。善曰：《廣雅》曰：增，重也。神明、井幹，已見
　　　　《西都賦》」。高步瀛根據底卷殘存文字，推定《西京賦》「『神明』
　　　　『井幹』注與《西都賦》同，而無『廣雅』以下十五字」。考胡
　　　　刻本卷一班固《西都賦》「神明鬱其特起」句李注云：「《漢書》
　　　　曰：孝武立神明臺。」又「攀井幹而未半」句李注亦引《漢書》
　　　　「武帝作井幹樓，高五十丈，輦道相屬焉」，高氏蓋謂底卷「臣
　　　　善曰漢書」（「書」字殘存左上角）及「又曰武帝作井」下分別
　　　　殘泐「曰孝武立神明臺」七字、「幹樓高五十丈」六字，小注雙
　　　　行各十二字。按「神明」「井幹」異卷再見，根據李善注例，不
　　　　妨重複出注，胡刻本從省云「神明、井幹，已見《西都賦》」當

非李注原貌[8]，高氏之說是也，茲補據。

〔3〕　置浮柱之上　胡刻本無「之」字。

〔4〕　「者」下胡刻本有「《廣雅》曰：曲枅曰欒。《釋名》曰：欒，
　　　　躲上曲拳也」十六字。胡克家《文選考異》云：「『廣』上當有
　　　　『善曰』二字，茶陵本此作善注，最是。袁本與此同，皆非。」
　　　　按今本《廣雅·釋宮》：「曲枅謂之欒。」《釋名·釋宮室》：「欒，
　　　　攣也，其體上曲，攣拳然也。」[9]均與胡刻本頗相出入，不合李
　　　　善注例。然則「廣雅」以下固非薛綜舊注，也非李注原文，底
　　　　卷無者是也。

〔5〕　隮　胡刻本作「隮」。伏俊連云：「唐寫本注文亦作『隮』。『隮』
　　　　『隮』字通。」按《說文》有「隮」無「隮」，承培元《說文引
　　　　經證例》云：「隮，俗字，郵書所無，今多用之。」[10]刻本賦文
　　　　「隮」字為後人據注校改，參見《緒論》。

〔6〕　升　胡刻本作「升也」，其下尚有音注「子奚切」三字。按反切
　　　　非薛綜注所當有。劉師培云：「竊以此卷所無〔之〕薛注，均他
　　　　注竄入之詞。」

〔7〕　北辰極也　胡刻本「極」作「北極」。考《西京賦》上文「譬眾
　　　　星之環極」薛綜注云：「極，北極也。」此注「北辰」，似不當
　　　　但云「極」，底卷疑脫一「北」字。「北極也」下胡刻本有「善
　　　　曰：《山海經》曰：層，重也」九字，胡克家《文選考異》云：
　　　　「陳云『經』下脫『注』字，是也。各本皆脫。」羅國威云：「今

8　考詳拙著《古抄本〈文選集注〉研究》有關李善注「再見從省」例的討論（第33-71
　　頁）。

9　王念孫《廣雅疏證》，第208頁；任繼昉《釋名匯校》，第294頁。

10　《續修四庫全書》第222冊，第30頁。

本『經』下當補『注』字。」按《西京賦》上文「刊層平堂」李善注云：「郭璞《山海經注》曰：層，重也。」「層」同篇再見，根據李善注例，當不復重注或從省云「層，已見上文」，胡刻本顯係後人所增改，故不免脫訛。

〔8〕　消雾埃於中宸　「中」字底卷殘存左下角，羅振玉《鳴沙石室古籍叢殘》所收圖版尚完整無缺。

〔9〕　「雾埃」上胡刻本有「消，散也」三字。

〔10〕　垢穢　胡刻本作「埃穢」。伏俊連云：「當以『垢穢』為是，『垢穢』為中古成語。」

〔11〕　也　胡刻本無。

〔12〕　上為陽清又為陽　胡刻本「陽清」作「清陽」。饒宗頤云：「胡刻『陽清』二字誤倒。」伏俊連云：「《文選考異》曰：『袁本、茶陵本清陽作陽清，是也。』胡氏斷語同唐寫本，是矣。」

〔13〕　楚辝　「辝」字底卷殘泐，此據《鳴沙石室古籍叢殘》所收圖版，胡刻本作「辭」。《干祿字書·平聲》：「辤辝辭，上中竝辝讓；下辭說，今作辝，俗作辞，非也。」[11]是唐時「辝」已成為「辭」之俗字，而「辞」又為「辝」之訛變俗字。下凡「辝」「辞」皆同，不復一一出校。

〔14〕　集重陽入帝宮兮　胡刻本「重陽」下有「而」字。伏俊連云：「今本《楚辭·遠遊》此句無『而』字，唐本與之合。」按刻本蓋涉下句「造旬始而觀清都」誤衍。

〔15〕　宸音辰　「辰」底卷原誤作「宸」，與被注字相同，茲據胡刻本改正。胡刻本「宸」上有「雾，音氛」三字。

11　施安昌《顏真卿書干祿字書》，第16頁。

〔16〕 冤　底卷殘泐，此據《鳴沙石室古籍叢殘》所收圖版，胡刻本作「宛」。饒宗頤云：「『冤』為『冤』俗字，『冤』與『宛』通。」按「冤」「宛」同源，說見王力《同源字典》[12]。

〔17〕 髻　底卷殘存右半，其下及雙行小注左行殘泐，胡刻本作「脊也雲師畢星也臺高悉得視之善日」十五字，其中「脊」字《鳴沙石室古籍叢殘》所收圖版基本完整。

〔18〕 渠衹反　胡刻本此下有「《廣雅》曰：瞯，視也。如淳《漢書注》曰：宛虹也。《小雅》曰：憑，依也。《廣雅》曰：雲師謂之豐隆」三十字。高步瀛云：「各本『宛虹』下無『屈曲之虹』四字。本書《上林賦》注引如淳曰『宛虹，屈曲之虹也』，《漢書‧司馬相如傳》顏注同，當即本如淳。此注蓋誤脫，今據《上林賦》注補。」按刻本「廣雅」以下三十字蓋非李善原注，故不免有脫訛。「衹」字底卷殘損右下角，未審其為「衹」或「祇」，《鳴沙石室古籍叢殘》所收圖版完整無缺。

〔19〕 正睹瑤光與玉繩　「玉」字底卷原作「王」，饒宗頤云：「『玉』字古寫無旁點。」按底卷「玉」字缺點作「王」者僅此一例，饒說恐不足據，茲據胡刻本改。

〔20〕 苐七日搖光　胡刻本「苐」作「第」，「搖」作「瑤」。「苐」為「弟」之俗字，俗書竹頭多寫作草頭，或據「苐」楷正，則成「第」字。下凡「苐」字同。饒宗頤云：「馬國翰輯本《運斗樞》，引《曲禮》正義、《檀弓》正義、《史記‧天官書》索隱及《藝文類聚》、《太平御覽》，皆作『搖光』，惟《西京賦》注作『瑤光』。不知永隆本正作『搖』，與各本引合，《文選》刻本涉

12　王力《同源字典》，第122頁。

正文而作『瑤』耳。」按胡刻本卷一一王延壽《魯靈光殿賦》「蘭
芝阿那於東西」李善注引《春秋運斗樞》云「搖光得，陵〔出〕[13]
黑芝」，是所據本《運斗樞》當亦作「搖光」。李注引書「各依
所據本」，「搖」字不必改從賦文作「瑤」[14]。

〔21〕　「言恐墜也」上胡刻本有「怵，恐也。悼，傷也。慄，憂感也」
　　　　十字。

〔22〕　方言曰慫悚也　胡刻本「方言曰」上有「《廣雅》曰：乍，暫也」
　　　　六字，「悚」作「慄」。饒宗頤云：「案《方言》十三：『聳，悚
　　　　也。』永隆本與之合，刻本誤。」

〔23〕　先拱反　胡刻本此下有「怵，音黜。慄，音栗」六字。按胡刻
　　　　本音注次第與賦文不合，「怵音黜」以下六字當非李善原注。

〔24〕　国　胡刻本作「國」。「国」為「國」之俗字，說見張涌泉師《敦
　　　　煌俗字研究》[15]。下凡「国」字同。

〔25〕　皆形狠也　胡刻本「狠」作「皃」，無「也」字。「狠」為「貌」
　　　　之俗字。據《說文》，「皃」小篆隸定字，「貌」籀文隸定字。下
　　　　凡「皃」「貌」「狠」之別不復出校。

〔26〕　羃五到反　胡刻本「到」作「告」。伏俊連云：「『告』『到』皆
　　　　號韻字，切音一樣。」按「告」字蓋據五臣音注校改。

〔27〕　桔音吉桀反　胡刻本作「桔，音吉」。伏俊連云：「唐寫本『桀
　　　　反』二字疑為衍文。」羅國威云：「敦煌本『桀』下當脫『居列』

13　「出」字據胡克家《文選考異》說補，胡氏云：「袁本、茶陵本『陵』下有『出』字。
　　案：有者是也。」

14　考詳拙文《李善引書「各依所據本」注例考論》，《文史》2010 年第 4 輯，第 83-91
　　頁；參見本書《緒論》。

15　張涌泉《敦煌俗字研究》（第二版），第 398 頁。

二字，『桀反』當作『桀，居列反』。」按胡紹煐《文選箋證》云：「『熹羿』『桔桀』，疊韻字，並高崝之貌。」[16]李善於聯綿詞每作雙聲或疊韻破讀，底卷「桔，音吉桀反」即疊韻破讀之例，雖不合《廣韻》音系，然未必有誤。參見下條。

〔28〕 睽呼圭反罛許孤反　胡刻本「罛」作「罟」，「許孤」作「計狐」。《集韻·模韻》攻乎切小韻：「罛，《說文》：『魚罟也。』或從孤。」[17]所謂「或從孤」者，即「罛」字也。然此注宜依賦文作「罟」。《廣韻》「罟」音古胡切（與《集韻》「攻乎切」同音），「睽」音苦圭切，與底卷李善音「許孤反」「呼圭反」皆韻同聲異，李善蓋以《西京賦》「睽罟」「庨豁」並為曉紐雙聲聯綿詞而作破讀。考《漢書·諸侯王表》「大者睽孤橫逆」顏師古注云：「睽孤，乖剌之意。睽，音工攜反。」[18]「睽孤」即「睽罟」，聯綿詞無定字。顏注準「孤」而破讀「睽」為見紐，其例正同。胡刻本「計狐」當是後人因不明李善聯綿詞破讀之意而據「罟」字本音校改。

〔29〕 增桴重檜　胡刻本「增」作「橧」。饒宗頤云：「《考異》謂尤氏之誤。案《禮記·禮運》『夏則居橧巢』，《釋文》云：『橧，本又作增，又作曾，同，則登反。』是橧、增字通用。」按「橧」「增」皆「曾」之增旁分化字。

〔30〕 「高兒（貌）」上胡刻本有「皆」字。伏俊連云：「今本是，『鍔鍔』『列列』各自為詞。」

〔31〕 屋扉邊頭瓦　胡刻本「扉」作「飛」。高步瀛云：「唐寫薛注『飛』

16　胡紹煐《文選箋證》，第48頁。

17　《宋刻集韻》，第26頁。

18　《漢書》第2冊，第395頁。

作『扉』，疑誤。」伏俊連云：「唐寫不誤，今本誤矣。『屋扉』連續，謂屋舍，如作『飛』，則不詞。扉之草體似飛，故誤為飛。」

〔32〕　也　胡刻本無。

〔33〕　也　胡刻本無。

〔34〕　也　胡刻本無。

〔35〕　「熊虎為旗」上胡刻本有「爾雅曰」三字。饒宗頤云：「案句見《周禮・春官》，非《爾雅》文，刻本誤。」伏俊連云：「『熊虎為旗』不像《爾雅》句式，今本《爾雅》亦無此句。《周禮・春官・司常》有『雜帛為物，熊虎為旗』句，當因此致誤。又按：善注所引薛綜舊注，皆直接訓釋，無有引據經典者。此亦可證『爾雅曰』三字不當有，唐寫本是矣。」按「熊虎為旗」又見於劉熙《釋名・釋兵》[19]，或即薛注所本。薛氏嘗從劉熙問業，見《吳書》薛綜本傳[20]。

〔36〕　鬧　胡刻本作「關」。饒宗頤云：「永隆本『關』字多誤作『鬧』。」按「鬧」為「關」之俗字，說見《干祿字書・平聲》[21]。下凡「鬧」字同。

〔37〕　銜　胡刻本作「衘」。羅國威云：「『衘』乃別體。」

〔38〕　蘄巨衣反　胡刻本此條音注在上文「楚辭曰」之上。饒宗頤云：「永隆本此句居末，蓋順序為注，各刻本誤倒在《楚辭》上。」

〔39〕　欏輻輕騖　胡刻本「欏」作「轣」。饒宗頤云：「胡刻『欏』字誤从車旁，但注从木旁與各本同。」按胡刻本「轣」乃涉下「輻」

19　任繼昉《釋名匯校》，第394頁。

20　《三國志》第5冊，第1250頁。

21　施安昌《顏真卿書干祿字書》，第24頁。

字類化而訛。

〔40〕 途閣雲曼 「途」字胡刻本同，底卷以粗筆改「余」旁為「車」，校作「連」。高步瀛云：「六臣本校曰『連善本作途』。案尤本作『途』，毛本同。然唐寫善注本亦作『連』，則作『途』者乃轉寫之誤耳。」按此蓋李善所據薛綜注本《西京賦》作「途」，校改字「連」據蕭統《文選》原帙，參見《緒論》。胡刻本「曼」作「蔓」，注同。伏俊連云：「蔓從曼得聲，聲同而義通，訓詁之通例也。」

〔41〕 無禹反 胡刻本「禹」作「宇」。羅國威云：「『禹』『宇』同音，音切相同。」按「宇」字蓋據五臣音注。

〔42〕 「閈」下胡刻本夾注「汗」。按李善概不於正文中夾注音切，此格式襲自六臣本。

〔43〕 万 胡刻本作「萬」。《玉篇·方部》：「万，俗萬字。十千也。」[22]下凡「万」字同。

〔44〕 「西都賦曰」上胡刻本有「《說文》曰：詭，違也」六字。饒宗頤云：「此非《說文》語，當是後人混增。」

〔45〕 「延」下胡刻本夾注「移賤切」。高步瀛云：「此蓋五臣本注羼入者，六臣本此但作『移賤』二字。」按正文內夾注音切之格式襲自六臣本。下凡賦文內夾注音切並同。

〔46〕 也 胡刻本無。

〔47〕 望叫窱以徑廷胡刻本「叫」作「窌」，「徑」作「逕」，注皆同。饒宗頤云：「『叫』字永隆本與上野本同。叢刊本作『窌』，校云『五臣本作叫』。胡紹煐謂『叫』蓋『窈』之假，後人加穴。」

---

22 《宋本玉篇》，第342頁。

按《集韻・筱韻》：「窈，《說文》：『深遠也。』或作窅。」[23] 當即胡氏所本。「窅」蓋「叫」字涉「窵」類化增旁，非李善、五臣之異。「徑」即「徑」之俗字，敦煌吐魯番寫本亻、彳二旁混用所致。下凡「徑」字同。

〔48〕　「意」下胡刻本有「也」字。

〔49〕　返　底卷原脫，茲據胡刻本補。

〔50〕　珎　胡刻本作「珍」。「珎」為「珍」之俗字，說見《玉篇・玉部》[24]。下凡「珎」字同。

〔51〕　麗倚　胡刻本作「邐倚」，注中「麗」字同。伏俊連云：「『麗倚』乃連緜字，或作『邐倚』『邐迆』，其義皆一也。」按李善「麗」音力氏反，與《廣韻》音系不合，蓋準「倚」字作疊韻破讀，李注多有此例，參見《緒論》。《廣韻》「邐」音力紙切，正合於李善音。

〔52〕　一屈一直也　「屈」底卷原作「屋」。饒宗頤云：「永隆本『屋』乃『屈』之譌。」茲據胡刻本改正。

〔53〕　乃從城西建章舘而踰西城　胡刻本無「城西」「而」三字，「舘」作「館」。劉師培云：「各本挩『城西』二字。」《干祿字書・去聲》：「舘館，上俗下正。」[25] 下凡「舘」字同。

〔54〕　閒　胡刻本作「閑」。「閑」「閒」二字古多通用。

〔55〕　凌隥道而超西墉　胡刻本「隥」作「墱」，「墉」下有「墱，都亘切」四字。《說文》有「隥」無「墱」，「墱」蓋後起換旁字。胡刻本「墱」字合於所注《西京賦》正文；然胡刻本卷一班固

23　《宋刻集韻》，第113頁。

24　《宋本玉篇》，第17頁。

25　施安昌《顏真卿書干祿字書》，第52頁。

《西都賦》正作「隥」，與底卷相同，此李善注引書「各依所據本」之例也，刻本蓋經後人校改。參見《緒論》。

〔56〕　崑崙　胡刻本作「崐崘」。「崑崙」「崐崘」皆「崑崙」之後起別體。下凡「崑崙」同。

〔57〕　墉墻　胡刻本「墉」上有「洫，城池也」四字，無「墻」字。此賦上文「經城洫」薛綜注云：「洫，城池也。」李善注云：「《周禮》曰：廣八尺深八尺謂之洫。呼域切。」「洫」同篇再見，故此「橫西洫而絕金墉」句李注從省云「洫，已見上文」，薛綜則不復重注。饒宗頤云：「永隆本無此四字，因已見本篇上文『經城洫』句下薛注，有者殆非善留薛注原貌。」其說是也。

〔58〕　長崖　胡刻本作「長遠」。饒宗頤云：「案賦云『遐坂』，則注作『長崖』正相應。」伏俊連云：「作『崖』為是，『長崖』釋正文『遐坂』，於義為切，若『長遠』則不切矣。」

〔59〕　渡　胡刻本作「度」。伏俊連云：「『渡』『度』為同聲通假字。」按「度」「渡」古今字，薛注上文「絕，度也」底卷亦不作「渡」。

〔60〕　十州記曰　胡刻本「州」作「洲」，無「曰」字。《隋書・經籍志》史部地理類著錄《十洲記》一卷，東方朔撰[26]。胡刻本李善注引此書「州」「洲」錯見，胡克家《文選考異》謂「州」是而「洲」非，正與底卷相合。「曰」字據李善注例不當省，高步瀛亦云「今依唐寫增」。

〔61〕　癈　胡刻本作「廢」。敦煌吐魯番寫本广、疒二旁混用，此「癈」為「廢」字俗寫。下凡「癈」字同。

〔62〕　僃　胡刻本作「備」。《干祿字書・去聲》：「僃備，上俗下正。」[27]

26　《隋書》第4冊，第983頁。

27　施安昌《顏真卿書干祿字書》，第46頁。

〔63〕紙　胡刻本作「紙」。「紙」字胡刻本多誤從「氏」。

〔64〕柝音託　胡刻本作「鄭玄《周禮注》曰：梓，戒夜者所擊也。柝與梓同音」。《周禮・天官・宮正職》「夕擊柝而比之」鄭司農注云：「柝，戒守者所擊也。」胡刻本以為鄭玄注，又誤「守」字為「夜」，當非李善注原文，底卷是也。

前開唐中，弥〔65〕望廣潒。弥，遠也。臣善曰：《漢書》曰：建章宮其西則唐中數十里〔66〕。又曰〔67〕：五侯大治苐室，連屬弥〔望〕〔68〕。《字林》曰：潒水潒也〔69〕。大朗反。顧〔70〕臨太液，滄池漭沆。漭沆，猶洸潒，亦寬大也。臣善曰：《漢書》曰：建章宮其北治太液池〔71〕。漭，莫朗反。沆，胡朗反。漸臺立於中央，赫昈昈以弘敞。臣善曰：《漢書》曰：建章宮太液池漸臺高廿餘丈〔72〕。《埤蒼》曰：昈〔73〕，赤文也。音戶。清淵洋洋，神山峨峨〔74〕。列瀛洲與方丈，夾蓬萊而駢羅。上林岑以壘嵲，下嶄巖以喦齬。三山形皃也。臣善曰：峨峨，高大也〔75〕。《〔三〕〔76〕輔三代舊事》曰：建章宮北作清淵海〔77〕。《毛詩》曰：河水洋洋。三山〔78〕，已見《西都賦》。駢，猶併〔79〕也。齬〔80〕，音吾。長風激於別隯〔81〕，起洪濤而揚波。水中之洲曰隯〔82〕。臣善曰：《高唐賦》曰：長風至而波起。浸石菌於重涯，濯靈芝之朱柯〔83〕。石菌、靈芝，皆〔84〕海中神山所有神草名，仙之所食者也〔85〕。浸，濯也。重涯，池邊〔86〕。朱柯，芝草莖赤色也。臣善曰：菌，芝屬〔87〕。《抱朴子》曰：芝有石芝。菌，求隕反。海若遊〔88〕於玄渚，鯨魚失流而蹉跎〔89〕。海若，海神。鯨，大魚也〔90〕。臣善曰：《楚辞》曰：令海若無馮夷〔91〕。又曰：臨沅湘之玄淵。薛君《韓詩章句》曰：水一溢一否為渚〔92〕。《三輔三代舊事》〔93〕曰：清淵北有鯨魚，刻石為之，長三丈。《楚辞》曰：驥垂兩耳，中坂蹉跎〔94〕。於是采少

君以端信〔95〕，庶欒大之貞固。臣善曰：少君、欒大，已見《西都賦》〔96〕。人姓名〔97〕及事易知而別卷重見者，云見某篇，亦從省也。他皆類此也〔98〕。立脩莖之仙掌，承雲表之清露。屑瓊以朝湌〔99〕，必性命之可度。臣善曰：《漢書》曰：孝武又作栢梁銅柱承露僊人掌之屬矣〔100〕。《三輔故事》曰：武帝作銅露槃〔101〕承天露，和玉屑飲之，欲以求仙。《楚辭》曰：精瓊靡以為粮〔102〕。王逸曰：靡，屑〔103〕。美往昔之松喬〔104〕，要羨門乎天路。臣善曰：《列仙傳》曰：赤松子者，神農時雨師也，服水玉。又曰：王子喬者，周靈王太子晉也，道人浮丘公接以上嵩高山〔105〕。《史記》曰：始皇之碣石，使燕人盧生求羨門。韋照〔106〕曰：羨門，古仙人也。枚乘《樂府詩》曰：美人在雲端，天路隔無相期也〔107〕。想升龍於鼎湖，豈時俗之足慕。臣善曰：《史記》曰：齊人公孫卿曰：黃帝采首山銅，鑄鼎於荊山下，鼎既成，龍垂鬍髯下迎黃帝，上騎，龍乃上去〔108〕，名其處鼎湖。天子曰：嗟乎，誠得如黃帝，吾視去妻子如脫屣耳。若歷世而長存，何遽營乎陵墓？臣善曰：言若歷世不死而長存〔109〕，何急營於陵墓乎？

【校記】

〔65〕弥　胡刻本作「彌」。「弥」為「彌」之俗字，敦煌吐魯番寫本多作「弥」。下凡「弥」字同。

〔66〕漢書曰建章宮其西則唐中數十里　胡刻本作「唐中，已見《西都賦》」。饒宗頤云：「胡刻蓋已見從省例。」羅國威云：「《西都賦》『前唐中而後太液』句下注云：『《漢書》曰：建章宮其西則有唐中數十里。』是敦煌本『有』脫當補也。」按「唐中」異卷再見，根據李善注例，不妨重複出注。

〔67〕又曰　胡刻本作「《漢書》曰」。饒宗頤云：「『又曰』二字跟上

文『《漢書》曰』來，胡刻已省去『漢書建章宮』一節，故『又
曰』二字改作『漢書曰』三字。」

〔68〕　望　底卷原脫，茲據胡刻本補。其下胡刻本尚有「彌，竟也。
言望之極目」八字。饒宗頤云：「八字乃顏監《漢書注》，或後
人混入。《考異》云『袁、茶本無此八字，是』。」

〔69〕　激水潒也　胡刻本作「潒，水潒瀁也」。高步瀛云：「胡克家曰：
『注水潒瀁也，袁本、茶陵本瀁作潒，是也。』步瀛案：胡氏說
殆非是。《說文》曰：『潒，水潒瀁也。』段氏注曰：『瀁者，古
文以漾水字，隸為潒瀁字，是亦古今字也。潒瀁疊韻字。』據此
知《字林》之訓即本《說文》。唐寫『潒瀁』二字作『像』字，
亦誤。」按所謂「像」底卷實作「潒」，俗書彳、氵二旁相混。
又「激」亦「潒」字之誤，高氏漏校。

〔70〕　顧　胡刻本作「顧」。「顧」為「顧」之俗字，說見《玉篇・頁
部》[28]。下凡「顧」字同。

〔71〕　漢書曰建章宮其北治太液池　胡刻本作「太液，已見《西都
賦》」。「太液」異卷再見，根據李善注例，不妨重複出注。

〔72〕　漢書曰建章宮太液池漸臺高廿餘丈　胡刻本作「漸臺高二十餘
丈，已見《西都賦》」。「漸臺」異卷再見，根據李善注例，不
妨重複出注。「廿」為「二十」之合文，底卷概作「廿」，胡刻
本概作「二十」。

〔73〕　旿　底卷原作「眇」，賦文無此字，即「旿」字形訛，茲據胡刻
本改正。

〔74〕　峨峨　胡刻本作「峩峩」。《說文》作「峨」，「峩」為偏旁易位

28　《宋本玉篇》，第75頁。

字。下凡「峨」「峩」之別不復出校。

〔75〕峨峨高大也　胡刻本此五字在「善曰」之上，則為薛綜注。伏俊連云：「唐寫本是，此乃今本李善誤為薛注者。」

〔76〕三　底卷原脫，茲據胡刻本補。

〔77〕建章宮北作清淵海　「宮」底卷原誤作「官」，「海」下原衍「三」字，皆據胡刻本改正。

〔78〕三山　底卷原誤作「波山」，茲據胡刻本改正。

〔79〕併　胡刻本作「並」。《說文》「併」「並」互訓，二字古多通用。

〔80〕齬　「吾」旁底卷原誤作「殳」旁，茲據胡刻本改正。其上胡刻本有「壘，魯罪切。嶵，音罪。嶄，士咸切」十一字，蓋皆據五臣音。

〔81〕隝　「隝」字胡刻本同，底卷塗去「隝」旁注「島」字。六臣本校語云「薛綜島為隝」，故劉師培以為底卷所據李善注本非止一本。按李善所據薛綜注本作「隝」，故薛注云「水中之洲曰隝」；旁注「島」字蓋據蕭統《文選》原帙。底卷不乏此類校改之例，參見《緒論》。原本《玉篇》殘卷阜部：「隝，都晈、都道二反。《聲類》：『古文島字也。』隝，《聲類》：『亦古文島字也。』」[29]

〔82〕「水中之洲曰隝」下胡刻本有「音島」二字。伏俊連云：「此非薛注，後人誤入者也。」按伏氏據薛綜概不出音注之體例而云然。

〔83〕濯靈芝之朱柯　胡刻本「之」作「以」。饒宗頤云：「『之』字永隆本、上野本同，各刻本作『以』，叢刊本校云『五臣作

29　《原本玉篇殘卷》，第507頁。

於』。」伏俊連云：「『靈芝之朱柯』指靈芝的赤色莖幹，作『於』、作『以』皆非是，唐寫本是。」

〔84〕　皆　底卷原作「北」，伏俊連疑涉「皆」之壞字「比」而訛，茲據胡刻本改正。

〔85〕　也　胡刻本無。

〔86〕　「邊」下胡刻本有「也」字。

〔87〕　「屬」下胡刻本有「也」字。

〔88〕　遊　胡刻本作「游」。「游」「遊」古今字。下凡「游」「遊」之別不復出校。

〔89〕　跎　胡刻本作「拖」，注同。伏俊連云：「『跎』為《說文》新附字，『拖』為後起俗字。」按從「它」之字俗或從「乇」。

〔90〕　也　胡刻本無。

〔91〕　令海若無馮夷　胡刻本「無」作「舞」。伏俊連云：「『無』為假借字。《周禮·地官·鄉大夫》『五日興舞』，鄭玄注：『故書舞為無，杜子春無讀為舞。』」按歌舞字先秦古文字即作「無」，然李善所據本《楚辭》似不當作「無」。

〔92〕　水一溢一否為渚　胡刻本「一否」作「而」。饒宗頤云：「永隆本此句與《經典釋文·毛詩音義》引《韓詩》云『一溢一否曰渚』相合，各刻本並誤。」

〔93〕　三輔三代舊事　胡刻本無「三代」二字。饒宗頤云：「各刻本脫。」伏俊連云：「胡刻無『三代』，六臣本無『三輔』。《文選考異》曰：『此當三輔、三代重有。』唐寫本是也。」羅國威云：「此乃書名，各刻本不當省稱，敦煌本是也。」

〔94〕　蹉跎　「蹉」字底卷原誤作「嗟」，茲據胡刻本改正。「跎」下胡刻本有「《廣雅》曰：蹉，失足也」八字。

〔95〕 於是采少君以端信　胡刻本「以」作「之」。伏俊連云:「唐寫
本是。『以』『之』通訓,《經傳釋詞》已言之;此句『以』『之』
對文,不重複,正文章家用心。」

〔96〕 少君藥大已見西都賦　胡刻本作「《史記》曰:李少君亦以祠
竈、穀道、却老方見上,上尊之。少君者,故深澤侯舍人,主
方。藥大,見《西都賦》」。高步瀛云:「《西都》『文成』『五
利』,文成謂少翁,非少君也。唐寫本非是。」按李善於人名、
典實等偶或有誤憶,底卷未必非李注原文。

〔97〕 「人姓名」上胡刻本有「凡」字。

〔98〕 也　胡刻本無。

〔99〕 屑瓊蘂以朝湌　胡刻本「蘂」作「蘂」,「湌」作「殫」。「㶁」
字故宮本王仁昫《刊謬補缺切韻》收入上聲紙韻而髓反小韻,
注云:「花心。」[30]俗寫心、止二旁相亂,故 S.2071《切韻箋注》
及裴務齊正字本《刊謬補缺切韻》字頭皆作「蘂」[31];《廣韻》
則作「蘂」[32]。考《說文·忢部》:「忢,心疑也。」同部:「㶁,
垂也。」「忢」篆段注云:「今花蘂字當作此,蘂、橤皆俗字
也。」[33]王筠《說文釋例》則云:「似蘂、橤皆『㶁』之俗字。《玉
篇》又有『蘂』:『如累切,草木實節生。』」[34]按王說是也,「㶁」
即「㶁」之後起增旁字,「蘂」則「㶁」之訛俗字;後世花蘂字
又作「蘂」者,殆「㶁」或「蘂」之省(與義為「草木實節生」

30　周祖謨《唐五代韻書集存》,第472頁。
31　周祖謨《唐五代韻書集存》,第570頁。
32　《宋本廣韻》,第223頁。
33　段玉裁《說文解字注》,第515頁。
34　王筠《說文釋例》,第451頁;參見余迺永《新校互注宋本廣韻》,第731頁。

之「蕊」可視為同形字）。高步瀛云：「『殘』當作『餐』，字亦
作『湌』，此作『殘』誤。饔飧字則从夕不从歹。」按《說文·
食部》：「餐，吞也。湌，餐或从水。」《廣韻·寒韻》：「湌，
俗作湌。」³⁵是「湌」為「餐」之俗字。「殘」則為「飧」之俗字，
說見《說文·食部》「飧」篆段注³⁶。

〔100〕孝武又作栢梁銅柱承露僊人掌之屬矣　胡刻本無「又」「矣」
二字，「僊」作「仙」。伏俊連云：「今本《漢書·郊祀志》有
『又』『矣』二字，與唐寫本同。」按底卷「僊」字亦合於傳本
《漢書》³⁷，胡刻本「仙」字蓋後人據賦文而改。《玉篇·人部》：
「仙，《聲類》云：今僊字。」³⁸

〔101〕銅露槃　胡刻本「槃」作「盤」。據《說文》，「槃」小篆隸定
字，「盤」籀文隸定字。

〔102〕精瓊靡以為粮　胡刻本作「屑瓊藥以為糧」。羅國威云：「敦煌
本所引與《離騷》合，惟『粮』字誤『粮』。」按胡刻本「屑」
「藥」二字涉賦文而誤。「粮」字則疑為李善注原文，故胡刻本
作「糧」亦誤。「粮」為「糧」之後起換旁俗字，《五經文字·
米部》：「糧，作粮訛。」³⁹

〔103〕靡屑　胡刻本作「靡，屑也」。伏俊連云：「唐寫本與今本《離
騷》王注同。」

〔104〕美往昔之松喬　「喬」字底卷原作「橋」。伏俊連云：「作『喬』

35　《宋本廣韻》，第101頁。

36　段玉裁《說文解字注》，第220頁。

37　《漢書》第4冊，第1220頁。

38　《宋本玉篇》，第54頁。

39　《叢書集成初編》本，第10頁。

是，唐寫本注文亦作『喬』。然作『橋』亦不為誤，『喬』『橋』本可通訓假借。」羅國威云：「『喬』指王子喬，敦煌本『橋』字蓋涉上文『松』字而訛。」按羅說是也，茲據胡刻本改正。

〔105〕「列仙傳曰」以下四十一字，胡刻本作「松、喬，已見《西都賦》」。伏俊連云：「今本《西都賦》『庶松喬之羣類』下李注與唐寫本同，唯多『以教神農』四字。」按「松喬」異卷再見，根據李善注例，不妨重複出注。

〔106〕韋照　胡刻本作「韋昭」。饒宗頤云：「韋曜本名昭，史為晉諱改作曜。永隆本或作『照』，間或作『昭』，各刻本概作『昭』。」按底卷通作「韋昭」，唯此作「韋照」獨異，伏俊連云：「原卷『韋照』應是『韋昭』的錯誤。」其說較為明快。

〔107〕天路隔無相期也　胡刻本無「相」「也」二字，「期」下有「要，烏堯切」四字。饒宗頤云：「『相』字永隆本引枚乘詩誤衍。『要烏堯反』四字殆非善注，刻本誤以他注混入。」

〔108〕龍垂鬍髯下迎黃帝上騎龍乃上去　胡刻本「上騎」作「黃帝騎」。饒宗頤云：「此段善注引《史記·封禪書》有刪節。永隆本不複『黃帝』字，應從刻本加；刻本『騎』上無『上』字，應從永隆本加；文義乃足。」伏俊連云：「《文選李注義疏》曰：『黃帝上三字皆當有。』按今本《封禪書》此句作『黃帝上騎，群臣後宮從上者七十餘人，龍乃上去』，今補『黃帝』二字。」按李善節引古籍偶或刪節不當，「黃帝」二字不必遽補，參見校記〔159〕。

〔109〕言若歷世不死而長存　胡刻本作「言若歷代而不死」。羅國威云：「敦煌本此句當是善注初貌，各刻本並有刪削也。」按「代」蓋「世」之諱改字。

　　徒觀其城郭之制，則旁開三門，參塗夷庭。方軌十二，街衢相經。面三門〔110〕，門三道，故云參涂〔111〕。涂容四軌，故方十二軌。軌，車轍也。夷，平也。庭，猶正也〔112〕。厘里端直〔113〕，薨宇齊平。都邑之宅地曰厘〔114〕。薨，棟也。臣善曰：《周礼〔115〕》曰：以厘里任国中之地〔116〕。北闕甲茅，當道直啓。茅，舘也。甲，言苐一也。臣善曰：《漢書》曰：贈霍光〔117〕甲苐一區。《音義》曰：有甲乙次苐，故曰苐也。程巧致功，期不陀〔118〕陊。言皆程擇好工匠〔119〕，令盡致其功夫，既牢〔120〕又固，不傾陊也。臣善曰：《方言》曰：〔陁，壞也〕。陁，式氏反〔121〕。《說文》曰：陊〔122〕，落也。陊，直氏反也〔123〕。木衣綈錦，土披朱紫〔124〕。言皆采畫如錦繡之文章也〔125〕。武庫禁兵，設在蘭錡。武庫〔126〕，天子主兵器之官也。臣善曰：劉逵《魏都賦注》曰：受他兵曰蘭，受努曰錡〔127〕。音蟻也〔128〕。非石非董〔129〕，疇能宅此？臣善曰：《漢書》曰：石顯字君房，少坐法腐刑，為黃門中尚書，元帝被疾，不親政事，事無大小，皆顯自決〔130〕。又曰：董賢字聖卿，哀帝悅其儀皃，拜為黃門郎，詔將作〔131〕為賢起大苐北闕下，木土〔132〕之功，窮極技巧，柱檻衣以綈錦，武庫禁兵，盡在董氏。

【校記】

〔110〕面三門　胡刻本作「一面三門」，其上有「街，大道也。經，歷也」七字。「面三門」與下句「門三道」儷偶，刻本「一」字疑衍。「街大道也」云云當是旁注誤入，非薛綜注原文，注文次第與賦文不合。

〔111〕涂　胡刻本作「塗」。「涂」「塗」古今字。

〔112〕「猶正也」下胡刻本有「善曰：方，言九軌之塗，凡有十二

也。《周禮》曰：營國方三門。鄭玄《儀禮注》曰：方，併也。
《周禮》曰：國中營途九軌。《西都賦》曰：立十二之通門」四
十九字。伏俊連云：「薛注把『方軌』已解釋清楚，毋須重複，
故此句疑為後人竄亂者。」按胡刻本卷一班固《西都賦》「立十
二之通門」李善注引《周禮》「匠人營國，方九里，旁三門」，
卷二八鮑照《樂府八首‧結客少年場行》「九塗平若水」注亦
引《周禮》「匠人營國，傍三門，國中九經九緯」；又卷三張衡
《東京賦》「經途九軌」注引《周禮》「國中經途九軌」，皆與《周
禮》原文相合。胡刻本《西京賦》此注引《周禮》兩條均有訛
字，當非李善原注。

〔113〕 厘里端直　胡刻本「厘」作「廛」，注同。伏俊連云：「『厘』
為『廛』之俗字。」按《干祿字書‧平聲》：「厘廛，上通下
正。」[40]

〔114〕 都邑之宅地曰厘　胡刻本「宅地」作「空地」。饒宗頤云：「《周
禮‧地官‧載師》『以廛里任國中之地』，鄭注：『鄭司農云：
廛，市中空地未有肆、城中空地未有宅者。玄謂廛里者，若今
云邑居里矣。廛，民居之區域也。里，居也。』孫詒讓曰：『通
言之，廛、里皆居宅之稱；析言之，則庶人工商等所居謂之
廛，士大夫所居謂之里。』薛注作『宅地』，蓋不用先鄭說。」
伏俊連云：「依唐寫本作『宅』是。且賦正文『厘里』『蔓宇』
對文，更證作『宅地』是。」

〔115〕 礼　胡刻本作「禮」。「礼」字《說文》以為古文「禮」，敦煌
吐魯番寫本多用「礼」，後世刊本則多改作「禮」。下凡「礼」

40　施安昌《顏真卿書干祿字書》，第25頁。

字同。

〔116〕以厘里任国中之地　胡刻本無「里」字。饒宗頤云：「刻本並脫『里』字。」

〔117〕霍光　底卷原作「雀光」，「雀」字形近而訛，茲據胡刻本改。

〔118〕陀　胡刻本作「阤」。伏俊連云：「『陀』『阤』異體字。」按薛、李二注底卷亦均作「阤」。又參見校記〔89〕。

〔119〕好工匠　胡刻本無「工」字。伏俊連云：「今本脫『工』字。」

〔120〕窂　胡刻本作「牢」。《干禄字書・平聲》：「窂牢，上俗下正。」[41]

〔121〕方言曰陁壞也陁失氏反　「陁壞也」三字底卷原無。羅國威云：「《方言》卷6：『陁，壞。』敦煌本脫『陁，壞也』三字。」茲據胡刻本補，底卷蓋涉上下二「陁」字而抄脫。

〔122〕陊　胡刻本作「阤」。饒宗頤云：「各刻本並誤『陊』為『阤』。」

〔123〕陊直氏反也　胡刻本無「陊」「也」二字。羅國威云：「各刻本脫『陊』，當補。」按此據上下文例而言也。

〔124〕土披朱紫　胡刻本「披」作「被」。羅國威云：「『被』與『披』通。」

〔125〕言皆采畫如錦繡之文章也　「畫」字底卷原誤作「書」，茲據胡刻本改正。「也」下胡刻本有「善曰：《說文》云：綈，厚繒也。朱、紫，二色也」十四字。

〔126〕「武庫」上胡刻本有「錡，架也」三字。饒宗頤云：「此殆後人所加。如薛注原有，則應順文次序，不在『武庫』之上。」

41　施安昌《顏真卿書干禄字書》，第27頁。

〔127〕 受他兵曰闌受努曰錡　胡刻本「闌」作「蘭」,「努」作「弩」。
羅國威云:「『闌』與『努』者,同音假借也。」按高步瀛云:
「蘭,『闌』字通借字。」然則作「闌」者,省借也。「努」當
是「弩」之形訛字。

〔128〕 也　胡刻本無。

〔129〕 非石非董　胡刻本二「非」字並作「匪」。伏俊連云:「『匪』
通『非』。」按「非」本字,「匪」假借字。

〔130〕 曰顯自決　胡刻本「曰」作「因」,「自」作「口」。《干祿字書・
平聲》:「曰因,上俗下正。」[42]下凡「曰」字同。高步瀛云:
「『口』『自』皆『白』字之誤,當依《漢書》正之。」饒宗頤
說同。伏俊連云:「疑『白』為『自』字形誤。」羅國威云:「作
『白』『自』皆通,作『自』則更顯其寵貴,故作『自』為勝。」
按《漢書・五行志》云:「後(周)堪希得進見,因顯言事,
事決顯口。」《楚元王傳》載其事云「常因顯白事,事決顯
口」[43],李善注引所《石顯傳》當作「白決」,伏、羅二氏之說
不可遽從。

〔131〕 將作　胡刻本作「將作監」。饒宗頤云:「《漢書》原作『將作
大匠』。」伏俊連云:「原脫『監』,據今本補。」按將作大匠
《漢書》無有稱為「將作監」者,胡刻本當非李注原貌。

〔132〕 木土　胡刻本作「土木」。饒宗頤云:「永隆本與《漢書》合。」

尒[133]乃廓開九市,通闤帶闠。廓,大也。闤,市營也。闠,

42　施安昌《顏真卿書干祿字書》,第22頁。

43　《漢書》,第5冊第1336頁、第7冊第1948頁。

中隔門也〔134〕。臣善曰：《漢宮閣疏》曰：長安立九市，其六市在道西，三市在道東〔135〕。闤〔136〕，胡開反。旗亭五重，俯察百隧。旗亭，市樓也。隧，列肆道也〔137〕。臣善曰：《史記》：褚先生曰：臣為郎，與方士會旗亭下。周制大胥，今也惟尉。臣善曰：《周礼》曰：司市，胥師廿人。然尊其職〔138〕，故曰大。《漢書》曰：京兆尹，長安四市皆屬焉，與左馮翊、右扶風為三輔，更置三輔都尉〔139〕。瑰貨方至〔140〕，鳥集鱗萃。瑰，奇貨也。方，四方也。言〔141〕奇寶有如鳥之集、鱗之接〔142〕也。鬻者兼贏〔143〕，求者不匱。鬻，賣也。兼，倍也。贏，利也。匱，〔乏〕〔144〕也。尔乃商賈百族，裨販夫婦。坐者為商，行者為賈。裨販，買賤賣貴以自裨益者〔145〕。臣善曰：《周礼》曰：大市，日仄〔146〕而市，百族為主；朝市，朝時而市，商賈為主；夕市，日夕為市〔147〕，販夫販婦為主也〔148〕。鬻良雜苦，蚩眩邊鄙。良，善也。先見良物，價定而雜與惡物，以欺或下土之人也〔149〕。臣善曰：《周礼》曰：辯其苦良而賈之〔150〕。鄭司農〔151〕曰：苦讀為鹽也〔152〕。何必昏〔153〕於作勞，邪贏優而足恃。昏，勉也〔154〕。優，饒也。言何必當勉力作勳勞〔155〕之事乎？欺偽之利自饒足恃也。臣善曰：《尚書》曰：不昏作勞也〔156〕。彼肆人之男女，麗靡〔157〕奢乎許史。臣善曰〔158〕：《漢書》曰：孝宣許皇后，元帝母，生元帝，帝封外祖父廣漢為平恩侯〔159〕。又曰：衛太子史良娣，宣帝祖母也，兄恭，宣帝立，恭已死，封恭長子高為樂陵侯。

【校記】

〔133〕　尔　胡刻本作「爾」。「尔」為「尒」手寫變體；《說文》「尒」「爾」字別，但從古代文獻的實際使用情況來看，二字多混用

不分，說見《敦煌俗字研究》[44]。下凡「尒」字同。

〔134〕「也」下胡刻本有「崔豹《古今注》曰：市牆曰闤，市門曰闠」十四字。饒宗頤云：「或疑薛綜不能引崔說，因謂崔說應在『善曰』之下。然善順文作注，又不應在『九市』之上，殆後人混入。」參見校記〔344〕。

〔135〕「漢宮閣疏曰」以下二十一字，胡刻本作「九市，已見《西都賦》」。饒宗頤云：「案《西都賦》『九市開場』下注同。」按「九市」異卷再見，根據李善注例，不妨重複出注。又胡刻本《西都賦》李善注引作「漢宮闕疏」，伏俊連謂底卷「閣」字形近致誤。按《漢書》顏師古注「閣」「闕」錯見，「閣」字疑是，李善屢引《晉宮閣名》，可資比勘。

〔136〕闠 胡刻本作「《蒼頡篇》曰：闠，市門」。羅國威云：「此所引《蒼頡篇》以釋『闠』，與薛注齟齬，善注不當有，殆後人混入者也。」

〔137〕隧列肆道也 胡刻本無此薛綜注五字，李善注末則有「隧，已見《西都賦》」六字。饒宗頤云：「案《西都賦》『貨別隧分』下注引此五字，上冠『薛綜《西京賦注》曰』，前後自能照顧，即『重見者云見某篇亦從省也』之例。叢刊本（《西京賦》「俯察百隧」句）薛注無此五字，而善注內作『薛綜《西京[45]賦注》曰：隧，列肆道也』十二字。」饒氏蓋以胡刻本從省為是。羅國威云：「此（隧列肆道也）五字蓋後世刻書者以『重見者云見某篇亦從省也』之例從薛注中刪削，反不如敦煌本簡明也。」

---

44 張涌泉《敦煌俗字研究》（第二版），第250頁。
45 「京」字饒氏引作「都」，茲據叢刊本改正。

按羅氏之說是也。李善注本《西京賦》本來就先存薛綜舊注，其後標「（臣）善曰」出李注。今叢刊本《西京賦》李注中云「薛綜《西京賦注》曰」，殊謬。

〔138〕 軄　胡刻本作「職」。《玉篇・身部》：「軄，俗職字。」[46] 下凡「軄」字同。

〔139〕 更置三輔都尉　胡刻本作「然市有長丞而無尉，蓋通呼長丞為尉耳」。饒宗頤云：「此節善注引《漢書》凡二十六字，乃刪節《百官公卿表》『內史』條文，以三輔都尉釋賦文『今也惟尉』，其義甚明，五臣翰注即用其說。今胡刻本無『更置三輔都尉』六字，而易以『市有長丞』十六字，反與賦文不相照，殆後人誤改，而翰注襲用者乃未誤改之本也。」

〔140〕 瓌貨方至　胡刻本「瓌」作「瑰」。饒宗頤云：「『瓌』字永隆本文、注並同，各刻本注作『瓌』，而正文則作『瑰』。」羅國威云：「『瑰』與『瓌』同。」按《西京賦》下文「紛瓌麗以麥靡」作「瓌」，「瓌」「瑰」蓋李善、五臣之異，胡刻本賦文作「瑰」者，襲自六臣本也。「瓌」「瑰」異體字。

〔141〕 言　胡刻本無。饒宗頤云：「胡刻誤脫『言』字。」伏俊連云：「薛注《西京》，析訓單字，無有冠『言』字者；渾釋句意，往往冠以『言』字。據此，則唐寫本是也。」

〔142〕 接　胡刻本作「萃」，蓋是。

〔143〕 鬻者兼贏　「贏」字底卷原作「羸」，饒宗頤云：「『羸』乃『贏』之譌，注同。」茲據胡刻本改正。

〔144〕 乏　底卷原脫，茲據胡刻本補。

46　《宋本玉篇》，第63頁。

〔145〕自裨益者　胡刻本無「者」字，「益」下有「裨，必彌切」四字。伏俊連云：「凡薛注中有反切者，皆後人竄入；唐寫本是也。」

〔146〕庂　胡刻本作「仄」。《說文》有「仄」無「庂」，「庂」當是俗寫，從广、從厂之字常有此類訛俗。下凡「庂」字同。

〔147〕日夕為市　胡刻本「日夕」作「夕時」。饒宗頤云：「《周禮·地官》原文為『夕時而市』，永隆本微誤，各刻本亦以『而』作『為』。」

〔148〕販夫販婦為主也　胡刻本「裨販夫婦為主」。饒宗頤云：「永隆本、六臣本同，與《周禮·地官·司市》合，胡刻本誤。」按胡刻本乃誤據賦文校改李善注。後「販」字底卷原誤作「敗」，茲據六臣本改正。

〔149〕以欺或下土之人也　胡刻本「或」作「惑」，無「也」字。饒宗頤云：「『惑』『或』字通。」按「或」「惑」古今字。

〔150〕辯其苦良而賈之　胡刻本「辯」作「辨」，「賈」作「買」。「辯」為「辨」之假借字，二字古多通用。饒宗頤云：「胡刻本誤『賈』為『買』。」

〔151〕鄭司農　胡刻本作「鄭玄」。饒宗頤云：「胡刻本誤作『鄭玄』。」

〔152〕鹽也　「鹽」字底卷原作「監」，茲據胡刻本改正。胡刻本無「也」字，「鹽」下則有「《蒼頡篇》曰：蛀，侮也。《廣雅》曰：眩，亂也。杜預《左氏傳注》曰：鄙，邊邑也」二十四字。胡刻本卷一一何晏《景福殿賦》「多雜眩真」、卷二一顏延年《五君詠·劉參軍》詩「榮色豈能眩」李善注皆引《國語》賈逵注云「眩，惑也」，《西京賦》注獨引《廣雅》，殆非李善

原注，底卷無者是也。

〔153〕昏　胡刻本作「昬」。「昏」「昬」異體字。下凡「昏」「昬」
　　　之別不復出校。

〔154〕「勉也」下胡刻本有「邪，僞也」三字。高步瀛云：「此疑後
　　　人所竄。」

〔155〕懃勞　胡刻本作「勤勞」。羅國威云：「『勤』與『懃』通。」
　　　按「懃」為「勤」之後起增旁分化字。

〔156〕也　胡刻本無。

〔157〕麗靡　胡刻本作「麗美」。伏俊連云：「唐寫本是。『麗靡』同
　　　義為詞，古時常用，也作『靡麗』。」按此賦下文「徒恨不能以
　　　靡麗為國華」亦作「靡」，伏氏之說是也，胡刻本「美」字蓋
　　　襲自六臣本。

〔158〕臣善曰　胡刻本此上有薛綜注「言長安市井之人，被服皆過此
　　　二家」十四字。羅國威云：「敦煌本無薛綜注，是，此十四字
　　　殆後人混入。」

〔159〕孝宣許皇后元帝母生元帝帝封外祖父廣漢為平恩侯　胡刻本無
　　　「生元帝」三字。饒宗頤云：「案此注節錄《外戚傳》文，據
　　　《傳》，乃宣帝立元帝為太子時封太子外祖父廣漢為平恩侯，及
　　　元帝即位，廣漢已前卒，復封廣漢弟子嘉為平恩侯，奉廣漢
　　　後，善注不了了。」伏俊連云：「凡善注所引舊籍，多為摘引。
　　　此處『生元帝』三字亦為《漢書・外戚傳》文，然帝封許皇后
　　　父廣漢為平恩侯，乃許皇后崩五年、立皇太子後之事，故摘引
　　　亦不確。」按「帝封外祖父」之「帝」謂宣帝，然如李注所引，
　　　則難免誤會成元帝，故刻本刪節「生元帝」三字。不過「帝封
　　　外祖父廣漢」云云仍不確切，廣漢者，宣帝太子之外祖父也。

　　若夫翁伯濁質，張里之家。擊鍾鼎食，連騎相過。東京公侯，壯何能加？臣善曰：《漢書》曰〔160〕：翁伯以販脂〔161〕而傾縣邑，濁氏以胃脯而連騎，質氏以洒削〔162〕而鼎食，張里以馬醫〔163〕而擊鍾。晉灼曰：胃脯，今大官常以十月〔164〕作沸湯燖羊胃，以末椒薑坋之訖，暴使燥者也〔165〕。燖，翔塩反〔166〕。坋，步寸反。如淳曰：洒削，作刀劍削也〔167〕。晉灼曰〔168〕：張里，里，名也。都邑遊俠，張趙之倫。齊志無忌，擬跡田文。臣善曰：《漢書》曰：長安宿豪大猾箭張禁、酒趙放〔169〕，皆通耶結黨〔170〕。輕死重氣，結黨連羣。寔蕃有徒，其從如雲。寔，實也。蕃，多也。徒，眾也。臣善曰：《尚書》曰：寔煩有徒〔171〕。《毛詩》曰：齊子歸止，其從如雲也〔172〕。茂陵之原，陽陵之朱。趫悍虓壑〔173〕，如虎如貙。臣善曰：原，原涉〔174〕。朱，朱安世也。《史記》曰：誅獟猂。獟與趫同，欺譙反。《說文》曰：悍，勇也。戶旦反。《毛詩》曰：闞如虓虎。虓〔175〕，呼交反。《尔雅》曰：貙獌，似狸〔176〕。貙，勑珠反。眭眦薑芥〔177〕，屍僵路隅。臣善曰〔178〕：《漢書》曰：源涉字巨先〔179〕，自陽翟徙茂陵，涉好煞〔180〕，眭眦於塵中，獨死者甚多〔181〕。《廣雅》曰：眭，裂也。《說文》曰：眥，目匡也。《淮南子》曰：瞋目裂眥。眭，五懈反〔182〕。眥，在賣反。張揖《子虛賦〔注〕〔183〕》曰：蒂介，刾〔184〕鯁也。薑與蒂同，並丑介反。丞相欲以贖子罪，陽石汙而公孫誅。臣善曰：《漢書》曰：公孫賀為丞相，子敬聲為大僕〔185〕，擅用北軍錢千九百萬，下獄。是時詔捕陽陵朱安世，賀請逐捕以贖敬聲罪，後果得安世。安世者，京師大俠也〔186〕，遂從獄中上書，告〔187〕敬聲與陽石公主私通。遂父子死獄中〔188〕。若其五縣遊麗辯論之士，街談巷議，彈射臧否。剖析豪釐〔189〕，擘肌分理。臣善曰：五縣，謂長陵、安陵、陽陵、茂陵、平陵〔190〕。《毛詩》曰：未知臧否。《聲類》曰：豪，長毛也。《漢書音義》

曰：十豪為氂。力之反。鄭玄《周礼注》曰：擘，破裂也。補革反。
《說文》曰：肌，宍〔191〕也。所好生毛羽，所惡成創痏。毛羽，言飛
揚。創痏，謂瘢痕也〔192〕。臣善曰：《蒼頡〔篇〕〔193〕》曰：痏，歐傷也
〔194〕。胡軌反。

【校記】

〔160〕 漢書曰　胡刻本作「漢書食貨志曰」。饒宗頤云：「案所引《漢
書》乃《貨殖傳》文，此後人以旁批誤混者。」伏俊連云：「依
（李注）體例，不當列篇名。『食貨志』疑讀者誤記於旁而混入
正文者。」

〔161〕 販脂　「販」字底卷原作「敗」。饒宗頤云：「永隆本『敗』乃
『販』之譌。」茲據胡刻本改正。

〔162〕 洒削　「洒」字底卷原作「泅」，胡刻本作「洗」。饒宗頤云：
「『泅』乃『洒』字形近之誤，下文『洒』字不誤。各（刻）本
上下文並作『洗』，與《漢書》原文不合。」茲據改。

〔163〕 馬醫　底卷原作「為翳」。饒宗頤云：「『為』乃『馬』之譌，
『翳』乃『醫』之譌。」茲據胡刻本改正。

〔164〕 今大官常以十月　胡刻本無「常」字，「月」作「日」。羅國威
云：「《漢書・貨殖傳》注引與敦煌本合，敦煌本是也。」

〔165〕 暴使燥者也　胡刻本「暴」作「曝」。伏俊連云：「『暴』為本
字，『曝』為後起字。今本《漢書》引晉灼說亦作『暴』，與唐
寫本合。」

〔166〕 爆翔壚反　胡刻本「翔壚」作「在鹽」。「壚」為「鹽」之俗字，

說見《敦煌俗字研究》[47]。《廣韻》「燖」音徐鹽切，《漢書·貨殖傳》顏師古注「似兼反」[48]，皆與底卷「翔鹽反」同音，邪紐字；胡刻本「在」為從紐字。徐之明《〈文選〉李善音注聲類考》云：「李善反切系統裏從紐與邪紐雖有混切，但比例很小（僅佔 10%），故亦視為獨立的兩類。」[49]伏俊連引郭晉稀說云：「唐寫本作『翔鹽反』是也，作從母者後世訛音也。」

〔167〕作刀劒削也　胡刻本「作」上有「謂」字。羅國威云：「《漢書·貨殖傳》引如淳注作『作刀劒削者』，與敦煌本合。」

〔168〕晉灼曰　胡刻本無。伏俊連云：「胡本脫，唐寫本及六臣本皆有。」

〔169〕箭張禁酒趙放　胡刻本作「箭張回酒市趙放」。高步瀛云：「《漢書》，見《王尊傳》。諸本『禁』作『回』，『酒』下有『市』字，乃後人誤以《遊俠傳》亂之，今依唐寫改正。《王尊傳》今本『箭』作『弱』，宋祁曰：『弱』江南本、浙本並作『箭』。」

〔170〕皆通耶結黨　胡刻本「耶」作「邪」，「結黨」下有「一云張子羅、趙君都，其長安大俠，具《遊俠傳》」十七字。《玉篇·耳部》：「耶，俗邪字。」[50]下凡「耶」字同。高步瀛云：「案《遊俠傳》無張子羅，此『張子羅』以下十五字乃五臣呂向注，後人采以附李注後者，實與李注不合，依唐寫削去。」

〔171〕寔煩有徒　胡刻本「煩」作「繁」。伏俊連云：「《十三經注疏》本《尚書·仲虺之誥》作『寔繁有徒』，《經典釋文》：『繁，

47　張涌泉《敦煌俗字研究》（第二版），第 662 頁。

48　《漢書》第 11 冊，第 3695 頁。

49　《貴州大學學報》1994 年第 4 期，第 84 頁。

50　《宋本玉篇》，第 94-95 頁。

音煩。』則唐寫本作『煩』乃同音假借。」按李善所見本《尚
書》蓋作「煩」。《釋名・釋言語》：「煩，繁也，物繁則相雜
撓也。」王先慎注云：「《大戴・少間篇》『列五王之德，煩煩
如繁諸乎』，注：『煩，眾也。如繁者，言如萬物之繁蕪也。』
『煩』『繁』義相因。」[51]

〔172〕 也　胡刻本無。

〔173〕 趫悍虓豁　胡刻本「趫」作「趬」，「豁」作「豁」。高步瀛云：
「案《漢書・衛青霍去病傳》顏注：『獟或作趬。』唐寫正作
『趫』，今從之。」伏俊連云：「《說文》曰：『趫，行輕貌。一
曰趫，舉足也。』『趬，善緣木走之才。』二義相較，以唐寫本
作『趫』為長。善注引《史記》見《衛青霍去病列傳》，《漢書・
衛青霍去病傳》與《史記》相同，顏注：『獟或作趬。』更可證
唐寫本是對的。」按李善注引《史記》「誅獟狷」，「獟狷」[52]，
當即張衡《西京賦》所本；《史記》裴駰集解引晉灼云「獟，
音欺譙反」[53]，當即李善音所本。「獟」「趫」聲類相同，《西
京賦》當本作「趫」字，高、伏二氏之說是也。伏氏又云：
「《廣韻》：『豁，呼括切。』『豁，呵各切。』古音同為曉紐鐸
部，同音通假。」按「豁」字俗寫與「豁」形近[54]，甚或從「豁」
作「豁」，《顏氏家訓・書證》謂鄙俗「豁乃施豁」[55]，《干祿

51　王先謙《釋名疏證補》，第 129 頁。

52　《漢書》第 8 冊，第 2482 頁。

53　《史記》第 9 冊，第 2934 頁。

54　參見張涌泉師《敦煌俗字研究》（第二版），第 354 頁。

55　王利器《顏氏家訓集解》，第 515 頁。

字書・入聲》：「壗壗，上俗下正。」⁵⁶ 故「壗」「豁」二字極
易相亂。此賦「虓壗」為曉紐雙聲聯綿詞，作「虓豁」似亦無
不可。

〔174〕　「涉」下胡刻本有「也」字。

〔175〕　虓　胡刻本無。饒宗頤云：「胡刻脫『虓』字。」

〔176〕　狸　胡刻本作「貍」。「狸」為「貍」之換旁俗字，《干祿字書・
平聲》：「狸貍，上通下正。」⁵⁷

〔177〕　睢盱薑芥　「芥」字底卷原作「莽」，饒宗頤云：「『莽』乃
『芥』之譌。」茲據胡刻本改正。「薑芥」疊韻聯綿詞。

〔178〕　臣善曰　胡刻本此上有薛綜注「僵，仆也」三字，與下文「僵
禽斃獸」薛注同，蓋後人據彼注增補。

〔179〕　源涉字巨先　胡刻本「源」作「原」。羅國威云：「《漢書・遊
俠傳》亦作『原』，敦煌本蓋涉下文而誤作『源』也。」

〔180〕　涉好煞　胡刻本作「涉外溫仁，內隱忍好殺」。羅國威云：「《漢
書・遊俠傳》作『涉性略似郭解，外溫仁謙遜，而內隱好殺』，
是敦煌本與各刻本節略《漢書》文各有詳略也。」按《漢書》
無「忍」字，可證胡刻本經後人校改。伏俊連云：「煞與殺
同。」按《干祿字書・入聲》：「煞殺，上俗下正。」⁵⁸下凡「煞」
字同。

〔181〕　獨死者甚多　胡刻本「獨」作「觸」，「多」作「眾」。饒宗頤
云：「『獨』與《漢書・原涉傳》合。」伏俊連云：「作『多』
是，今本《漢書》正作『多』，唐寫本與之合。」

56　施安昌《顏真卿書干祿字書》，第64頁。按「害」字俗寫或作「害」「㝵」。

57　施安昌《顏真卿書干祿字書》，第17-18頁。

58　施安昌《顏真卿書干祿字書》，第60頁。

〔182〕　五懈反　胡刻本「懈」作「解」。「解」字《廣韻》胡買、佳買、古隘、胡懈四切（前二屬上聲蟹韻，後二屬去聲卦韻），一般不作為反切下字，「懈」字則常用，「解」蓋「懈」之壞字。

〔183〕　注　底卷原脱，茲據胡刻本補。

〔184〕　剌　胡刻本作「刺」。「剌」為「刺」之俗字，考詳《敦煌俗字研究》[59]。下凡「剌」字同。

〔185〕　大僕　胡刻本作「太僕」。「大」「太」古今字。

〔186〕　安世者京師大俠也　胡刻本作「安世」。

〔187〕　告　胡刻本作「曰」。饒宗頤云：「永隆本與《漢書·公孫賀傳》合，刻本誤。」

〔188〕　遂父子死獄中　胡刻本「死」上有「俱」字，「中」下有「也」字，其下尚有「陽石，北海縣名也」七字。饒宗頤云：「永隆本與《漢書·公孫賀傳》合，刻本誤。又各本注末七字誤，蓋陽石不屬北海，殆以（五臣）銑注混入。」

〔189〕　豪氂　胡刻本作「毫氂」。《說文》有「豪」無「毫」，「豪」篆徐鉉注云：「今俗別作毫，非是。」[60]徐灝《說文解字注箋》「毳」篆下云：「豪、氂皆取義於毛，當用『氂』為正。」[61]注中「豪」「氂」字同。

〔190〕　五縣謂長陵安陵陽陵茂陵平陵　胡刻本作「五縣，謂五陵也，長陵、安陵、陽陵、武陵、平陵五陵也，已見《西都賦》」。饒宗頤云：「『武』乃『茂』之譌。叢刊本作『五縣謂五陵也，《漢書》曰：高帝葬長陵，惠帝葬安陵，景帝葬陽陵，武帝葬茂

59　張涌泉師《敦煌俗字研究》（第二版），第322頁。

60　許慎撰，徐鉉校定《說文解字》，第197頁。

61　《續修四庫全書》第226冊，第222頁。

陵，昭帝葬平陵。五陵也』，案『高帝』至『平陵』即《西都賦》注。」按依胡刻本云「已見《西都賦》」，則「長陵」云云不必重出，顯非李注原文，故高步瀛云「今依唐寫」。

〔191〕宍　胡刻本作「肉」。伏俊連云：「『宍』為俗體字，《干祿字書·入聲》：『宍肉，上俗下正。』」

〔192〕謂槃痕也　胡刻本「槃」作「瘢」。伏俊連云：「同音假借。」按《莊子·駢拇》郭象注「或以槃夷之事易垂拱之性」[62]，亦借「槃」字為「瘢」。

〔193〕蒼頡篇　底卷原無「篇」字，胡刻本同。伏俊連云：「《文選考異》曰：『何校頡下添篇字，陳同，是也，各本皆脫。』按：古人引書，往往名有省者，如《淮南》、《急就》、《韓非》之類；唐寫本亦作《蒼頡》，當為古人引書習慣，不為脫字。」按李善引《蒼頡篇》概不省「篇」字，胡克家以為脫訛，是也，茲據補。

〔194〕歐傷也　胡刻本「歐」作「毆」。「毆」本字，「歐」假借字，例見桂馥《說文解字義證》「毆」篆注[63]。

　　郊甸之內，鄉邑殷賑。五十里為近郊[195]，百里為甸師。殷賑，謂富饒也。臣善曰：《尚書》曰：五百〔里〕[196] 甸服。《尔雅》曰：賑，富也。之忍反。五都貨殖，既遷既引。遷，易也。引，致也。臣善曰：王莽於五都立均官，更名雒陽、邯鄲、〔臨〕淄、宛、成都市長皆為五均司市師也[197]。商旅聯槅，隱隱展展。言賈人多，車槅相連

62　郭慶藩《莊子集釋》，第324頁。
63　桂馥《說文解字義證》，第255頁。

屬。隱〔隱〕展展〔198〕，重車聲也〔199〕。臣善曰：《說文》曰：㮤，大車杻〔200〕。居賁反。冠帶交錯，方轅接軫。臣善曰〔201〕：楊雄《蜀都賦》曰：方轅齊轂，隱軫幽輵〔202〕。枚乘《兔園賦》曰：車馬接軫相屬，方輪錯轂。《說文》曰：軫，車後橫木也。封畿千里，統以京尹。臣善曰：《漢書》曰〔203〕：內史，周官，武帝更名京兆尹。張晏曰：地絕高曰京。十億曰兆。尹，正也。郡国宮館，百卌〔204〕五。離宮別館，在諸郡国者也〔205〕。臣善曰：《三輔故事》曰：秦時殿觀百卌五〔206〕。右極盩座〔207〕，并卷酆鄠。臣善曰〔208〕：《漢書》右扶風有盩座縣〔209〕。盩，張流反。座，張栗反。左暨河華，遂至虢土。暨，言及也〔210〕。臣善曰：《漢書》右扶風有虢縣也〔211〕。上林禁菀〔212〕，跨谷弥阜。跨，越也。弥，猶掩也。大陵曰阜。上林，菀名。禁人妄入也〔213〕。東至鼎湖，邪界細柳。鼎湖、細柳，皆地名〔214〕，鼎湖在華陰東，細柳在長安西北。掩長楊而聯五柞，長楊宮在盩座。五柞亦舘名，云有五株柞樹也〔215〕。繞黃山而欬〔216〕牛首。繞，裹也。欬，至也。臣善曰：《漢書》右扶風槐里縣有黃山宮。《三輔黃圖》曰：甘泉宮中有牛首池〔217〕。繚亘綿聯〔218〕，四百餘里。繚亘，猶繞了也。綿聯，猶連蔓也。四百〔219〕，菀之周圍〔220〕。臣善曰：亘當為垣〔221〕。《西都賦》曰：繚以周廧〔222〕。《三輔故事》曰：北至甘泉九嵕〔223〕，南至長楊五柞，連綿四百餘里也。植物斯生，動物斯止〔224〕。植，猶草木。動，謂禽獸〔225〕。臣善曰：《周礼》曰：動物宜毛物〔226〕，植物宜皂〔227〕物也。眾鳥翩翩，羣獸否駃〔228〕。皆鳥獸之形狠也〔229〕。臣善曰：《韓詩》〔230〕曰：趍曰否否，行曰駃駃〔231〕。否，音鄙。駃，音俟。散似驚波，聚似京涛〔232〕。京，高也。水中有土曰涛。言禽獸散走之時如水驚風而揚波，聚時如水中之高土也〔233〕。伯益不能名，隸〔234〕首不能紀。臣善曰：《列子》曰：北海有魚名鯤〔235〕，有鳥名鵬，大禹

行而見之，伯益知而名之〔236〕。《世本》曰：隸首作數。宋衷曰：隸
首，黃帝史〔237〕。林麓之饒，于何不有？木藂曰林〔238〕。臣善曰：《穀
梁傳》曰：林屬於山為麓〔239〕。木則樅栝椶柟，梓椆楩楓。樅，松
葉栢〔240〕身也。栝，栢葉松身。梓，如栗而小。椆，白蓮〔241〕。楓，楓
香也〔242〕。臣善曰：郭璞《山海經注》曰：椶，一名并閭。《尔雅》曰：
梅，柟〔243〕。樅，七容反。栝，古活反。椶，子公反〔244〕。柟，音〔南〕
〔245〕。梓，音姊。椆，〔音域〕〔246〕。郭璞《上林賦注》曰：楩，杞也，
似梓。楩〔247〕，鼻綿反。楓，音風也〔248〕。嘉卉灌叢，蔚若鄧林。
嘉，猶美也。灌叢、蔚〔249〕，皆盛兒〔250〕。臣善曰：《山海經》曰：夸
父與日竟〔251〕走，渴飲河渭，河渭不足〔252〕，北飲大澤，未至，道渴而
死〔253〕，弃〔254〕其杖，化為鄧林也〔255〕。鬱蓊薆薱，柍柘檓椮。皆草
木盛狠〔256〕也。臣善曰：柍〔257〕，音肅。柘，音蕭〔258〕。椮，音森。吐
葩颺榮，布葉垂陰。葩，華也。草則蔵莎菅蒯〔259〕，薇蕨荔芀。
臣善曰：《尔雅》曰：蔵，馬藍。郭璞曰：今大葉冬藍。音針。《尔雅》
曰：薃侯，莎。又曰：白華，野菅。郭璞曰：菅，茅屬也〔260〕。《聲類》
曰：蒯草中為索。苦恠反〔261〕。毛萇《詩傳》曰：薇，菜也。《尔雅》
曰：蕨，鼇也。《說文》曰：荔，草似蒲〔262〕。音隸。《尔雅》曰：芀，
東蠡。郭璞曰：未詳。胡郎反〔263〕。王蒭〔264〕茵臺，戎葵懷羊。臣善
曰：《尔雅》曰：菉，王蒭。郭璞曰：今菉蓐也。《尔雅》曰：茵，貝
母。郭璞曰：似韭。武行反。《尔雅》曰：臺，夫須。又曰：菺〔265〕，
戎葵。郭璞曰：今蜀葵也〔266〕。菺，音肩〔267〕。戎，音戎。《尔雅》曰：
虎〔268〕，懷羊。郭璞曰：未詳。苯蕁蓬茸，彌皋被崗〔269〕。彌，猶覆
也。言草木熾盛，覆被於皋澤及山崗之上也〔270〕。臣善曰：苯，音本。
蕁，子本反。篠簜敷衍，編町成篁。篠，箭也〔271〕。敷，猶〔272〕布
也。衍，曼〔273〕也。編，連也。町，謂畎畝。篁，竹墟名也。臣善曰：

《尚書》曰：篠簜既敷〔274〕。町，音挺也〔275〕。山谷原隰，泆莽無彊〔276〕。言〔277〕其多，無境限也。臣善曰：泆，烏朗反。

【校記】

〔195〕 五十里為近郊　胡刻本「近」作「之」。伏俊連云：「《文選考異》曰：『袁本、茶陵本之作近，是也。』按：今本《周禮・地官・載師》注引杜子春曰『五十里為近郊』，唐寫本與之合。」

〔196〕 里　底卷原無，伏俊連云：「今本《尚書・禹貢》亦有『里』字，唐寫本脫。」茲據胡刻本補。

〔197〕 「王莽」以下二十九字，胡刻本作「五都，已見《西都賦》」，其下尚有「遷，謂徙之於彼。引，謂納之於此」十二字。饒宗頤云：「『淄』上脫『臨』字。胡刻本注云『五都，已見《西都賦》』，檢《西都賦》『五都之貨殖』注（引《漢書》）同永隆本此說，然『成都』誤作『城都』，『市長』下誤衍『安』字。」茲據補一「臨」字。又伏俊連謂「王莽」上當補「漢書曰」三字。按胡刻本卷一班固《西都賦》「煥若列宿，紫宮是環」李善注引《漢書》「中宮天極星，環之匡衞十二星，藩臣，皆曰紫宮也」，而《西京賦》「譬眾星之環極」李注云「中宮天極星，環之筐十二星，藩臣」，亦省略所引《漢書》之名（唯「筐」為「匡衞」之訛。奎章閣本作「匡衡」，「衡」為「衞」之形訛字），伏說似欠妥當。伏俊連云：「薛注『遷，易也。引，致也』，已將『遷引』解釋清楚，今本『遷』下十二字疑為後儒竄入者。」

〔198〕 隱隱展展　底卷原作「隱展」，抄脫「隱」字下重文符號，茲據胡刻本補。

〔199〕「也」胡刻本下有「丁謹切」三字。饒宗頤云：「『丁謹切』三字，叢刊本正文『展』下夾注同，乃他注混入，永隆本無。」伏俊連云：「薛注無音注，『丁謹切』三字為後人音注竄入者。」

〔200〕「柂」下胡刻本有「也」字。

〔201〕臣善曰　胡刻此上有薛綜注「冠帶，猶搢紳，謂吏人也」九字。

〔202〕隱軫幽輵　胡刻本作「隱隱軫軫」。饒宗頤云：「（底卷）四字與《古文苑・蜀都賦》合。」

〔203〕「漢書曰」上胡刻本有「《毛詩》曰：封畿千里，惟民所止」十一字。胡刻本卷一班固《西都賦》「封畿之內，厥土千里」李善注云：「《漢書》曰：雒邑與宗周通封畿，為千里。又曰：秦地沃野千里，人以富饒。」此引《毛詩》，唯釋文辭源流，未釋句義，尚欠妥帖，蓋後人所增補，底卷無者是也。

〔204〕卌　胡刻本作「四十」。「卌」為「四十」之合文，敦煌吐魯番寫本多作「卌」。下凡「卌」字同。

〔205〕也　胡刻本無。

〔206〕「五」下胡刻本有「所」字，伏俊連謂底卷脫訛，當據刻本補。

〔207〕庢　底卷原作「屖」，胡刻本作「厔」。饒宗頤云：「永隆本注作『庢』，正文作『屖』；各本文注並作『厔』。王先謙《漢書補注》曰：『庢從广，俗從厂，非也。』」羅國威云：「敦煌本注文作『庢』是也，正文及各本文注當據改。」茲據改。

〔208〕臣善曰　胡刻本此上有薛綜注「整庢，山名，因名縣」七字。高步瀛云：「唐寫無薛注，是，整庢非山名。」

〔209〕漢書右扶風有螯庢縣　胡刻本「漢書」下有「曰」字。高步瀛云：「各本『漢書』下有『曰』字，今依唐寫刪。」饒宗頤云：「『書』下各本誤衍『曰』字。」按李善注據《漢書・地理志》，然所引非原文，不當綴以「曰」字，高、饒二氏之說是也。下句注云「《漢書》右扶風有虢縣也」，是其比。

〔210〕「也」下胡刻本有「華陰縣，故屬京兆」七字。

〔211〕也　胡刻本無。

〔212〕菀　胡刻本作「苑」。饒宗頤云：「『菀』『苑』字通用。」伏俊連、羅國威並謂二字同聲假借。按「菀」即「苑」之俗字，說詳《敦煌俗字研究》[64]。下凡「菀」字同。

〔213〕「禁人妄入也」上胡刻本尚有一「禁」字複舉賦文。羅國威云：「『禁』字當復。」

〔214〕「名」下胡刻本有「也」字。

〔215〕柞樹也　胡刻本無「也」字，「樹」下有「善曰：鄭玄《毛詩箋》曰：掩，覆也」十一字。

〔216〕欵　胡刻本作「款」，注同。《玉篇・欠部》：「款，俗作欵。」[65]

〔217〕甘泉宮中有牛首池　胡刻本「池」作「山」。高步瀛云：「今本《黃圖》無此文。唐寫作『牛首池』，據《上林賦》張揖注，牛首池在上林苑西頭，亦不在甘泉宮中。」

〔218〕繚亘綿聯　胡刻本「亘」作「垣」，薛注「亘」字同。胡克家《文選考異》云：「陳云：善曰『今並以亘為垣』，據此則正文及薛注中『垣』皆當『亘』。案：所說是也，善但出『垣』字

64　張涌泉《敦煌俗字研究》（第二版），第753頁。

65　《宋本玉篇》，第179頁。

於注，其正文必同薛作『亙』；至五臣銑注直云『垣，墻』，是
其本乃作『垣』，各本所見非。」又參見校記〔221〕。胡刻本
「綿」作「緜」。《說文》有「緜」無「綿」，「綿」為後起別體。
注中「綿」字同。

〔219〕　「四百」下胡刻本有「餘里」二字。

〔220〕　「圍」下胡刻本有「也」字。

〔221〕　亙當為垣　胡刻本作「今並以亙為垣」。饒宗頤云：「案善注，
永隆本與他本文句雖異，其意則一。因善據薛本作『亙』，薛
并以『亙』本義『繞了』釋之，而善意則以『垣墻』為義，故
云『當為垣』也。若作『以亙為垣』，雖不失李注指為叚借之
意，而劉申叔則認為非李注。至五臣本則作『垣』，故銑注
『垣，墻也』。今各本賦文已作『垣』，而又載善注『以亙為
垣』，是文注不照。」按李善蓋認為此賦「繚亙綿聯，四百餘
里」句乃本諸班固《西都賦》「繚以周牆，四百餘里」，而薛綜
則依「亙」字施注，故注云「亙當為垣」。參見《緒論》。

〔222〕　廧　胡刻本作「牆」。「牆」字《說文》從嗇、爿聲，異體作
「廧」，蓋從广從嗇會意，說見《敦煌俗字研究》[66]。漢碑多作
「廧」，例見顧藹吉《隸辨・陽韻》[67]。

〔223〕　北至甘泉九嵕　胡刻本「至」作「有」。伏俊連云：「依文意，
作『至』是。」按「至」「有」草書形近。

〔224〕　植物斯生動物斯止　胡刻本此八字與上文「繚垣緜聯，四百餘
里」二句併為一節，故注亦相連，而有兩「善曰」。高步瀛云：

66　張涌泉《敦煌俗字研究》（第二版），第634頁。
67　顧藹吉《隸辨》，第234-235頁。

「胡克家、張雲璈皆謂二句當自為節，與唐寫合。」按胡刻本併
四句為一節者據六臣本。

〔225〕　植猶草木動謂禽獸　胡刻本作「植物，草木。動物，禽獸」。

〔226〕　「物」下胡刻本有「也」字。饒宗頤云：「注末（「植物宜卓物
也」）之『也』，乃注文用為止截詞。胡刻及叢刊本兩句並有
『也』字，似《周禮》原文如此，此傳寫時淺人所加。」

〔227〕　皂　胡刻本作「皁」。《干祿字書・上聲》：「皁皂，上通下
正。」[68]

〔228〕　否駼　胡刻本作「駥」。梁章鉅《文選旁證》云：「《後漢書・
馬融傳》『鄙駼譟讙』，注云：『鄙駼，獸奮迅貌也。』引《韓詩》
『駥駥駼駼，或羣或友』。今《毛詩・吉日》作『儦儦俟俟』，
傳云：『趨則儦儦，行則俟俟。』《說文》『俟』字注引《詩》『伾
伾俟俟』。《楚辭・招魂》『逐人駥駥些』，王注：『駥駥，走貌
也。』是『駥』與『伾』『鄙』『儦』以聲近通用矣。按《韓詩》
之『駥駼』，正字也；毛、許作『伾俟』，假借字也。『儦』者
『伾』之轉，為雙聲字。」[69]按聯綿詞無定字，作「駥駥」「伾伾」
「否否」「儦儦」均可。「駥」蓋「否」字涉「駼」類化增旁。

〔229〕　形狠也　胡刻本「狠」作「皃」。「狠」為「貌」之俗訛字，見
《龍龕手鏡》犬部去聲[70]。「皃」小篆隸定字，「貌」籀文隸定
字。

〔230〕　韓詩　胡刻本作「薛君《韓詩章句》」。饒宗頤謂當從刻本為
正。

68　施安昌《顏真卿書干祿字書》，第41-42頁。

69　梁章鉅《文選旁證》，第58頁。

70　釋行均《龍龕手鏡》，第319頁。

〔231〕　趍日否否行日騃騃　胡刻本「趍」作「趣」，「否」「騃」二字
　　　　皆不重複。高步瀛據《小雅·吉日》毛傳（參見校記〔228〕）
　　　　謂底卷重複者是也。「趍」為「趣」之俗字，說見《廣韻·虞
　　　　韻》[71]。下凡「趍」字同。

〔232〕　聚似京峙　胡刻本「似」作「以」，「峙」作「峙」。伏俊連云：
　　　　「『似』『以』同聲通訓。」按甲骨文「以」「似」同字，後世
　　　　則別而為二。薛綜注云「聚時如水中之高土也」，是所見《西
　　　　京賦》當作「似」。五臣本正作「似」，與底卷相同。伏氏云：
　　　　「『峙』字《說文》未收，《玉篇》曰：『峙，峻峙。』即聳立之
　　　　意。《說文》曰：『沬，水暫益且止未減也。』郭璞注《穆天子
　　　　傳》曰：『水歧成沬。沬，水渚也。』《爾雅·釋水》：『小陼曰
　　　　沚。』《釋文》曰：『沚，本或作沬。』是則作『沬』正字，『峙』
　　　　乃形近致誤者，唐寫本是矣。」按薛綜注云「水中有土曰沬」，
　　　　可與伏氏所引郭璞注互參。胡刻本「峙」字蓋襲自六臣本，非
　　　　也。

〔233〕　「也」下胡刻本有「善曰：峙，直里切」六字。《廣韻》「峙」
　　　　音直里切，刻本李注似不誤。唯賦文本作「沬」不作「峙」，
　　　　而「沬」字《廣韻·止韻》諸市、直里二切，S.2071《切韻箋
　　　　注》則僅諸市反一音。然則刻本「直里切」乃後人據「峙」字
　　　　注音，底卷無者是也。

〔234〕　隸　底卷原作「𣪠」，胡刻本作「隸」，皆「隸」之俗字，參見
　　　　《敦煌俗字研究》[72]，茲徑錄作「隸」。下凡「隸」字同。

71　《宋本廣韻》，第57頁。

72　張涌泉《敦煌俗字研究》（第二版），第874頁。

〔235〕 北海有魚名鵾　胡刻本「鵾」作「鯤」。「鵾」字六臣本同，
「鯤」蓋後人據傳本《列子・湯問》校改。考《列子》此文本
諸《莊子・逍遙遊》，而胡刻本卷五左思《吳都賦》「大鵬繽翻，
翼若垂天」、卷一三張華《鷦鷯賦》「大鵬彌乎天隅」李善注引
《莊子》並作「鵾」。

〔236〕 「伯益知而名之」下胡刻本有「夷堅聞而志之」六字。饒宗頤
云：「永隆本、叢刊本及《考異》所見袁、茶本並無此句，惟
胡刻有之，或後人照《列子・湯問篇》加入。」

〔237〕 「史」下胡刻本有「也」字。

〔238〕 木藂曰林　胡刻本「藂」作「叢生」。《玉篇・丵部》：「叢，
俗作藂。」[73] 下凡「藂」字同。《釋名・釋山》：「山中藂木曰
林。」[74] 疑即薛綜注所本。伏俊連云：「不必言唐寫本奪『生』
字。」其說可從。

〔239〕 林屬於山為麓　胡刻本「為」作「曰」，「麓」下有「注曰：麓，
山足也」六字。伏俊連云：「今本《穀梁傳・僖十四年》正作
『為』，唐寫本與之合，是矣。」按胡刻本卷一班固《西都賦》
「林麓藪澤」、卷六〇陸機《弔魏武帝文》「居常安之勢，而終
嬰傾離之患故乎」、同卷謝惠連《祭古冢文》「窀穸東麓」李注
引《穀梁傳》並云「林屬於山為麓」，唯此《西京賦》注獨異，
其出後人校改無疑。「注曰」云云則與李善注例不合，伏氏云：
「六臣本亦無此六字。《文選考異》亦曰：『袁本、茶陵本無此
六字。』無者是。」

73　《宋本玉篇》，第281頁。

74　任繼昉《釋名匯校》，第53頁。

〔240〕栢　胡刻本作「柏」。《干祿字書・入聲》:「栢柏,上俗下正。」[75]
下凡「栢」字同。

〔241〕「蕤」下胡刻本有「也」字。

〔242〕楓楓香也　胡刻本「楓香」作「香木」。羅國威云:「案《爾雅・
釋木》『楓』下郭璞注:『楓樹似白楊,葉圓而岐,有脂而香,
今之楓香是。』敦煌本作『楓香』與《爾雅》合也。」

〔243〕「枏」下胡刻本有「郭璞曰:枏木似水楊。又曰:棫,白桵」
十三字。羅國威云:「《爾雅・釋木》『梅,枏』下郭注無此文。
又薛注已釋『棫』,善注不須重出。敦煌本無此十三字是。」

〔244〕子公反　「反」字底卷原作「子」,涉上而訛,茲據底卷體例
改正。

〔245〕南　底卷原脫,茲據胡刻本補。

〔246〕音域　底卷原脫,茲據胡刻本補。

〔247〕梗　底卷原作「梗」,形近而訛,茲據胡刻本改正。

〔248〕也　胡刻本無。

〔249〕灌叢蔚　胡刻本「蔚」作「蔚若」。伏俊連云:「原卷脫『若』
字,據今本補。」饒宗頤、羅國威則謂傳世刻本誤衍「若」
字。按賦文「蔚若鄧林」之「若」非語末助詞,若者如也,伏
說蓋不可從。

〔250〕「皆盛皃（貌）」下胡刻本有「也」字。

〔251〕竸　胡刻本作「競」。「竸」為「競」之俗字,參見《敦煌俗字
研究》[76]。下凡「竸」字同。

75　施安昌《顏真卿書干祿字書》,第62頁。

76　張涌泉《敦煌俗字研究》（第二版）,第680頁。

〔252〕渴飲河渭河渭不足　胡刻本「河渭」二字不重複。饒宗頤云：「複『河渭』字與《山海經》合，各本脫此二字。」

〔253〕道渴而死　胡刻本無「而」字。饒宗頤云：「『而』字與《山海經》合，各本脫。」

〔254〕弃　胡刻本作「棄」。「弃」《說文》以為古文「棄」字，唐代因避太宗李世民的嫌諱，多從古文作「弃」，說詳《敦煌俗字研究》[77]。

〔255〕也　胡刻本無。

〔256〕狠　胡刻本作「貇」。「狠」為「貇」之俗訛字，已見校記〔229〕。

〔257〕欙　底卷原誤作「瀟」，茲據胡刻本改正。胡刻本「欙」上有「蔚，徒對切」四字。

〔258〕欘音蕭　「欘」字底卷原誤作「欙」，茲據胡刻本改正。胡刻本「蕭」作「簫」。「蕭」「簫」同音字。

〔259〕菽　胡刻本作「蒯」，注同。饒宗頤引王先謙《漢書補注》說云：「古『蒯』字本作『菽』。」羅國威云：「『菽』『蒯』古今字。」

〔260〕茅屬也　胡刻本無「也」字，「茅屬」下有「古顏切」三字。

〔261〕苦恇反　胡刻本「恇」作「怪」。「恇」為「怪」之俗字，說見《玉篇・心部》[78]。下凡「恇」字同。

〔262〕蒪　胡刻本作「蒲」。《干祿字書・平聲》：「蒪蒲，上俗下正。」[79]下凡「蒪」字同。

77　張涌泉《敦煌俗字研究》（第二版），第 480 頁。

78　《宋本玉篇》，第 155 頁。

79　施安昌《顏真卿書干祿字書》，第 19 頁。

〔263〕「胡郎反」上胡刻本有「芄」字。按此節李善音注皆不複舉賦
文，底卷無「芄」字者是也。

〔264〕蒭　胡刻本作「芻」，注同。《玉篇・艸部》：「芻，俗作蒭。」[80]

〔265〕胃　胡刻本作「萺」。饒宗頤云：「『胃』字及下文『音肩』之
『肩』字，與《爾雅》合。各刻本概誤作『萺』與『眉』。」

〔266〕也　胡刻本無。

〔267〕胃音肩　胡刻本作「萺，音眉」。刻本形近而訛，底卷是也，
參見校記〔265〕。

〔268〕虎　胡刻本作「瘣」。「虎」「瘣」因俗書疒、广二旁相亂所致。
今本《爾雅・釋草》作「蘬」[81]，而《玉篇・艸部》、《廣韻・
賄韻》作「薳」[82]，是其比。

〔269〕崗　胡刻本作「岡」。《玉篇・山部》：「岡，俗作崗。」[83] 下凡
「崗」字同。

〔270〕皐澤及山崗之上也　胡刻本「皐」作「高」。饒宗頤云：「『皐』
字各本並誤作『高』。」

〔271〕篠箭也　胡刻本「箭」作「竹箭」，「也」下有「蕩，大竹也」
四字。伏俊連云：「《爾雅・釋草》曰：『篠，箭也。』與唐寫
本合。唐寫本無『蕩大竹也』，蓋抄寫時奪之。」

〔272〕猶　胡刻本無。

〔273〕曼　胡刻本作「蔓」。參見校記〔40〕。

〔274〕篠簜既敷　胡刻本「篠」上有「瑤琨」二字，「敷」作「敷」。

80　《宋本玉篇》，第259頁。

81　《十三經注疏》，第2626頁。

82　《宋本玉篇》，第256頁；《宋本廣韻》，第252頁。

83　《宋本玉篇》，第401頁。

伏俊連云：「今本《尚書・禹貢》無『瑤琨』二字，與唐寫本合，是。」P.3315《尚書釋文》：「勇，古敷字。」

〔275〕　也　胡刻本無。

〔276〕　決莽無彊　胡刻本「莽」作「漭」，其下夾注「馬黨切」，「彊」作「疆」。伏俊連云：「『莽』『漭』同音假借。《史記・司馬相如傳》『過乎泱莽之野』，《文選・上林賦》『莽』作『漭』。又原卷『彊』作『疆』誤。」按聯綿詞無定字，作「泱莽」「泱漭」雖均無不可，然刻本「漭」疑為「莽」字涉「泱」而類化增旁。「彊」「疆」字別，但「疆」字從「彊」，古亦徑有以「彊」代「疆」者，說見《敦煌俗字研究》[84]。

〔277〕　「言」上胡刻本有「泱漭，無限域之貌」七字。

迺有昆明靈沼〔278〕，黑水玄阯。小渚曰阯。臣善曰：《漢書》〔曰〕〔279〕：武帝穿昆明池。黑水玄阯，謂昆明靈沼之水阯也。水色也〔280〕。周以金堤，樹以柳杞。金堤，謂以石為邊隒，而多種杞柳之木。臣善曰：金堤，言堅也。《子虛賦》曰：上金堤。杞即梗木也〔281〕。豫章珎館，揭焉中峙〔282〕。皆豫章木為臺館也。臣善曰：《三輔黃圖》曰：上林有豫樟觀〔283〕。《說文》曰：揭，高舉也。渠列反。牽牛立其左，織女處其右。臣善曰：《漢宮閣疏》曰：昆明池有二石人，牽牛織女象〔284〕。日月於是乎出入，象扶桑與濛汜。臣善曰：言池廣大，日月出入其中也。《淮南子》云〔285〕：日出湯谷〔286〕，拂于扶桑。《楚辭》曰：出自湯谷〔287〕，次于濛汜〔288〕。其中則有黿鼉巨鼈，鱣鯉鱮鮦。鮪鯢鱨鯋〔289〕，脩頷短項〔290〕。大口折鼻，詭類殊

種。自鱣鮀以上，皆魚名也。脩頟至折鼻，皆魚之形也[291]。詭類殊種，多雜物也。臣善曰：郭璞《山海經注》曰[292]：鼉似蜥蜴。徒多反。郭璞《尔雅注》曰：鱮似鱄。知連反。鄭玄《詩牋》[293]曰：鰬似魴也[294]。《尔雅》曰：鱧，鮦也。音重[295]。毛萇《詩傳》曰：鮪似鱊。鮪，乎軌反。鮎，奴謙反[296]。又曰：鱣，楊也[297]。鮀，也。鱣，音嘗也[298]。鳥則鷫鵝鴰鴇[299]，駕鵝[300]鴻鶬。臣善曰：高誘《淮南子注》曰：鷫霜[301]，長脛綠色，其形似鴈。張揖《上林賦注》曰：駕鵝，野鵝[302]。鴰、鴇，二鳥名也[303]。凡魚鳥草木皆不重見，他皆類此。鷫，音肅。駕，音加[304]。上春候來，季秋就溫。臣善曰：《周礼》曰：上春生穜稑之種。《礼記》曰：孟春，鴻鴈來[305]。鄭玄曰：鴈自南方來，將北反其居也。又曰：季秋之月，鴻鴈來賓。鄭玄曰：來賓，止而未去也。《列子》曰：禽獸之知[306]，違〔寒〕就溫[307]。南翔衡陽，北棲鴈門。臣善曰：《尚書》曰：荊及衡陽惟荊州。孔安国曰：衡山之陽。《漢書》有鴈門郡也[308]。集隼歸鳧[309]，沸卉軯訇[310]。奮迅聲也[311]。臣善曰：《周易》曰：射集隼高墉之上[312]。軯，芳耕反。訇，火宏反。眾形殊聲，不可勝論。論，說也。臣善曰：《廣雅》曰：勝，舉也。

【校記】

〔278〕迺有昆朙靈沼　胡刻本「迺」作「廼」，「朙」作「明」。《說文》小篆作「囟」，「迺」「廼」隸變之異。下凡「迺」字同。「朙」「明」古異體字。

〔279〕漢書曰　底卷原無「曰」字，與李善注例不合，茲據胡刻本補。

〔280〕水色也　胡刻本作「水色黑，故曰玄阯也」。

〔281〕 梗木也　「梗」字底卷原作「梗」，羅國威云：「作『梗』是，敦煌本訛。上文『梓棫梗楓』句善注引郭璞《上林賦注》：『梗，杞也。』」茲據胡刻本改正。「也」下胡刻本有「《山海經》曰：杞如楊，赤理」九字。高步瀛云：「李注引《山海經》，與『杞即梗木』之說歧異，殆後人所增。唐寫本無，是也。」

〔282〕 峙　胡刻本作「峙」。高步瀛云：「《說文》字作『峙』。『峙』『峙』並同。」按高說蓋本諸段玉裁，《說文・止部》「峙」篆段注云：「峙即峙，變止為山，如岐作歧，變山為止，非真有從山之峙、從止之歧也。峙亦作峙。」[85]

〔283〕 豫樟觀　胡刻本「樟」作「章」。

〔284〕 「漢宮閣疏」以下十七字，胡刻本作「已見《西都賦》」。底卷李善注與胡刻本卷一班固《西都賦》「左牽牛而右織女」注同，唯「閣」字彼注作「闕」，羅國威云：「敦煌本『闕』訛『閣』，當改。」按「閣」當非訛字，參見校記〔135〕。又「牽牛」「織女」異卷再見，根據李善注例，不妨重複出注。胡刻本但云「已見《西都賦》」而不複舉賦文，不合李善注例，其出後人校改無疑。

〔285〕 淮南子云　胡刻本「云」作「曰」。李善注引書通稱「曰」，若引文首字為「曰」，則或稱「云」，《文選集注》鮑照《樂府八首・東門行》「杳杳落日晚」李注「《楚詞》云：日杳杳以西頹」，亦其例。

〔286〕 日出湯谷　胡刻本「湯」作「暘」。高步瀛云：「胡克家曰：『暘』當作『湯』，下『出自陽谷』亦當作『湯』，各本皆誤。

85　段玉裁《說文解字注》，第67頁。

步瀛案：胡校是，唐寫兩字皆作『湯』。」伏俊連云：「古多通假，暘、湯皆同音通假，本無正誤之分。今本《淮南子·天文篇》作『暘谷』，與胡本合。」按胡刻本卷二〇謝瞻《九日從宋公戲馬臺集送孔令詩》「扶光迫西汜」李善注引《淮南子》亦作「暘谷」，胡克家《文選考異》云：「當作『湯』。湯谷，如《蜀都》、《吳都》、《西征》等賦，皆有其證，不具出。」蓋謂李善所據本《淮南子》當作「湯谷」，正與底卷相合，其說極是。

〔287〕出自湯谷　胡刻本「湯」作「陽」。高步瀛謂「湯」字是，已見上條。饒宗頤云：「『湯』與《楚辭·天問》同。」按胡刻本卷三一江淹《雜體詩三十首·郭弘農遊仙》「豈愁濛汜迫」李善注引《楚辭》作「暘谷」，胡克家《文選考異》云：「『暘』當作『湯』，各本皆譌。餘屢引可證。」蓋謂李善所據本《楚辭》當作「湯谷」，其說極是，《文選集注》所載江淹詩李善注正作「湯谷」，與底卷相同。

〔288〕次于濛汜　胡刻本「次」作「入」，「汜」下有「汜，音似」三字。伏俊連云：「作『次』是，與今本《天問》合。」按上揭江淹詩李善注引作「次」不誤。饒宗頤云：「『汜音似』三字疑後人以洪氏《楚辭補注》混入。」

〔289〕鮪鯤鱨鯋　胡刻本「鯋」作「鯊」。饒宗頤云：「『鯋』字與叢刊本、袁本、茶本並同，《考異》謂尤作『鯊』誤。」按薛綜、李善二家注胡刻本皆作「鯋」，故胡克家謂賦文「鯋」字乃尤袤所改。考《西京賦》「鱨鯋」出《詩·小雅·魚麗》，李善注

正引彼詩毛傳。傳本《毛詩》作「鯊」[86]，《釋文》：「鯊，音沙，字亦作魦。」[87]「鯊」「魦」偏旁易位字。《說文·魚部》：「魦，魦魚也，出樂浪潘國。」無「魦（鯊）」字。陳奐《詩毛氏傳疏》、胡承珙《毛詩後箋》、馬瑞辰《毛詩傳箋通釋》皆謂《詩》當作「鯊」，而「魦」為別一種魚[88]。不過「鱣鯊」字或作「魦」。《魚麗》毛傳「鯊，鮀也」本諸《爾雅·釋魚》，《爾雅釋文》云：「鯊，本又作魦，音沙。」[89]是陸德明所見《爾雅》或本正與李善所據《毛詩》相合[90]。然則尤袤校改賦文為「魦」之意頗善，唯《西京賦》原文當據薛、李二注作「魦」，底卷是也。

〔290〕 脩頜短項　胡刻本「頜」作「頟」。伏俊連云：「『頜』為正體，『頟』為俗體。《說文》：『頜，顄也。』徐鉉注：『今俗作頟。』」下凡「頜」字同。

〔291〕 皆魚之形也　胡刻本無「之」字。饒宗頤云：「『之』字各本並脫。」

〔292〕 郭璞山海經注曰　胡刻本無「注」字。伏俊連云：「《文選考異》曰：『何校經下添注字，陳同，是也。各本皆脫。』」其說正合唐寫本。

---

86 《十三經注疏》，第 417 頁。

87 陸德明《經典釋文》，第 76 頁。

88 陳奐《詩毛氏傳疏》卷一六，第 34A 頁；胡承珙《毛詩後箋》，第 795 頁；馬瑞辰《毛詩傳箋通釋》，第 527 頁。

89 陸德明《經典釋文》，第 431 頁。

90 上引《毛詩釋文》「字亦作魦」條黃焯校云：「宋本『魦』作『魦』，是也，小字本、相臺本所附同。古寫本一本作『魦』，一本與今本同。」（黃焯《經典釋文彙校》，第 67 頁）所謂作「魦」之古寫本，當指 P.2514《毛詩傳箋》寫卷。

〔293〕 鄭玄詩牋　胡刻本「牋」作「箋」。伏俊連云：「『箋』『牋』古今字。」

〔294〕 鰊似魴也　胡刻本無「也」字，「魴」下有「翔與切」三字。羅國威云：「此三字殆後人混入者也。」

〔295〕 音重　「音」字底卷原作「童」，後以硃筆校改下部「里」為「日」；胡刻本「重」作「童」。羅國威云：「《博雅音》卷10『鮦』下注『重』，與敦煌本合。然『童』與『重』同音，故敦煌本、各本並不誤，而敦煌本保存了李善注原貌。」按「童」「重」不同音，羅說非是。「鮦」字《廣韻》有「徒紅切」一音，與刻本「音童」相合。然故宮本王仁昫《刊謬補缺切韻》及裴務齊正字本《刊謬補缺切韻》該小韻皆不收「鮦」，上聲腫韻直隴反「重」小韻「鮦」字注云「魚名」[91]，則「音童」非李注原文，底卷「重」是也。

〔296〕 毛萇詩傳曰鮪似鮥鮪乎軌反鮎奴謙反　胡刻本「鮥」作「鮎」。饒宗頤云：「『鮥』字各本並誤作『鮎』，致《考異》別生枝節，然永隆本『鮥』字明與《毛詩‧衛風‧碩人》傳『鮪，鮥也』及《周頌‧潛》鄭箋同，善注『似』字殆因傳鈔者與下句相混而又有脫誤所致，此處應依毛傳原文。」又云：「案賦文與注並無『鮎』字，何以忽出此音。又賦云『鮪鮧鱣鯋』，今此注之前釋鮪，其下釋鱣，則中間應有釋鮧之注。檢《爾雅‧釋魚》郭注有『鮧魚似鮎』之文，似為善所引用。但傳鈔者既因『鮥』『鮎』形近而混，遂致上下文有混有脫。今假擬此條注為『《毛萇詩傳》曰：鮪，鮥也。于（乎）軌反。《爾雅注》曰：鮧似

鮎。鮎，奴謙反』，則順賦作注，文無疑誤。」按饒校本諸高步
瀛，混脫之說甚辯，然李注下文「又曰」云云承此「毛萇《詩
傳》」而言，故饒氏又云：「如補回《爾雅注》，則『又曰』應
作『毛萇詩傳曰』。」是終未盡妥帖也，待考。

〔297〕鰭楊也　胡刻本「楊」作「揚」。「楊」字今本《魚麗》毛傳
同[92]，阮元《毛詩校勘記》云：「小字本同，相臺本『楊』作
『揚』，閩本、明監本、毛本同。案小字本、十行本是也。」[93]
《說文・魚部》：「鰭，揚也。」段注云：「揚，各本从木者
誤。」[94]陳奐《詩毛氏傳疏》從之[95]。阮、段二說不同，未知孰
是。

〔298〕也　胡刻本無。

〔299〕鴰　胡刻本作「鴰」，注同。《說文》有「鴰」無「鴰」，「鴰」
蓋後出變體。

〔300〕鴐鵝　胡刻本作「鴐鵝」，注中「鴐」字同。胡刻本卷七司馬
相如《子虛賦》「連鴐鵝」，胡克家《文選考異》云：「茶陵本
云『鴐善作駕』。案：注云『而因連駕鵝也』，字正作『駕』。
《史記》、《漢書》亦皆作『駕』。考『駕』者『鴐』之假借。《左
傳》『榮駕鵝』，唐石經、宋槧本下皆從馬，《古今人表》所載
亦然。相如此賦用字古矣。唯《中山經》『是多鴐鳥』郭注：『未
詳也，或曰鴐宜為駕，駕鵝也。』然則『鴐』字晉代不復行用
之。又《上林賦》『鴐鵝屬玉』，各本作『駕』皆誤，以五臣亂

92　《十三經注疏》，第417頁。

93　《清經解》第5冊，第390頁。

94　段玉裁《說文解字注》，第577頁。

95　陳奐《詩毛氏傳疏》卷一六，第34A頁。

善，非也。」「鵝」「鶩」偏旁易位字，胡刻本注亦作「鵝」。

〔301〕 鷫霜　胡刻本作「鷫鷞」。伏俊連云：「今本《淮南子·原道篇》作『鷞』。《正字通》曰：『鷞，俗作鸘。』《左傳·定公三年》有『肅爽』，即鷫鷞。鷞可作爽，則鸘亦可作霜，皆表音字。」按此疑李善所據《淮南子》高注作「霜」。

〔302〕 「野鵝」下胡刻本有「又曰：鶤雞，黃白色，長領赤喙」十一字。按此賦上文云「翔鶤仰而不逮」，薛綜注：「鶤，大鳥。」李善注：「《穆天子傳》曰：鶤雞飛八百里。郭璞曰：鶤即鵾雞也。鵾與鶤同，音昆。」「鶤」同篇再見，根據李善注例，當不復重注或從省云「鶤，已見上文」，刻本「又曰」以下捨近求遠，顯然非李善原注，底卷無者是也。

〔303〕 鴰鴇二鳥名　也胡刻本「二鳥名也」作「已見《西都賦》」。「鴰」「鴇」皆已見卷一班固《西都賦》「鶬鴰鴇鶂」，李善注云：「《爾雅》曰：鶬，麋鴰也。鴰，音括。郭璞曰：即鶬鴰也。郭璞《上林賦注》曰：鴇似鴈，無後指。鴇，音保。」李善誠然可以從省云「鴰、鴇，已見《西都賦》」，但底卷簡單釋義云「鴰、鴇，二鳥名也」以引出李善自述「再見從省例」，亦無不可。饒宗頤云：「永隆本初注如此，則前條十一字及此條從省者，當是後注時所增刪。然有可疑者，乃『鴰鴇駕鵝』之次序，何以不順賦文作注耳？」按饒氏認為傳世刻本從省云「鴰、鴇，已見《西都賦》」及上條「又曰」以下十一字為李善「後注時所增刪」，不可遽從也。至其所謂「可疑者」，若李善依賦文順序施注，則「張揖《上林賦注》曰：駕鵝，野鵝」緊接在「凡魚鳥草木皆不重見」之申明後，容易引起自違其例的誤會；將注文順序稍作調整，則無此病。

〔304〕「音加」下胡刻本有「鵾，音昆」三字。李善於《西京賦》上
文已注「鵾」字，此不當複出。羅國威云：「『鵾音昆』殆後人
混入。」其說是也。

〔305〕鴻鴈來　胡刻本無「鴈」字。伏俊連云：「《文選考異》曰：『袁
本、茶陵本鴻下有鴈字，是也。』按今本《禮記‧月令》有
『鴈』字，與唐寫本合。」按李善下文連引《月令》鄭玄注「鴈
自南方來」云云，此經文「鴈」字固不可省。

〔306〕禽獸之知　胡刻本「知」作「智」。伏俊連云：「今本《列子‧
黃帝篇》作『知』，與唐寫本合。『知』『智』字通。」按「知」
「智」古今字。

〔307〕違寒就溫　底卷原無「寒」字，饒宗頤云：「『違』下脫『寒』
字。」茲據胡刻本補。

〔308〕也　胡刻本無。

〔309〕集隼歸鳧　胡刻本「集」作「奮」。胡克家《文選考異》云：「袁
本『奮』作『集』，校語云『善作奮』；茶陵本校語云『五臣作
集』。案：各本所見皆非也。薛自作『集』，『集隼』與『歸鳧』
對文，承上四句而言。善必與薛同，則與五臣亦無異，傳寫譌
『奮』耳。二本校語但據所見而為之。」高步瀛云：「薛注『奮
迅聲也』，注下『沸卉軯訇』四字，傳寫者遂誤以『奮』字相
亂。若以『迅聲』釋『奮』字，則不辭矣。」伏俊連云：「『奮
迅』為中古成語，意為行動迅速。」然則異文「奮」字實屬無
中生有。

〔310〕沸卉軯訇　胡刻本「軯」作「輧」，注同。饒宗頤云：「『軯』
字與上野本同。」伏俊連云：「《說文》：『輧，輜車也。』『軯』
字《說文》失載，《玉篇》：『軯，車聲。』可見作『軯』為正字，

『軡』為音借字。」按「軡」字《廣韻》未收，《集韻》「披耕切」，與李善音「芳耕反」合。「軡」字《廣韻》有「薄經切」一音，並紐青韻，與李善音聲韻皆異；《集韻・耕韻》亦未收「軡」字。然則刻本「軡」字出後人校改無疑也。

〔311〕「也」下胡刻本有「隼小鷹也」四字。饒宗頤云：「四字乃他注混入。」按胡刻本注文次第與賦文不合，饒說是也。

〔312〕射集隼高墉之上　胡刻本無「集」字。伏俊連云：「今本《周易・解・上六》（爻辭）亦無『集』字，蓋唐寫本涉正文衍。」按《文選》王融《三月三日曲水詩序》「射集隼於高墉」句即本諸《周易》，正有「集」字。

於是孟冬作陰，寒風肅煞。孟冬十月〔313〕，陰氣始盛，万物彫落也〔314〕。雨雪飄飄，氷〔315〕霜慘烈。飄飄，雨雪皃。慘烈，寒也〔316〕。百卉具零，剛蟲搏摯。草木零落，陰氣盛煞，鷹犬之屬可摯擊也。臣善曰：《毛詩》曰：百卉具腓也〔317〕。迺〔318〕振天維，掛地絡〔319〕。維，綱也。絡，罔〔320〕也。謂其大如天地矣。振，整理〔321〕。衍，申布也。臣善曰：衍，以善反。蕩川瀆，簸林薄。林薄，草木俱生也〔322〕。蕩，動。簸，揚〔323〕。謂驅獸也。鳥畢駭，獸咸作。草伏木棲，寓居穴託。謂禽獸驚走，得草則伏，遇木則棲，非其常處，苟寄值穴〔324〕，為人窮迫之意也〔325〕。起彼集此，霍繹紛泊。謂為彼人所驚而來集此人之前。霍繹紛泊，飛走之皃。在於靈囿之中〔326〕，前後無有垠鍔。言禽獸之多，前却顧視，無復齊限也。臣善曰：《毛詩》曰：王在靈囿〔327〕。《淮南子》曰：出于無垠鄂門〔328〕。許慎曰：垠鄂〔329〕，端崖〔330〕。虞人掌焉，為之營域。虞人，掌禽獸之官也〔331〕。焚萊平場，柞木翦棘。臣善曰：《周礼》曰：牧師贊焚萊。毛萇《詩

傳》曰：萊，草也。賈逵《國語注》曰[332]：槎，斫也[333]。柞與槎同，仕雅反[334]。結罝[335]百里，亘杜蹊塞。罝，罔也。亘，菟道也[336]。蹊，俓也。皆以罔杜塞[337]也。臣善曰：亘，公郎反。《小雅》曰：杜，塞也。麀鹿麌麌，駍田偪仄。鹿牝曰麀。麌〔麌〕[338]，形皃。駍田偪側[339]，聚會意[340]。臣善曰：《毛詩》曰：麀鹿麌麌[341]。麀，於牛反。麌，魚矩反。天子迺駕雕軫[342]，六駿駮。彫，畫也。天子駕六馬。駮，白馬而黑畫為文如虎[343]。戴翠帽，倚金較。翠羽為車蓋，黃金以餝較也[344]。臣善曰：《毛詩》曰：猗重較兮[345]。《說文》曰：較，車輢上曲銅也[346]。較，工卓反。輢，一伎反。璹弁玉纓，遺光儵爚。弁，馬冠[348]，又髦以璹玉作之。纓，馬鞅[349]，亦以玉飾[350]。遺，餘也。儵爚，有餘光也[351]。建玄弋[352]，樹招搖。玄弋，北斗弟八星名，為矛[353]，主胡兵。招搖，弟九星名，為盾[354]。臣善曰：《礼記》曰：招搖在〔上〕[355]，急繕其怒。鄭玄曰：繕讀曰勁。畫招搖星於其上，以起居堅勁[356]軍之威怒象天帝也。棲鳴鳶，曳雲梢。《礼記》曰：前有塵埃，則載鳴鳶[357]。雲梢，謂旌旗之流飛如雲也。臣善曰：《高唐賦》曰：建雲斾也[358]。弧旌枉矢，虹旃蜺旄。弧，星名。通帛為旃。雄曰虹，雌曰蜺。臣善曰：《周礼》曰：弧旌枉矢，以象弧[359]。虹旄，已見上注。《高唐賦》曰：蜺為旌[360]。華蓋承辰，天畢前驅。華蓋星覆北斗，王者法而作之。畢，罔也，象畢星[361]。前駈[362]載之。臣善曰：劉歆《遂初賦》曰：奉華蓋於帝側。《韓詩》曰：伯也執殳，為王前駈。千乘雷動，萬騎龍趍。臣善曰：《東都賦》曰：千乘雷起，萬騎紛紜。屬車之簉，載獫猲獢[363]。大駕最後一乘懸豹尾，以前為省中，侍御史載之。簉，副也。臣善曰：《漢書音義》曰：大駕屬車八十一乘[364]。《毛詩》曰：輶車鸞鑣，載獫歇驕[365]。毛萇曰：獫、歇驕，田犬也[366]，長喙曰獫，短喙

日歙驕。籑，楚遘反〔367〕。獫，呂驗反。獢，許喬反。匪唯翫好，迺有祕書。小說九百，本自虞初。小說，醫巫厭劾之術〔368〕，凡有九百冊〔三〕篇〔369〕。言九百，舉大數也。臣善曰：《漢書》曰：虞初周說九百冊三篇〔370〕。小說家者，蓋出禈官也〔371〕。從容之求，寔俟寔儲。持此祕術，儲以自隨，待上所求問，皆當具也〔372〕。

【校記】

〔313〕「孟冬十月」上胡刻本有「寒氣急殺於萬物」七字。饒宗頤云：「此七字乃他注混入。」伏俊連云：「此七字意思同後句重複，疑非薛綜舊注，當以唐寫本為是。」

〔314〕万物彫落也　胡刻本無「也」字，「落」下有「善曰：《禮記》曰：孟秋，天氣始肅，仲秋，殺氣浸盛」十七字。

〔315〕氷　胡刻本作「冰」。「氷」為「冰」之俗字，《干祿字書・平聲》：「氷冰，上通下正。」[96]

〔316〕「寒也」下胡刻本有「善曰：李陵書曰：邊上慘烈」十字。高步瀛云：「唐寫無李注是也。本書卷四十一李少卿《與蘇武書》作『邊土慘裂』，注引《廣雅》曰『裂，分也』，不作『烈』。」

〔317〕百卉具腓也　胡刻本無「也」字，「腓」下有「《禮記》曰：季秋，豺祭獸戮禽也」十一字。伏俊連云：「此十一字與正文意迂遠，當為後儒傍記誤入正文者。」

〔318〕迺　胡刻本作「乃」，其上尚有「爾」字。《說文》「卤」篆段注云：「《詩》、《書》、《史》、《漢》發語多用此字作『迺』，

96　施安昌《顏真卿書干祿字書》，第33頁。

而流俗多改為『乃』。」⁹⁷下凡「迺」「乃」之別不復出校。

〔319〕 掬地絡　胡刻本「掬」作「衍」，注同。伏俊連云：「唐寫本作
　　　　『掬』是。《玉篇》曰：『掬，《西京賦》曰：掬地絡。掬謂申
　　　　布也。』《文選箋證》亦謂『衍』為『掬』之借字。」

〔320〕 罔　胡刻本作「網」。「網」為「罔」之後起增旁分化字。底卷
　　　　概作「罔」，而胡刻本《西京賦》除「澤虞是濫，何有春秋」
　　　　句薛綜注「濫，施罛罔也」外均作「網」字。下凡「罔」「網」
　　　　之異一一不復出校。

〔321〕 「理」下胡刻本有「也」字。

〔322〕 草木俱生也　胡刻本「俱」作「叢」。

〔323〕 蕩動簸揚　胡刻本「動」「揚」下均有「也」字。

〔324〕 苟寄值穴　胡刻本作「苟寄而居，值穴而託」。

〔325〕 也　胡刻本無。

〔326〕 在於靈囿之中　胡刻本「於」作「彼」。饒宗頤云：「『於』字
　　　　上野本同，胡刻作『彼』，叢刊本『彼』下校云『五臣作於』。」

〔327〕 毛詩曰王在靈囿　胡刻本作「靈囿，已見《東都賦》」。胡刻本
　　　　卷一班固《東都賦》「誼合乎靈囿」李善注云：「《毛詩》曰：
　　　　王在靈囿，麀鹿攸伏。」與底卷相合。「靈囿」異卷再見，根據
　　　　李善注例，不妨重複出注。

〔328〕 出于無垠鄂門　胡刻本「于」作「於」，「門」上有「之」字。
　　　　「于」「於」二字古多通用。伏俊連云：「今本《淮南子·原道
　　　　訓》作『出于無垠鄂之門』，唐寫本奪『之』字。」

〔329〕 垠鄂　胡刻本作「垠鍔」。饒宗頤云：「永隆本賦文作『垠鍔』，

97　段玉裁《說文解字注》，第203頁。

而所引《淮南子》及許注則並作『垠鄂』，此各依所據本也。
刻本許注作『垠鍔』，則與《淮南》『垠鄂』原文不照，殆後人
因賦文而誤改許注。」

〔330〕「崖」下胡刻本有「也」字。

〔331〕掌禽獸之官也　胡刻本無「也」字，「官」下有「善曰：《周禮》
曰：山虞，若大田獵，則萊山之野」十六字。

〔332〕賈逵國語注曰　胡刻本無「注」字。伏俊連云：「今本奪『注』
字。《文選考異》曰：『何校語下添注字，陳同，是也，各本皆
脫。』」

〔333〕槎斫也　胡刻本「斫」作「邪斫」。饒宗頤云：「（底卷）與《國
語·魯語》韋注合，各本『斫』上多一『邪』字。」按《說文·
木部》：「槎，衺斫也。」胡刻本卷三張衡《東京賦》「山無槎枿」
薛綜注：「斜斫曰槎。」殆即「邪」字所從出。

〔334〕仕雅反　胡刻本此下有「《左氏傳》曰：翦其荊棘」八字。

〔335〕「罝」下胡刻本夾注「音嗟」。

〔336〕远菟道也　胡刻本無「菟」字。「菟」為「兔」之俗字。下凡
「菟」字皆同。伏俊連云：「唐寫本有『兔』字是，《爾雅·釋
獸》曰：『兔，其迹远。』邢疏引《字林》曰：『远，兔道也。』
薛注正本《爾雅》。」

〔337〕「塞」下胡刻本有「之」字。

〔338〕麌麌　「麌」字底卷原不重複。羅國威云：「《毛詩·小雅·吉
日》『麀鹿麌麌』，毛傳：『鹿牝曰麀。麌麌，眾多也。』薛注
即本此。敦煌本『麌』當作『麌麌』也。」茲據胡刻本補一
「麌」字。

〔339〕騈田偪側　胡刻本「側」作「庂」。「庂」為「仄」之俗字。「仄」

「側」異同詳《緒論》。

〔340〕聚會意　胡刻本「意」上有「之」字。

〔341〕麀鹿麌麌　胡刻本作「麀鹿攸伏」。饒宗頤云:「此《毛詩‧吉
日》句,各本誤作《靈臺》句。金甡諸氏譏李注何不引《吉日》
成句,不知永隆本正引《吉日》也。」

〔342〕駕雕軫　胡刻本「雕」作「彫」。伏俊連云:「『彫』為本字,
『雕』為借字。然二字常通假。」按「雕」字六臣本同,胡刻本
「彫」蓋據薛綜注校改。實則賦文、薛注用字不必完全相同,
參見《緒論》。

〔343〕「虎」下胡刻本有「者」字。

〔344〕餝較也　胡刻本「餝」作「飾」,「也」下有「《古今注》曰:
車耳重較,文官青,武官赤。或曰:車藩上重起如牛角也」二
十五字。「餝」為「飾」之俗字,說見《玉篇‧食部》[98]。伏俊
連云:「《古今注》三卷,晉崔豹著;薛綜為三國吳人,不可能
引《古今注》。凡今本薛注中所引《古今注》,唐寫本或在善注
中,或缺,可證今本《文選》注為後人竄亂。」

〔345〕「猗重較兮」下胡刻本有「音角」二字。按李善注下文云
「較,工卓反」,此不當復出「較」字音注,蓋據五臣音混入。

〔346〕較車輢上曲銅　也胡刻本「銅」作「鉤」。饒宗頤云:「永隆本
與《說文》合,《文選》則各刻本概作『鉤』不作『銅』,卷三
十四《七啓》『俯倚金較』下善注『《說文》:較,車上曲鉤』,
亦不作『銅』。」按《七啓》李注《文選集注》正作「銅」,與
底卷相同。原本《玉篇》殘卷車部:「陣(較),古學反。《說

98　《宋本玉篇》,第184頁。

文》：『車倚上曲銅也。』」[99] 可證傳本李注「鉤」字之誤。

〔347〕「鑣」下胡刻本夾注「音叔」。

〔348〕「馬冠」下胡刻本有「也」字。

〔349〕「馬鞅」下胡刻本有「也」字。

〔350〕亦以玉飾　胡刻本作「以玉飾之」。

〔351〕「也」下胡刻本有「爐，音藥」三字。反切非薛綜注所當有，此蓋據五臣音混入。

〔352〕建玄弋　「弋」字胡刻本同，底卷加一撇改作「戈」。饒宗頤云：「『戈』字先作『弋』，後加濃筆作『戈』，但注中『弋』字尚未改。案『玄戈』星名，『玄弋』誤。」按李善所據薛綜注本蓋作「弋」，「戈」字據蕭統《文選》原帙。底卷不乏此類校改之例，參見《緒論》。俗書「戈」「弋」不分，《西京賦》固當作「玄戈」。

〔353〕矛　胡刻本「矛頭」。高步瀛云：「案《天官書》杓端星曰矛，不云矛頭；又昴為髦頭，主胡兵，非矛頭，又非玄戈。則『頭』字誤衍，唐寫本無『頭』字是也。」

〔354〕「盾」下胡刻本有「今鹵簿中畫之於旗，建樹之以前驅」十四字。

〔355〕招搖在上　底卷原無「上」字，伏俊連云：「《禮記・曲禮上》亦有『上』字，唐寫本脫。」茲據胡刻本補。

〔356〕以起居堅勁　胡刻本「居」作「軍」。饒宗頤云：「『居』字與《曲禮》鄭注合，各本誤作『軍』。」

〔357〕「鳶」下胡刻本有「棲，謂畫其形於旗上」八字。饒宗頤云：

99　《原本玉篇殘卷》，第328頁。按「較」為「較」之後起換旁字。

「此八字疑他注混入，高步瀛曰：『此棲字意非謂畫于旗上也。』」

〔358〕也　胡刻本無。

〔359〕以象弧　「弧」字底卷原作「狐」，胡刻本作「牙飾」。饒宗頤云：「此《考工記・輈人》文，各刻本『象弧』誤作『象牙飾』。」羅國威云：「敦煌本『象弧』作『象狐』者，形近而訛也。」茲據改。

〔360〕虹旍已見上注高唐賦曰蜺為旍　胡刻本作「《楚辭》曰：建雄虹之采旍。《上林賦》曰：拖蜺旌也」。高步瀛云：「各本『虹旍』（注）引《楚辭》。案：已見上『亙雄虹之長梁』句注，則此不應復見，亦依唐寫本改。又『高唐賦』以下亦依唐寫改，各本亦誤。」饒宗頤云：「此云『已見』，蓋從省之例。刻本乃重出《楚辭》九字，殆六臣本概行增補，而尤氏從六臣本剔出時失檢耶？」又云：「《上林賦》善注仍引《高唐賦》句。」

〔361〕「星」下胡刻本有「也」字。

〔362〕駈　胡刻本作「驅」。「駈」為「驅」之俗字，說見《玉篇・馬部》[100]。下凡「駈」字同。

〔363〕載獫猲獢　胡刻本「猲」作「蠍」。高步瀛云：「胡克家曰：『蠍』當作『猲』。茶陵本作『猲』，校語云『五臣作蠍』；袁本作『蠍』，用五臣也。二本注中字善『猲』、五臣『蠍』皆不誤。尤本『猲』『蠍』歧出，非也。步瀛案：古鈔、唐寫皆作『猲』，今據改。」按《說文》有「猲」無「蠍」，《玉篇・犬

部》：「蠍，許謁切。獢，犬短喙也。亦作猲。」[101]「蠍」為後
起換旁字。

〔364〕漢書音義曰大駕屬車八十一乘　胡刻本作「屬車，已見《東都
賦》」，其上尚有「《古今注》曰：豹尾車，同制也，所以象君
豹變，言尾者，謹也」二十一字。羅國威云：「《東都賦》『先
驅復路，屬車案節』句注同敦煌本，惟『駕』下脫『屬』，『乘』
下多『作三行』三字。」按「屬車」異卷再見，根據李善注例，
不妨重複出注。又胡刻本李注引《古今注》「豹尾車」云云當
是後人旁注以釋薛綜注者，決非李注原文，底卷無者是也。饒
宗頤云：「刻本注內『同』乃『周』之譌。」參見校記〔344〕。

〔365〕載斂歇驕　「歇」字底卷原作「鼎」，後加硃筆校改，然不可
辨識。伏俊連云：「『鼎』當為『歇』字形誤。李注所引《毛詩》
作『歇驕』，與今本《詩》同。」茲徑據李善注下文所引毛傳錄
作「歇」。胡刻本「斂歇驕」作「獫猲獢」。考 P.2529《毛詩》
寫卷《駟驖》經文、毛傳並作「斂」，適與底卷李注所引合，
是李善所據《毛詩》作「載斂歇驕」，與賦文用字不同，此李
注引書「各依所據本」之例也。饒宗頤云：「永隆本善注引《毛
詩》字用原文，刻本改《毛詩》字以就賦文。」其說是也。又
高步瀛云：「《毛詩》作『歇驕』者，古文之假借。」按「斂」
亦假借字。李注下文所引毛傳「斂」字胡刻本皆作「獫」，前
一「歇驕」作「猲獢」，後一「歇驕」又作「獢」，皆失李注原
貌。

〔366〕「田犬也」上胡刻本有「皆」字。今本《駟驖》毛傳無「皆」

---

101 《宋本玉篇》，第431頁。

字[102]，刻本誤衍。

〔367〕　楚邁反　胡刻本「楚」作「初」。伏俊連云：「『楚』『初』皆穿紐二等字，切音不變。」

〔368〕　小說毉巫厭効之術　胡刻本「毉」作「醫」，「効」作「祝」。《五經文字・酉部》：「醫，從巫俗。」[103] 伏俊連云：「『効』當為『劾』之形誤。『厭劾』為禳除災鬼之意，是中古成語。後人不知，乃改『厭祝』也。」

〔369〕　凡有九百卌三篇　底卷原無「三」字，羅國威云：「敦煌本『卌』下脫『三』。」按薛綜注蓋即本諸李善注所引《漢書・藝文志》，羅說可從，茲據胡刻本補。

〔370〕　「篇」下胡刻本有「初，河南人也。武帝時以方士侍郎，乘馬，衣黃衣，號黃車使者」二十三字。饒宗頤云：「『初河南人』以下二十三字，乃《藝文志》注文，但中多一『初』字，不合顏注體例，又多『乘馬衣黃衣』五字，可證其非直錄舊注。永隆本乃善注真兒。」按李善注下文「小說家者」云云亦《藝文志》文，胡刻本隔以《漢書》注文而不冠以「又曰」，不符李注體例，「初河南人」以下二十三字固非李注原文。

〔371〕　小說家者蓋出裨官也　胡刻本作「小說家者流，蓋出於稗官。應劭曰：其說以周書為本」。伏俊連云：「今本《漢志》與胡本同，六臣本、唐寫本同。蓋李注本無『者（於）』『流』，有『也』，胡本乃後人據《漢志》增。」胡刻本「稗」字合於《漢書・藝文志》，顏師古注云：「稗音『稊稗』之稗。」[104] 不過敦

102　《十三經注疏》，第 369 頁。

103　《叢書集成初編》本，第 23 頁。

104　《漢書》第 6 冊，第 1745 頁。

煌吐魯番寫卷禾旁字常寫作礻旁，底卷「裨」可視為「稗」字俗寫。

〔372〕 皆當具也　胡刻本「當」作「常」，「也」下有「善曰：《尚書》曰：從容以和。《爾雅》曰：俟，待也。《說文》曰：儲，具也」二十一字。今本《說文》與刻本李注所引不合，饒宗頤據以謂刻本李注「為他注混入無疑」。

　　於是蚩尤秉鉞，奮鬣被般。臣善曰：《山海經》曰：蚩尤作兵伐黃帝。《史記》曰：黃帝與蚩尤戰於涿鹿之野。《蒼頡篇》曰：鉞，斧也。長毛曰鬣〔373〕。般，虎皮也。《上林賦》曰：被班文。般與班古字通也〔374〕。禁禦不若，以知神姦。螭魅蝄蜽〔375〕，莫能逢旃。臣善曰：《左氏傳》〔376〕：王孫滿謂楚子曰：昔夏鑄鼎象物〔377〕，使人知神姦，人入川澤〔378〕，不逢不若，螭魅魍魎〔379〕，莫能逢之〔380〕。杜預曰：螭，山神，獸刑〔381〕。魅，怪物。魍魎〔382〕，水神也〔383〕。陳虎旅於飛廉，正壘壁乎上蘭。陳，列也。臣善曰：《周礼》：虎賁，下大夫；旅賁氏，中士〔384〕。《漢書》曰：長安作飛廉館。《三輔黃圖》上林有上蘭觀〔385〕。結部曲，整行伍。臣善曰：司馬彪《續漢書》曰：大將軍營五部，部校尉一人，部下有曲，曲軍候一人〔386〕。《左氏傳》〔387〕曰：行出犬雞〔388〕。杜預〔曰〕〔389〕：廿五人為行，行亦卒之行〔列〕也〔390〕。《周礼》曰：五人為伍。燎京薪，駭雷鼓〔391〕。積高為京。燎，謂燒也〔392〕。縱獵徒，赴長莽。莽，草。長，謂深且遠也〔393〕。迾卒清候，武士赫怒。臣善曰：鄭玄《礼記注》曰：迾，遮也。迾，旅結反。清候，清道候望也〔394〕。緹衣韎韐〔395〕，睢盱跋扈〔396〕。臣善曰：緹衣韎韐，武士之服。《字林》曰：緹，帛丹黃色。他米反〔397〕。《毛詩》曰：韎韐有奭。毛萇曰：韎者，茅蒐染也。《字林》曰：

睢，仰目也。盱，張目也。睢，火隹反。盱，火于反。《毛詩》曰：無
然畔換〔398〕。鄭玄曰：畔換，猶扈也〔399〕。與跋古字通也〔400〕。光炎燭
天庭，踂〔401〕聲震海浦。燭，照也。海浦，四瀆之口也〔402〕。臣善
曰：《解嘲》曰：未仰天庭。鄭玄《周禮注》曰：踂，謹也。許朝反。
河渭為之波盪，吳岳為之陁堵〔403〕。波盪，搖動也。陁，落也。臣
善曰：《漢書》曰：自華西名山七。有岳山、吳山〔404〕。百禽悷遽，
驒瞿奔觸。悷，猶怖〔405〕。遽，促也。驒〔406〕瞿，走狠〔407〕。奔觸，
唐突也。臣善曰：《羽獵〔408〕賦》曰：虎豹〔409〕之陵遽。悷，音陵〔410〕。
遽，渠庶反。驒，音達。瞿，巨駒反。喪精亡魂，失歸忘趣〔411〕。
投輪開輻，不徽〔412〕自遇。言禽獸亡失精魂，不知所當歸趣也。反
開入輪輻之間，不須徽逐，往自得之〔413〕。飛罕瀟莂〔414〕，流鏑電
撽。瀟莂，罕形也。電撽，中聲也。臣善曰：《說文》曰：罕，罔也。
瀟，音肅。莂，音朔。電，芳麥反〔415〕。撽，芳邈反。矢不虛舍，鋋
不苟躍。舍，放也。躍，跳也。矢鋋跳躍，必有獲矣。臣善曰：《說
文》曰：鋋，小矛也〔416〕。當足見蹍，值輪被轢〔417〕。足所蹈為蹍
〔418〕，車所加為轢。臣善曰：蹍，女展反。僵禽斃獸，爛若磧〔419〕
礫。僵，仆也。石細者曰礫。謂所獲禽鳥爛然如聚細石也。但觀罝羅
之所羂結，竿殳之所揘畢，羂，縊也。結，縛也。竿，竹也。殳，
杖也〔420〕。揘畢，謂柲也〔421〕。臣善曰：羂，古犬反。揘，音橫。畢，
于筆反〔422〕。叉蔟之所攙捔，徒搏之所撞〔423〕柲。攙捔，貫刺之。
撞柲，猶揘畢也。臣善曰：蔟，楚角反。攙，在銜反〔424〕。捔，助角
反。撞，直江反。柲〔425〕，房結反。白日未及移晷〔426〕，已獮〔427〕其
什七八。晷，景也。獮，謂煞也〔428〕。言日景未移，禽獸什已煞七八
矣〔429〕。

【校記】

〔373〕長毛曰鬣　胡刻本「長毛」作「毛莨」。饒宗頤云：「『長毛』
　　　二字刻本誤作『長莨』，《考異》謂『莨』當作『長』，不為無
　　　見。」

〔374〕也　胡刻本無。

〔375〕蝄蜽　胡刻本作「魍魎」。伏俊連云：「蝄蜽、魍魎，皆為傳說
　　　中的精怪名，從虫為正體，從鬼為變體。《說文》、《玉篇》、《龍
　　　龕手鑒》、《字彙》等字書皆在虫部。段玉裁《說文解字注》
　　　曰：『按蝄蜽，《周禮》作方良，《左傳》作罔兩，《孔子世家》
　　　作罔閬，俗作魍魎。』」按《西京賦》下文「驚蝄蜽」從虫，
　　　此句胡刻本從鬼作「魍魎」者蓋後人據李善注所引《左傳》校
　　　改。

〔376〕「左氏傳」下胡刻本有「曰」字。據李善注例，引文若稱「某
　　　曰」，則書名下省「曰」字，刻本誤衍。饒宗頤云：「應同各本
　　　『傳』下有『曰』字。」伏俊連、羅國威之說並同，皆非是也。

〔377〕昔夏鑄鼎象物　「象」字底卷原作「蒙」，伏俊連云：「今本《左
　　　傳・宣公三年》亦作『象』，唐寫本誤。」茲據胡刻本改正。

〔378〕「人入川澤」上胡刻本有「故」字。羅國威云：「《左傳》有
　　　『故』，敦煌本脫。」

〔379〕螭魅魍魎　底卷原誤作「螭魅二魎二」，茲據胡刻本改正。

〔380〕莫能逢之　胡刻本「之」作「旃」。饒宗頤云：「『之』與《左
　　　傳・宣三年》文同，各本涉賦文誤作『旃』。」

〔381〕螭山神獸刑　胡刻本「刑」作「形」，「螭」上有「若，順也。
　　　《說文》曰」六字。伏俊連云：「今本《左傳》杜注有『若順也』
　　　三字，無『說文曰』三字。今本《說文》亦無『螭，山神，獸

形』，唐寫本無『說文曰』是。」按「螭，山神」以下皆杜預注也。「刑」為「形」之假借字。

〔382〕魖魖　底卷原作「魖二」，胡刻本作「蝄蜽」。「蝄蜽」與上文所引《左傳》經文不合，蓋後人所改，而適與底卷賦文相同；底卷從「鬼」不誤，茲徑改。參見校記〔329〕。

〔383〕水神也　胡刻本無「也」字，「神」下有「毛萇《詩傳》曰：㖩，之也」八字。

〔384〕「中士」下胡刻本有「也」字。

〔385〕漢書曰長安作飛廉館三輔黃𠤲上林有上蘭觀　胡刻本作「飛廉、上蘭，已見《西都賦》」。胡刻本卷一班固《西都賦》「披飛廉」李善注云：「《漢書·武紀》曰：長安作飛廉館。」又「歷上蘭」注云：「《三輔黃圖》曰：上林有上蘭觀。」「飛廉」「上蘭」異卷再見，根據李善注例，不妨重複出注。李注引書一般不具篇名，又「上林有上蘭觀」當非《三輔黃圖》原文，刻本《西都賦》注「武紀」二字及「黃圖」下「曰」字皆衍文，可據底卷《西京賦》注刪正（李注引《漢書·地理志》云「《漢書》某郡有某縣」，其例正同，參見校記〔209〕）。底卷「𠤲」為「圖」之俗字，說見《干祿字書·平聲》[105]。

〔386〕大將軍營五部部校尉一人部下有曲曲軍候一人胡刻本「校尉」及「軍候」上均有一「有」字。羅國威謂底卷脫訛，蓋據胡刻本卷一班固《西都賦》「部曲有署」李善注而云然。查今本《續漢書·百官志》前句無「有」字，與底卷合，後句則有「有」

---

105 施安昌《顏真卿書干祿字書》，第19頁。

字，與《西都賦》注引合[106]。胡刻本卷二八鮑照《樂府八首·東武吟》「部曲亦罕存」李注引《續漢書》云：「大將軍營五部，校尉一人，部有曲，曲有軍候一人。」其「部」字當重，傳寫脫重文符號而誤。然則鮑詩注適與今本《百官志》相同也。底卷「軍侯」上「曲曲」二字原脫，後以硃筆校補，或尚漏補一「有」字耶？

〔387〕左氏傳　胡刻本作「左傳」。伏俊連據李善注例云「當作『左氏傳』，唐寫本是」。

〔388〕鷄　胡刻本作「雞」。據《說文》，「雞」小篆隸定字，「鷄」籀文隸定字。

〔389〕杜預曰　底卷原脫「曰」字，茲據李善注例校補。胡刻本「曰」作「云」，不合李善注例。

〔390〕行亦卒之行列也　底卷原無「列」字，伏俊連云：「今本《左傳·隱公十一年》作『行亦卒之行列』，唐寫本脫『列』字。」茲據胡刻本補。

〔391〕駭雷鼓　胡刻本作「馘雷鼓」。伏俊連云：「六臣本注云『五臣作駭』。薛傳均《文選古字通疏證》曰：『駭、馘字通，蓋亥聲、戒聲本同部字。』按薛說是矣。《文選·七啓》李善注：『馘，古駭字。』」按胡刻本卷三四曹植《七啓》：「於是馘鍾鳴鼓。」李注云：「《周禮》曰：鼓皆馘。鄭玄曰：雷擊鼓曰駭。馘，古駭字。」所引《周禮》經文與鄭注「馘」「駭」錯見，顯然有誤。檢《文選集注》所載《七啓》李注無「周禮」以下十八字，則「馘，古駭字」之說不足為據。又《集注》本《七

106 《後漢書》第 12 冊，第 3564 頁。

啓》正文作「駭」，與底卷相合。《周禮・夏官・大司馬職》「鼓
皆駴」孫詒讓疏云：「《釋文》云：『駴，本亦作駭。』《說文・
馬部》云：『駭，驚也。』無『駴』字。『駴』即『駭』之俗。」[107]
《干祿字書・上聲》：「鼓鼓，上俗下正。」[108] 下凡「鼓」字同。

〔392〕謂燒也　胡刻本「也」作「之」，其下有「善曰：《周禮》曰：
鼓皆駭。鄭玄曰：雷擊鼓曰駭。駭與駴同」二十字。高步瀛
云：「薛注『燒也』各本作『燒之』，今依唐寫。」伏俊連云：
「今本《周禮》作『鼓皆駴』，與《七啓》注同。蓋《西京賦》
『駭雷鼓』後本無善注，後人據別本《周禮》補記於此，因與
《七啓》李注大同，故後之刻書者乃補『善曰』二字。」按《西
京賦》正文既不作「駴」，則李注「駭與駴同」無着落，底卷
無李注者是也。

〔393〕「也」下胡刻本有「《方言》曰：草，南楚之間謂之莽」十一
字。伏俊連云：「依體例，此非薛注，當為後人誤增者也。」

〔394〕「也」下胡刻本有「鄭玄《毛詩箋》曰：赫，怒意也」十字。

〔395〕䌚　胡刻本作「䪌」，注同。「䌚」為「䪌」之換旁俗字，從
「合」、從「夾」多可換用，如《玉篇・衣部》云「裌」與「袷」
同[109]，是其比。

〔396〕跋扈　胡刻本作「拔扈」。伏俊連云：「唐寫本作『跋』是。『跋』
『拔』形聲同聲字，本可通用。然李善注引鄭玄『畔換猶拔扈
也』後說『拔與跋古字通』者，李氏所據賦正文作『跋』也。」

〔397〕他米反　胡刻本「米」作「迷」。伏俊連云：「《廣韻・齊韻》：

107 孫詒讓《周禮正義》，第 2350 頁。
108 施安昌《顏真卿書干祿字書》，第 37 頁。
109 《宋本玉篇》，第 503 頁。

『緹，杜奚切。』是為平聲字。『米』在《廣韻》上聲薺部，故
唐寫本作『他米切』誤。」按《廣韻·薺韻》他禮切小韻亦收
「緹」字，伏氏失檢。《博雅音》「緹」字僅他禮反一音[110]，與
底卷李善音同，「米」字不誤。

〔398〕毛詩曰無然畔換　胡刻本「畔換」作「畔援」。李善注下文連
引鄭箋，胡刻本作「畔換，猶拔扈」，「畔換」與底卷相同，而
與所引《毛詩》經文參差。伏俊連云：「今本《詩經》鄭箋作
『畔援』，而今本《文選》李注引鄭箋作『畔換』。是《文選》
本作『畔換』，後人據所傳《詩經》校改，而鄭箋失校。唐寫
本作『畔換』是也，上下文當以一律為是。」按《玉篇·人部》
「伴」字注：「《詩》云：無然伴換。伴換猶跋扈也。」[111]《漢
書·敘傳》「項氏畔換」顏師古注：「畔換，強恣之貌，猶言跋
扈也。《詩·大雅·皇矣》篇曰：無然畔換。」[112]顧野王、顏
師古皆用鄭箋之說，「換」字正與《西京賦》李注引相合。今
本《皇矣》經文及毛傳、鄭箋並作「援」；陸德明《經典釋文》
出經文「畔援」二字，注云：「毛音袁，取也，又于願反。鄭
胡喚反，畔援，拔扈也。」[113]毛、鄭音義皆不同。考「援」「袁」
二字《廣韻》並載平聲元韻雨元切小韻，「于願反」則「袁」
之去聲；又「換」字《廣韻》去聲換韻「胡玩切」，與《釋文》
「胡喚反」同音。是《釋文》「毛音袁」者，依「援」本字讀之
（又音「于願反」則準「畔」字破讀），「鄭胡喚反」者，讀

110　王念孫《廣雅疏證》，第 409 頁。
111　《宋本玉篇》，第 49 頁。
112　《漢書》第 12 冊，第 4236 頁。
113　陸德明《經典釋文》，第 92 頁。

「援」為「換」也。顧、顏二氏引《皇矣》作「換」蓋皆用鄭箋本。伏氏謂李注本作「畔換」，其說是也。臺北故宮博物院藏北宋監本[114]、奎章閣本《文選》此注引《毛詩》正作「畔換」，與底卷相同。又胡刻本卷四四陳琳《為袁紹檄豫州》「而操遂承資跋扈」李注云：「《毛詩》曰：無然畔援。鄭玄曰：畔援，猶跋扈也。」二「畔援」或尤袤據傳本《毛詩》校改，明州本、奎章閣本皆作「畔換」。胡刻本卷六〇任昉《齊竟陵文宣王行狀》「沈攸之跋扈上流」李注云：「《毛詩傳》曰：無畔換，猶跋扈也。」雖有訛誤，亦可資參證。是李注所引《皇矣》概作「畔換」，無一例外。伏氏云：「畔援、伴換、畔換、跋扈、拔扈皆一聲之轉，其義一也。」

〔399〕　猶拂扈也　胡刻本「拂」作「拔」，無「也」字。「拂」當是「扗」字俗訛，《集韻·末韻》蒲撥切「跋」小韻「扗」字注云：「推也。一曰扗，自任無單（憚）也。」[115] 趙振鐸《集韻校本》云：「字當作『扗』，不從市，見《說文·手部》。」[116] 所校是也，西晉《臨辟雍碑》「西嵎扗撝，楊越內侵」[117]，即其證（「撝」為類化增旁俗字）。「扗」「拔」音同，聯綿詞無定字，作「拔扈」「扗扈」均可，通作「跋扈」。伏俊連云：「今本鄭箋有『也』字，與唐寫本合。《文選考異》曰：『袁本、茶陵本扈下有也字，是也。』」

---

114 參見張月雲《宋刊〈文選〉李善單注本考》，俞紹初、許逸民主編《中外學者文選學論集》，第 777 頁。

115 《集韻》上冊，第 693 頁。

116 趙振鐸《集韻校本》下冊，第 914 頁。

117 《北京圖書館藏中國歷代石刻搨本彙編》第 2 冊，第 43 頁。

〔400〕　也　胡刻本無。

〔401〕　踶　胡刻本作「齧」。「齧」「踶」異體字。下凡「踶」字同。

〔402〕　也　胡刻本無。

〔403〕　吳岳為之陀堵　胡刻本「岳」作「嶽」，「陀」下夾注「雉」。
　　　　饒宗頤云：「『岳』古文，『嶽』篆文。」

〔404〕　有岳山吳山　胡刻本作「一曰吳山。郭璞云：吳岳別名」。饒
　　　　宗頤云：「此善注節引《漢書·郊祀志》『自華以西名山七』之
　　　　文，即《志》中列舉之華山、薄山、岳山、岐山、吳山、鴻冢
　　　　山、瀆山共七山也。注止引吳山、岳山以釋賦文『吳岳』，即
　　　　與上句『河渭』對舉，明是二山各別。但吳山又有吳岳之名，
　　　　致異說紛歧。胡刻本訓詁未諦，乃不明地理者妄改。」

〔405〕　「怖」下胡刻本有「也」字。

〔406〕　蹩　底卷原誤作「暎」，茲據胡刻本改正。

〔407〕　走狠　胡刻本作「走貌」。「狠」為「貌」字俗訛，已見校記
　　　　〔229〕。

〔408〕　獦　胡刻本作「獵」。「獦」為「獵」之俗字，《干祿字書·入
　　　　聲》：「獦獵，上通下正。」又云：「臈蠟，上臈祭，下蜜。俗
　　　　字從葛，非也。」[118]

〔409〕　豹　底卷原誤作「狠」，茲據胡刻本改正。

〔410〕　「悷音陵」上胡刻本有「《白虎通》曰：禽，鳥獸之揔名，為
　　　　人禽制」十四字。伏俊連云：「李注徵引釋詞，皆前後有序。
　　　　此　先釋『悷遽』而後釋『禽』，前後倒置，故『白虎通』以
　　　　下疑為後人竄入者。」

118　施安昌《顏真卿書干祿字書》，第63頁。

〔411〕　失歸忘趣　胡刻本「趣」作「趨」。伏俊連云：「六臣本『趨』
　　　　後有注『五臣本作趣』。胡克家《文選考異》曰：『注文趣當作
　　　　趨。』按：『趣』『趨』古常通訓，亦通作。今本正文作『趨』，
　　　　而注文作『趣』，可見正文本作『趣』，後人誤改，而注文未及
　　　　改也。故唐寫本作『趣』，是也。」按薛綜注「歸趣」胡刻本作
　　　　「歸趍」，「趍」即「趨」之俗字；而「趣，向也」（底卷無，見
　　　　校記〔413〕）之「趣」則與賦文不合，故胡克家云「注文趣當
　　　　作趨」，其說無可厚非。然底卷薛注既作「趣」，則賦文固不作
　　　　「趨」。

〔412〕　徼　胡刻本作「邀」，注同。高步瀛云：「《說文》有『徼』字，
　　　　無『邀』字，『邀』與『徼』同。」

〔413〕　「之」下胡刻本有「趣，向也。徼，遮也」六字。

〔414〕　飛罕瀟葥　胡刻本「葥」作「箭」，注同。伏俊連云：「『瀟葥』
　　　　為連縣字，連縣字表音不表義，故『葥』『箭』形聲同聲字，
　　　　本當同音。又從草之字與從竹之字古常混用，故『箭』可作
　　　　『葥』。」

〔415〕　芳麥反　「麥」字寫卷原作「䴬」。「麥」之俗字或作「麦」，
　　　　說見《玉篇‧麥部》[119]，底卷「䴬」當是「麦」涉上「芳」字
　　　　類化增旁之誤，茲據胡刻本錄作「麥」。胡刻本「芳」作
　　　　「普」。「普」滂紐字，「芳」敷紐字。李善音輕重唇尚未分化，
　　　　「芳麥」「普麥」二切同音。伏俊連云：「李善原書當作『芳』，
　　　　作『普』乃後人依《廣韻》改。」

〔416〕　鋋小矛也　胡刻本「矛」作「戈」。饒宗頤云：「『矛』字與《說

119　《宋本玉篇》，第285頁。

文》合，（五臣）向注同，《東都賦》注引亦同，刻本並誤為『戈』。」

〔417〕「欙」下胡刻本夾注「音歷」。饒宗頤云：「胡刻『音歷』二字與薛注相連，殆尤氏從六臣本割取善注時尚有他注未刪。」

〔418〕足所蹈為蹠　胡刻本「蹠」作「碾」。伏俊連云：「今本正文作『蹠』，注文不當作『碾』，唐寫本作『蹠』是。」

〔419〕「磧」下胡刻本夾注「七亦切」。

〔420〕杖也　「杖」字底卷原誤作「枚」，茲據胡刻本改正。胡刻本「也」下有「八稜，長丈二而無刃，或以木為之，或以竹為之」十八字。伏俊連云：「此十八字當為後儒釋薛注者。」

〔421〕揘畢謂秘也　「秘」字底卷原作「祕」，伏俊連錄文作「秘」，俗書木、衤二旁相混，茲從之；胡刻本作「撞」二字。伏氏云：「唐寫本是，今本『撞』字乃探下句『徒搏之所撞』而衍。薛注以『秘』訓『揘畢』，作連綿字釋之也。五臣向曰『揘觱[120]猶擊刺也』，正本薛注。如謂作『揘畢，謂撞也』，則下文之『撞』當有訓；而下文曰『撞，猶揘畢也』，可見薛綜注明了『揘畢』，下文之『撞』迎刃而解。如謂『撞』為當時易懂之詞，則『撞，猶揘畢也』豈非蛇足。又按《方言》卷十：『秘，推也。南楚凡相推搏曰秘。』薛綜以『秘』訓『揘畢』，與此同。唐寫本『拟』作『秘』者，拟、秘字同。戴震《方言疏證》卷十二：『秘，刺也。秘亦作拟。』」按「秘」「拟」手寫之變，俗書木、扌二旁相混也。下凡「秘」字胡刻本皆作「拟」。

---

120 五臣本《西京賦》正文作「揘觱」，此引呂向注原誤衍「畢」字，茲據五臣本刪正。

〔422〕 于筆反　胡刻本此下有「又音筆」三字。考詳《緒論》。

〔423〕 搥　胡刻本作「撞」，薛注「搥」字同。「搥」當是「撞」之換旁俗字。

〔424〕 攙在銜反　胡刻本「在」作「士」。伏俊連云：「《廣韻》：『攙，楚銜切，又士咸切。』在，《廣韻》五十一紐屬從一，士屬牀二。牀二古讀從，故本為一音，後世稍有移易。」按李善音從紐與牀二紐尚偶有混切，說見徐之明《〈文選〉李善音注聲類考》[121]。「在銜反」蓋李善原注，「士」字則後人據《廣韻》音系校改。

〔425〕 柲　底卷原誤作「接」，茲據賦文改正。胡刻本作「柣」，參見校記〔421〕。

〔426〕 白日未及移晷　胡刻本「移」下有「其」字。伏俊連云：「《文選考異》曰：『袁本、茶陵無其字。按：此尤衍。』唐寫本亦無『其』字，胡氏說是也。」

〔427〕 「獮」下胡刻本夾注「思衍切」。

〔428〕 謂煞也　胡刻本無「謂」字。

〔429〕 「矣」下胡刻本有「善曰：《漢書》：張竦曰：日不移晷，霍然四除」十五字。

　　若夫游鵹高翬，絕阬踰斥。雉之健者為鵹[430]。翬，飛也[431]。斥[432]，澤崖也。臣善曰：鵹，舉喬反。阬，音剛。斥，音尺也[433]。麏兔聯獥，陵巒超壑。麏，狡兔[434]。聯獥，走也。巒，山也。壑，阬谷也。自游鵹至此，皆說禽〔獸〕[435]輕狡難得也。臣善曰：《毛詩》

曰：趨趨麇菟。音讒。逡，勅倫反〔436〕。比諸東郭，莫之能獲。臣善
〔曰〕〔437〕：《戰国策〔438〕》：淳于　曰：夫盧〔439〕，天下之駿狗也；東郭
逡〔440〕，海內之狡菟也〔441〕。鄭玄《礼記注》〔曰：比〕〔442〕，猶比方也。
孔安国《尚書傳》曰：諸，之〔443〕。迺有迅羽輕足，尋景追括。迅
羽，鷹也。輕足，好犬也。括，箭之又，御弦者〔444〕。鳥不暇舉，獸
不得發。舉，飛也。發，駭走也。臣君曰〔445〕：《高唐賦》曰：飛鳥未
及起，走獸未及發。青骹摯於韝下，韓盧噬於緤末。青骹，鷹青脛
者善〔446〕。韓盧犬，謂黑毛也〔447〕。摯，擊也。噬，齧也。緤，攣也。
韝，臂衣。鷹〔448〕下韝而擊，犬攣末而齧，皆謂急搏，不遠而獲。臣
善曰：《說文》曰：骹，脛也。《戰国策》：淳于髡曰：韓子盧者〔449〕，
天下之壯犬也〔450〕。骹，苦交反。韝，音溝〔451〕。緤，音薛〔452〕。及其
猛毅髬髵，隅目高匡。髬髵，作毛鬣也。隅目，角眼視〔453〕。高匡，
深童子〔454〕。皆謂猛獸作怒可畏者。臣善曰：髬，普悲反。髵，音而也
〔455〕。威懾兕〔456〕虎，莫之敢伉。兕，水牛類〔457〕。伉，當也。謂獸
猛，兕虎且猶畏之，人無敢當之者。臣善曰：伉〔458〕，古郎反。迺使
中黃育獲之儔〔459〕，朱鬕髽，植髮如竿。絳帕額〔460〕，露頭結〔461〕，
植髮如竿，以擊猛獸，能服之也。臣善曰：《尸子》曰：中黃伯曰：余
左執泰行之優〔462〕，而右搏彫虎〔463〕。《戰国策》：范疽〔464〕說秦王曰：
〔烏獲之力〕〔465〕焉而死，夏育之勇焉而死。鬕〔466〕，莫亞反。髽，壯
瓜反〔467〕。鬣，詐計反〔468〕。襢裼戟手〔469〕，奎踽槃桓〔470〕。奎踽，
開足〔471〕。槃桓，便旋如搏形也〔472〕。臣善曰：《毛詩》〔曰〕〔473〕：襢
裼暴虎。《左氏傳》〔474〕曰：戟其手。《廣雅》曰：般桓〔475〕，不進也。
奎，欺棰反。踽，去禹反。鼻赤象，圈巨狿。象赤者怒〔476〕。巨狿矕
矕，〔477〕也。怒走者為狿。謂能戾象鼻，又穿矕以著圈。臣善曰：《說
文》曰：圈，養畜圈也〔478〕。其免反〔479〕。狿，音延。攎覽彙〔480〕，批

窳狻。羆，獸身人面，身有毛，被髮，迅走，食人。彙，其毛如剌矣
〔481〕。窳，窫窳也，類貙，虎爪，亦食人〔482〕。狻，狻猊也，一曰師
子。攎、批，皆謂攦撮之〔483〕。臣善曰：攎，莊加反〔484〕。羆，房沸
反。彙，音謂。批，側倚反。窳，音庾。狻，音酸。猊，五兮反〔485〕。
揩枳落，突棘蕃〔486〕。臣善曰：《字林》曰：揩，摩也。口階反。《說
文》曰：枳，木似橘。居紙反〔487〕。梗林為之靡拉，樸叢為之摧
殘。靡拉、摧殘，言揩突之皆僻碎毀析也〔488〕。臣善曰：《方言》〔曰〕
〔489〕：凡草木剌人者為梗〔490〕。古杏反。毛萇《詩傳》曰：樸，包木也。
補木反。輕銳儳狡，趫捷之徒。輕銳，謂便利。捷，疾也。言如此
者多也。赴洞穴，探封狐。陵重巘〔491〕，獵昆駼。洞穴，深且通
也。探，取也。封，大也。陵，猶升也。山之上大下小者〔曰〕巘
〔492〕。昆駼，如馬，枝蹄〔493〕，善登高。言能升重巘之嶺，而獵取昆駼
之獸。臣善曰：巘，言免反。駼，音途。抄木末，攫獮猢。抄，猶表
〔494〕。獮猢，猨類而白，自要以前黑〔495〕，在木表。攫，謂握取之〔496〕。
臣善曰：抄，音眇。攫，於白反。獮，在衛反。猢，音胡也〔497〕。超
殊榛，撢飛鼺。殊，猶大也。榛，木也。撢，捎取之也。臣善曰：
《尔雅》曰：鼺鼠，夷由。郭璞曰：狀如〔小〕狐〔498〕，肉翅，飛且
乳。撢，大結反。鼺，音吾。是時後宮嬖人昭儀之倫，嬖，幸也。
昭儀，後宮〔官〕也〔499〕。常亞於乘輿。亞，次也。乘輿，天子所乘
車也〔500〕。慕賈氏之如皋，樂《北風》之同車。臣善曰：《左氏傳》
曰：昔賈大夫惡〔501〕，取妻三年，不言不笑〔502〕，御以如皋，射雉獲之
〔503〕，其妻始笑而言。杜預曰：賈国之大夫也〔504〕。《毛詩〔505〕·北風》
曰：惠而好我，携手同車〔506〕。般于游畋〔507〕，其樂只且。般，樂
也。臣善曰：《尚書》曰：文王弗敢般于遊田〔508〕。《毛詩》曰：其樂
只且。只且〔509〕，辝〔510〕也。且〔511〕，子余反。

【校記】

〔430〕「鶺」下胡刻本有「尾長六尺。《詩》云：有集唯鶺」十字。

〔431〕翬飛也　胡刻本「翬，翬飛也」。伏俊連云：「《文選考異》曰：『茶陵本不重翬字，袁本與此同。案：似重者是。』按『翬』字不當疊。《說文》：『翬，大飛也。』《方言》：『翬，飛也。』薛注蓋本此，唐寫本是。」

〔432〕斥　底卷原誤作「柝」，茲據胡刻本改正。

〔433〕也　胡刻本無。

〔434〕「兔」下胡刻本有「也」字。

〔435〕獸　底卷原無，伏俊連云：「唐寫本脫『獸』字。」茲據胡刻本補。

〔436〕逯勑倫反　胡刻本「逯」作「猭」，「倫」作「緣」。伏俊連云：「唐寫本誤，正文無『逯』字。又按六臣本注曰『五臣本作逯』，則字本有作『猭』『逯』者。」按「猭」「逯」異體字，《集韻・僊韻》椿全切小韻：「猭，獸走皃。或从辵。」[122] 李注「逯」字蓋據蕭統本《文選》，雖與賦文「猭」不同，當非誤字。李注本不乏其例，參見《緒論》。胡刻本卷五左思《吳都賦》：「跐踰竹栢，猭杞柟。」「獮猭」即「聯猭」之偏旁類化聯綿詞。李善注云：「《埤蒼》曰：獮猭，逃也。獮，丑珍切。猭，恥傳切。」又卷一七王褒《洞簫賦》：「處幽隱而奧庰兮，密漠泊以嫩猭。」李注云：「獭猭，相連延貌。獭，勑陳切。猭，勑員切。」「獮猭」「獭猭」李注同音，「猭」字音「恥傳切／勑員切」

122 《宋刻集韻》，第50頁。

　　　合於胡刻本《西京賦》注「勅緣切」[123]；而底卷「勅倫反」則
　　　與「獙／獥」字音「丑珍切／勅陳切」聲、韻、等並同，僅開
　　　合口有異，取以為聯綿詞「聯獝」之音，似較「勅緣切」更為
　　　和諧。李善注中其例甚夥，底卷「倫」似非誤字。

〔437〕日　底卷原脫，茲據底卷體例擬補。

〔438〕策　胡刻本作「策」。「策」為「策」之隸變俗字，說見《敦煌
　　　俗字研究》[124]。下凡「策」字同。

〔439〕盧　胡刻本作「韓國盧」。饒宗頤云：「《齊策》三『盧』字作
　　　『韓子盧』；刻本作『韓國盧』，與《詩・齊風・盧令》篇孔疏
　　　所引《戰國策》合。」

〔440〕逡　胡刻本作「鵔」。伏俊連云：「今本《戰國策》作『逡』，
　　　與唐寫本合。《說文》新附：『鵔，狡兔也。』鄭珍《新附考》
　　　曰：『古止作俊、逡。俊係正字，以狡兔善走輕俊名之；作逡
　　　假借，俗改從兔字。』」按「鵔」字奎章閣本作「鵔」，合於《說
　　　文》新附。

〔441〕海內之狡菟也　「菟」字底卷原誤作「芫」，下部經硃筆校改，
　　　蓋已訂正為「菟」；胡刻本作「兔」，「菟」即「兔」之俗字。
　　　「也」下胡刻本有「環山三，騰岡五，韓盧不能及之」十二字。
　　　羅國威云：「《戰國策・齊策三》作『韓子盧逐東郭逡，環山者
　　　三，騰山者五，兔極於前，犬廢於後』，注云：『韓盧不能及
　　　之。』各刻本所引甚違原意，殆他注混入者也。敦煌本無此十
　　　二字，是也。」

---

123 《史記・貨殖傳》「陳掾其間」，司馬貞索隱云：「掾，音逐緣反。陳掾猶經營馳逐
　　也。」（第 10 冊，第 3264 頁）與李善「獝」字音聲紐稍異，韻則相同。

124 張涌泉《敦煌俗字研究》（第二版），第 726 頁。

〔442〕日比　底卷原脫，茲據胡刻本補。

〔443〕諸之　「諸」字底卷原作「者」，饒宗頤云：「『者』乃『諸』
之譌。案《尚書》孔傳皆以『諸』為『之於』合聲。」茲據胡
刻本改正。胡刻本「之」下有「也」字。

〔444〕括箭之又御弦者　胡刻本「之又」作「括之」。伏俊連云：
「『又』當為『末』之誤。《釋名》『矢末曰栝』（按栝、括同），
《尚書·太甲》孔疏『括謂矢末』，《儀禮·鄉射禮》正義引郝
民敬『括，矢末受弦處』，皆其證也。」按《釋名》又云：「栝，
會也，與弦會也。栝旁曰叉，形似叉也。」畢沅注：「栝之有
叉，所以築弦也。」[125]「築弦」出《說文》，木部：「楷，臡也。
一曰矢栝，築弦處。」（「栝」即「楷」之隸變）唯其義晦澀不
明。王筠《說文解字句讀》云：「段（玉裁）氏改『築』為
『臡』，曰『弦可隱其間也』。桂（馥）氏曰：『築』當為『蘗』，
《春秋決獄》『弩蘗機郭，弦軸異處』，馥案：蘗，弩牙也。筠
案：《廣韻》字作『筶』，云『箭筶，受弦處』，依此而改『築』
為『受』，庶可通也。」[126]據《西京賦》薛綜注「括，御弦者」，
《說文》「築」似「禦」之形訛字；而底卷「又」疑為「叉」之
俗訛字，薛注云「括，箭之叉，御弦者」，正可與上引《釋名》
及畢沅注相參證。

〔445〕臣君曰　胡刻本「君」作「善」。下文「遷延邪睨，集乎長楊
之宮」句李善注底卷亦冠以「臣君曰」，饒宗頤云：「『君』乃
『善』之譌。」又云：「案上文『獸不得發』句下善注亦作『臣

---

125 王先謙《釋名疏證補》，第234頁。
126 王筠《說文解字句讀》，第214頁。

君曰」，疑『君』字用以代『善』之名，並非筆誤。如《文選
集注》任昉《奏彈曹景宗》文末作『臣君誠惶誠恐』，乃以
『君』字代『昉』之名；又任昉《奏彈劉整》文開端作『御史
中丞臣任君稽首言』，『君』字亦所以代作者之名也。殆唐人風
尚如此。」伏俊連云：「原卷『君』當為『善』字之誤。」按饒
氏前後兩說不同，前說與伏氏相同，較為明快，蓋底卷通作
「臣善曰」也。

〔446〕鷹青脛者善　「善」字底卷原作「蓋」，胡刻本作「善曰」。伏
俊連云：「《文選考異》曰：『袁本無曰字，茶陵本與此同。案：
袁本最是。善字屬上讀，以五字為一句。尤、茶陵甚誤。』許
巽行《文選筆記》曰：『妄人意謂善是李氏之名，遂於善下加
曰字。』胡、許說甚是，唐寫本亦無『曰』字，『蓋』當為『善』
字之訛。」茲據改。胡刻本「脛」作「脛」。羅國威云：「『脛』
與『脛』通。」按《說文》作「脛」，「脛」蓋後起換旁字。

〔447〕謂黑毛也　胡刻本「黑」作「黑色」。

〔448〕鷹　底卷原作「鴈」，饒宗頤云：「『鴈』乃『鷹』之譌。」茲
據胡刻本改正。

〔449〕韓子盧者　胡刻本「子」作「國」。今本《戰國策》作「韓子
盧」，「韓國盧」與《毛詩·齊風·盧令》孔疏所引合，已見校
記〔439〕。胡刻本卷三七曹植《求自試表》「盧狗悲號，韓國
知其才」李善注引《戰國策》云「韓子盧者，天下之壯犬也」，
適與底卷完全相同。

〔450〕天下之壯犬也　胡刻本「壯犬」作「駿狗」。伏俊連云：「今本
《戰國策》作『疾犬』，唐寫本上文引《戰國策》作『駿狗』，
《禮記·少儀》孔疏、《藝文類聚·獸部·兔類》、《初學記·

狗類》《兔類》、《太平御覽·獸部十六》引《戰國策》此段皆
作『壯犬』。唐寫本前後引文不一，當統一為是。」按李善所據
《戰國策》當作「壯犬」，參見上條。又胡克家《文選考異》
云：「注『戰國策』下至『天下之駿狗也』，依善例，當作『韓
盧，已見上文』，此十七字不當有，各本皆誤。」按李善注上文
引《戰國策》乃釋賦文「東郭」，但引「東郭逡」云云即可，
於此始引「韓子盧者，天下之壯犬也」以釋「韓盧」，上文「夫
（韓國）盧，天下之駿狗也」不妨視為衍文，故不免與《戰國
策》原文相參差。

〔451〕 轐音溝　胡刻本無。高步瀛云：「此三字當有，今尤本以『轐』
字旁注『溝』字，遂妄刪此三字，不知旁注本字下者非李氏注
也。」

〔452〕「緤音薛」下胡刻本有「《禮記》曰：犬則執緤。鄭玄注曰：
緤、紲、靻，皆所以繫制之者。守犬、田犬問名，畜養者當呼
之名，謂若韓盧、宋鵲之屬」四十二字。高步瀛云：「袁本、
茶陵本無此四十二字。步瀛案：唐寫亦無，無者蓋是。李注音
在注末，『緤音薛』三字下似不宜再注也。此蓋是後人附益。」
按「鄭玄注」云云也不合李善注例。

〔453〕「視」下胡刻本有「也」字。

〔454〕 深童子　胡刻本「童」作「瞳」，「子」下有「也」字。伏俊連
云：「假借字。《漢書·項籍傳》：『舜蓋重童子，項羽又重童
子。』師古注：『童子，目之眸子。』《史記·項羽本紀》字作
『瞳』。」按《說文》無「瞳」字，蓋「童」之後起增旁分別文。

〔455〕 也　胡刻本無。

〔456〕 兇　底卷原作「兒」，《干祿字書·上聲》：「兊兇，上俗下

正。」^127 茲據胡刻本錄作「兒」。注中「兒」字同。

〔457〕「類」下胡刻本有「也」字。

〔458〕「伉」上胡刻本有「鄭玄《毛詩箋》曰：儴，恐懼也」十字。高步瀛云：「今《詩箋》無此文。唐寫無『鄭玄』至『懼也』十字，是也，此殆後人所增而誤者。」伏俊連云：「今《詩箋》無此文，《禮記‧樂記》『柔氣不儴』下鄭注有此文。此殆後人所增而誤者。」

〔459〕中黃育獲之儔　胡刻本「中黃」下有「之士」二字。高步瀛云：「《文心雕龍‧指瑕篇》曰『《西京》稱中黃育獲之儔』，似無者是。」

〔460〕絳帕額　「帕」字底卷原作「栢」，伏俊連云：「當作『帕』，『栢』乃音誤字。」茲據胡刻本改正。

〔461〕露頭結　胡刻本「結」作「髻」。《說文‧髟部》新附：「髻，總髮也。從髟，吉聲。古通用結。」^128 是「髻」為「結」之後起換旁分別文。

〔462〕余左執泰行之優　「泰」字底卷原作「秦」，伏俊連云：「今本是，唐寫本形近致誤。」茲據胡刻本改正。胡刻本「優」作「獿」，伏氏以為「優」亦形誤字。按《禮記‧樂記》「獿雜子女，不知父子」鄭玄注云：「獿，獮猴也。獿或為優。」^129 或本「優」字適與底卷相同。

〔463〕彫虎　胡刻本作「雕虎」。「彫」本字，「雕」假借字。

〔464〕范疽　胡刻本作「范睢」。伏俊連云：「『范疽』字《戰國策》、

---

127 施安昌《顏真卿書干祿字書》，第35頁。

128 許慎撰，徐鉉校定《說文解字》，第186頁。

129 《十三經注疏》，第1540頁。

《史記》、《漢書》皆作『雎』，故作『雎』是。然『疸』『雎』形聲同聲字，故可通假。」按王叔岷《史記斠證》云：「《韓非子》作『范且』。《魏世家》之唐雎，姚本《魏策》、《新序·雜事》並作『唐且』，亦同例。」[130]「疸」「雎」皆從「且」聲。

〔465〕烏獲之力　底卷原脫，茲據胡刻本補。

〔466〕「鬌」上胡刻本有「《說文》曰：鬌，帶髻頭飾也。《通俗文》曰：露髻曰，以麻雜為髻，如今撮也」二十六字。

〔467〕鬌壯瓜反　胡刻本「壯」作「士」。伏俊連云：「《廣韻》切音與唐寫本同。壯為照紐二等字，士為牀紐二等字，其音相近。」按李善音系統照二紐與牀二紐不相混雜，「士」當是「壯」之壞字，說見徐之明《〈文選〉李善注音切校議》[131]。

〔468〕戳詐計反　胡刻本「詐」作「作」；「詐」上底卷原有一「作」字，後硃筆塗去。按「戳」蓋《說文·彡部》「戳」篆隸變字「戳」之俗訛。「戳（戳）」《廣韻》共有四音，入聲屑韻子結切、薛韻姊列切，又去聲霽韻子計切、祭韻子例切，並屬精紐。其中「子計切」合於胡刻本「作計切」，與底卷「詐計反」則聲紐精、莊有別。李善原注當作「作計反」，底卷涉「計」字誤衍「詐」，校勘者誤塗「作」。

〔469〕襢褐戟手　胡刻本「襢」作「袒」。李善注引《毛詩·鄭風·大叔于田》「襢褐暴虎」，《釋文》云：「襢，本又作袒，音但。」[132]馬瑞辰《毛詩傳箋通釋》云：「去褐衣之袒當作『但』，

130　王叔岷《史記斠證》，第2399頁。

131　《貴州大學學報》1995年第3期，第89頁。

132　陸德明《經典釋文》，第64頁。

今作『襢』『袒』，皆假借字。」[133] 按六臣本作「袒」，蓋即胡刻本（尤刻本）之所本。至李注引《毛詩》胡刻本亦作「袒」者，或又依賦文而改。

〔470〕槃桓　胡刻本作「盤桓」，注同。羅國威云：「『槃』『般』『盤』，音同而義通也。」按聯綿詞無定字，作「槃桓」「盤桓」均可，李善注引《廣雅》作「般桓」，亦同。

〔471〕「足」下胡刻本有「也」字。

〔472〕便旋如摶形也　胡刻本無「如摶形」三字。饒宗頤云：「『如摶形』三字叢刊本善注亦無，而五臣李周翰注則作『蹉踦盤桓，摶物之貌』，仍存襲用薛注之迹。殆刪併六臣注時刪薛綜而存五臣，尤氏剔取善注，不知曾經刪併，故尤本善注無此三字。」

〔473〕毛詩曰　底卷原無「曰」字，與李善注體例不合，茲據胡刻本補。

〔474〕左氏傳　胡刻本作「左傳」。伏俊連云：「今本脫『氏』字。」

〔475〕般桓　胡刻本作「盤桓」。饒宗頤云：「『般』字與《廣雅・釋訓》合，各本概作『盤』。」參見校記〔470〕。

〔476〕象赤者怒　胡刻本「象」作「象鼻」。高步瀛云：「薛注『象』下『鼻』字疑涉正文而衍，應刪。」

〔477〕疊疊　胡刻本「疊」字不重複。考詳《緒論》。

〔478〕圈養畜圈也　胡刻本「養畜圈」作「畜閑」。伏俊連云：「《說文》：『圈，養畜之閑也。』今本脫『養』字，當依唐寫本補。」羅國威云：「敦煌本『閑』訛『圈』當改，刻本脫『養』當補。」

---

133 馬瑞辰《毛詩傳箋通釋》，第255頁。

〔479〕 其免反　胡刻本「免」作「兖」。羅國威云：「其免、其兖，音切相同。」

〔480〕 豼彙　胡刻本作「狒狷」，注中「彙」字同。饒宗頤云：「上野本作『髴彙』。叢刊『狒』下校云『五臣作髴』。案豼，《說文・内部》作『䠙』，（說解）所引即《王會解》之『費費』及《爾雅》之『狒狒』，桂馥《說文義證》又引《山海經》郭注作『髴髴』，並聲借字。」按胡刻本薛綜注亦作「豼」，可見薛綜本《西京賦》作「豼」。底卷李善注云「髴，房沸反」，「髴」字蓋據蕭統《文選》原帙。李注本不乏其例，參見《緒論》（胡刻本李注已改作「狒」）。饒氏又云：「《說文》『彙，蟲似豪豬』，重文作『蝟』。《經典釋文》：『彙，本或作狷，又作蝟。』各本並字異而義同。」按「彙」「彙」隸變之異，「狷」則「蝟」之後起換旁字。

〔481〕 矣　胡刻本無。

〔482〕 虎爪亦食人　胡刻本無「爪」字。伏俊連云：「《文選考異》：『亦當作爪，各本皆誤。』按《爾雅・釋獸》：『貜貐，類貙，虎爪，食人，迅走。』薛注當本此，故當依唐寫本補『爪』字。」按薛注云「亦」者，承上「豼」注「食人」而言，胡克家之說未達一間。

〔483〕 皆謂攦撮之　胡刻本「攦」作「戟」。「攦」為「戟」之增旁分化字。薛綜注疑本作「戟」，底卷涉下「撮」字類化增旁。

〔484〕 攄莊加反　胡刻本「莊」作「子」。故宮本王仁昫《刊謬補缺切韻》「攄」音側加反，合於李善注「莊加反」。「攄」即《說

文・又部》「虔」之換旁字，徐鉉音側加反[134]，亦莊紐字。「子」
屬精紐。李善音系莊、精二系極為密切，發音方法相同者或相
混切，胡刻本「子加切」雖非李注原貌，尚無不妥。

〔485〕　五反兮　胡刻本「兮」作「奚」。伏俊連云：「切音同。」

〔486〕　蕃　胡刻本作「藩」。饒宗頤云：「上野本同作『蕃』。」按「蕃」
　　　　　「藩」古今字。

〔487〕　居紙反　胡刻本此下有「杜預《左氏傳注》曰：藩，籬也。落
　　　　　亦籬也」十四字。

〔488〕　皆僻碎毀析也　胡刻本作「皆擗碎毀拆也」，其下有「拉，郎
　　　　　荅切」四字。羅國威云：「敦煌本『僻』乃『擗』之訛。」伏俊
　　　　　連云：「唐寫本作『析』是。『擗碎』『毀析』，動補結構聯合
　　　　　而成；作「毀拆」，則動詞並列，與『擗碎』不一致。又今本
　　　　　有『拉，郎荅切』四字。按唐寫本無此四字是，薛注一律無音
　　　　　注。」

〔489〕　方言曰　底卷原無「曰」字，伏俊連以為脫訛，據李善注例而
　　　　　云然，茲據胡刻本補。

〔490〕　凡草木刺人者為梗　胡刻本無「者」字。饒宗頤云：「《方言》
　　　　　三原無『者』字。」按慧琳《一切經音義》卷五〇《攝大乘論
　　　　　釋》（玄奘譯本）第六卷音義「榛梗」條引《方言》云「自關
　　　　　而東草木刺人者為梗」[135]，與底卷合。

〔491〕　陵重甗　胡刻本「甗」作「巘」。饒宗頤云：「『甗』字文注並
　　　　　同。《毛詩・大雅・公劉》《皇矣》孔疏、《爾雅・釋山》並作

---

134 許慎撰，徐鉉校定《說文解字》，第64頁。
135 徐時儀《一切經音義三種校本合刊》，第1382頁。

『巉』；胡刻、叢刊並作『巉』。又善注末『巉，言免反』永隆本仍從山。知薛從瓦，而善從山。」伏俊連云：「『巉』『巉』古今字。《釋名》：『山上大下小曰巉。』薛注與之同。」按「巉」為訓山之「巉」的後起通行字。底卷賦文及薛注「巉」與李注「巉」不同字者，蓋李善所據薛注本作「巉」，「巉」則據蕭統《文選》原帙。李注本不乏其例，參見《緒論》。

〔492〕山之上大下小曰巉　底卷原無「曰」字，伏俊連以為脫訛，茲據胡刻本補。參見上條。

〔493〕枝蹄　胡刻本作「跂蹄」。饒宗頤云：「『枝』字與《爾雅・釋畜》合。」按「枝」「跂」同源。

〔494〕「表」下胡刻本有「也」字。

〔495〕自要以前黑　胡刻本「自要」作「腰」。饒宗頤云：「各本並脫『自』字。」伏俊連云：「『要』『腰』古今字。」按胡刻本卷八司馬相如《上林賦》「獮胡縠蜼」張揖注云：「獮胡，似獼猴，頭上有髦，要以後黑。」《漢書・司馬相如傳》顏師古注、《史記》本傳司馬貞索隱引張揖說同 [136]，皆無「自」字，雖「要以後」與薛綜注「要以前」不同，然「自」字固可節略，饒氏脫訛之說尚待商榷。

〔496〕謂握取之　胡刻本「握」作「掘」，「之」下有「也」字。羅國威云：「《說文・手部》：『握，一曰握也。』與敦煌本合，各本作『掘』，誤。」底卷原亦有句末「也」字，後粗筆校改為「臣」，屬下讀。

〔497〕也　胡刻本無。

---

136 《漢書》第 8 冊，第 2562 頁；《史記》第 9 冊，第 3032 頁。

〔498〕　狀如小狐　底卷原無「小」字，饒宗頤云：「各刻本及《爾雅注》『狐』上並有『小』字，永隆本誤脫。」按胡刻本卷一八馬融《長笛賦》「鼺鼠夜叫」、卷三一江淹《雜體詩三十首·謝臨川遊山》「朝見鼺鼠逝」李善注引《爾雅》郭璞注皆云「狀如小狐」，饒說是也，茲據胡刻本補。

〔499〕　後宮官也　底卷原無「官」字，饒宗頤云：「永隆本誤脫。」按「後宮官」又見於《西京賦》下文「列爵十四，競媚取榮」薛綜注「後宮官從皇后以下凡十四等」，饒說是也，茲據胡刻本補。

〔500〕　也　胡刻本無。

〔501〕　昔賈大夫惡　胡刻本無「昔」字。饒宗頤云：「『昔』字與《左傳·昭二十八年》文合，各刻本誤脫。」

〔502〕　笑　底卷原作「嘆」，即「笑」之俗字，茲徑據胡刻本錄作「笑」。下「笑」字同。

〔503〕　射雉獲之　「雉」字底卷原誤作「矩」，茲據胡刻本改正。

〔504〕　也　胡刻本無。

〔505〕　毛詩　胡刻本作「詩」。伏俊連云：「李善引《詩》，一律稱《毛詩》或《齊詩》、《魯詩》、《韓詩》，無有只稱『詩』者，唐寫本是。」

〔506〕　携手同車　胡刻本「携」作「攜」。《五經文字·手部》：「攜，戶圭反。相承作攜或作携者，皆非。」[137] 是「携」「攜」皆後起俗字。

〔507〕　般于游畋　胡刻本「般」作「盤」，注同。饒宗頤云：「『般』

137　《叢書集成初編》本，第6頁。

字上野本同，與《爾雅・釋詁》合。『盤』與《尚書・無逸》
孔疏引《釋詁》文合。」伏俊連云：「《爾雅・釋詁上》：『般，
樂也。』薛注當本此，唐寫本與之合。然《尚書・無逸》作
『盤』，是『般』『盤』通作矣。」按「般」「盤」古今字。此
賦下文「般樂極」胡刻本亦作「盤」字。

〔508〕　文王弗敢般于游田　胡刻本作「不敢盤于游畋」。羅國威云：
「《尚書・無逸》作『文王不敢盤于遊田』。敦煌本是，各本脫
『文王』，當補。」按「不」「弗」義同。傳世刻本《尚書》「不」
字，敦煌吐魯番寫本多作「弗」，與底卷李善注引相合。「田」
「畋」古今字。

〔509〕　只且　胡刻本無。饒宗頤云：「胡刻脫『只且』二字。」

〔510〕　舜　胡刻本作「辝」。「辝」本字，「舜」假借字，參見校記
〔12〕。

〔511〕　且　胡刻本無。饒宗頤云：「各刻本脫『且』字。」

　　於是鳥獸單〔512〕，目觀窮。單，〔盡〕也〔513〕。窮，極也。所觀
畢也〔514〕。遷延邪睨，集乎長楊之宮。遷延，退還也〔515〕。臣君曰
〔516〕：《高唐賦》曰：遷延引身〔517〕。息行夫，展車馬。息，休也。臣
善曰：《左氏傳》曰：子反令軍吏，繕甲兵，展車馬。鄭玄《礼記注》
曰：展，整也。張輦反。收禽舉胔，數課眾寡。胔，死禽獸將腐之
名也。數，計。課，錄校所得多少〔518〕。置互擺牲，頒賜獲鹵。互，
所以掛〔519〕肉。擺，謂破磔懸之〔520〕。頒，謂以所鹵獲之禽獸賜士眾
也。臣善曰：擺，芳皮反。《漢書音義》〔曰〕〔521〕：鹵與虜同也〔522〕。
割鮮野饗，犒勤賞功〔523〕。謂饗食士眾於廣野中，勞勤苦賞有功也

〔524〕。臣善曰：《子虛賦》曰：割鮮染輪。杜預《左氏傳注》〔525〕曰：槁
〔526〕，勞也。槁，苦到反。五軍六師，千列百重〔527〕。臣善曰：《漢
官儀》漢有五營。《周礼》天子六軍。五軍即五營也〔528〕。六師即六軍
也。《尚書》曰：張皇六師也〔529〕。酒車酌醴，方駕授邑〔530〕。酒餚
皆以車布之〔531〕。升醨〔532〕舉燧，既釂鳴鐘〔533〕。燧，火也。謂行酒
舉烽火以告眾也；以釂，鳴鐘鼓也。臣善曰：《說文》曰〔534〕：釂，飲
酒盡也。焦曜反。膳夫騎馳〔535〕，察貳廉空。膳夫，宰夫〔536〕。察、
廉，皆視也。空〔537〕，減無也。言宰人騎馬行視肴有兼重及減無者也
〔538〕。臣善曰：《礼記》曰：御同於長〔者〕〔539〕，雖貳不辭。鄭玄曰：
貳，重設膳也〔540〕。辣炰粿〔541〕，清酤敍。辣，炙也〔542〕。《詩》有炰
鱉。清酤，美酒也。臣善曰：《史記》曰：楚人謂多〔為〕夥〔543〕。音
禍。《毛詩》曰：既載清酤。音戶。《廣雅》曰：敍，多也〔544〕。音支。
皇恩溥，洪德施〔545〕。皇，皇帝也〔546〕。普，博〔547〕。徒御說〔548〕，
士忘罷。臣善曰：《毛詩》曰：徒御不驚。毛萇曰：徒，輦者也。御，
御馬也〔549〕。

【校記】

〔512〕　於是鳥獸單　胡刻本「單」作「殫」，注同。饒宗頤云：「通借
　　　　字。」按《說文·歺部》「殫」篆段注云：「古多假『單』字為
　　　　之。」[138]

〔513〕　盡也　底卷原脫「盡」字，茲據胡刻本補。

〔514〕　「也」下胡刻本有「善曰：《國語》：伍舉曰：若周於目觀」十
　　　　二字。

---

138 段玉裁《說文解字注》，第163頁。

〔515〕退還也　胡刻本「還」作「旋」。伏俊連云：「假借字。」按《西京賦》下文「巾車命駕，回斾右移」薛綜注云「回車右轉，將旋也」，亦作「旋」。

〔516〕臣君曰　胡刻本「君」作「善」。參見校記〔445〕。

〔517〕「身」下胡刻本有「也」字，其下尚有「《說文》曰：睨，斜視也。魚計切」十字。

〔518〕「少」下胡刻本有「善曰：觜取肉名，不論腐敗也」十一字。高步瀛云：「此正薛注『將腐』之說，李注當有。」按此殆旁注誤入，《文選》卷三五張協《七命》「殞觜挂山」李善注引《西京賦》薛綜注云「觜，死禽獸將腐之名也」（參見《七命》校記〔16〕），於薛注本無駁正，高氏之說不足為據。

〔519〕掛　胡刻本作「挂」。「挂」「掛」古今字。下凡「掛」字同。

〔520〕攭謂破磔懸之　胡刻本「磔」作「礫」。伏俊連云：「唐寫本是，今本形近致誤。《說文》：『磔，辜也。』段注曰：『凡言磔者，開也，張也，剖其胸腹而張之，令其乾枯不收。』與薛注釋意同，作『礫』則不通矣。」

〔521〕漢書音義曰　底卷原無「曰」字，不合李善注例，茲據胡刻本補。

〔522〕也　胡刻本無。

〔523〕槁勤賞功　胡刻本「槁」作「犒」。伏俊連云：「假借字。」羅國威云：「『槁』與『犒』通。」按《說文・木部》：「槀，木枯也。」變體作「槁」。經典凡言槁勞者，即木枯之引申義，故段玉裁《周禮漢讀考》云：「犒師字古祇作『槁』耳。」[139]「犒」

139　段玉裁《經韵樓集》附錄，第19頁。

則後出俗字。

〔524〕 也　胡刻本無。

〔525〕 杜預左氏傳注　胡刻本無「注」字。饒宗頤云:「各本誤脫
『注』字,《考異》引何義門校補『注』字,與永隆本合。」

〔526〕 槁　底卷原作「橋」,乃「橋」字俗寫,與「槁」形近而致訛,
茲據賦文改正。胡刻本作「稿」,為後出俗字。下「槁」字同。

〔527〕 千列百重　「千」字底卷原作「千里」,劉師培云:「『里』則
衍文也。」饒宗頤云:「『里』字誤衍。」茲據胡刻本刪正。

〔528〕 五軍即五營也　胡刻本在上文「漢有五營」之下。

〔529〕 張皇六師也　胡刻本無「也」字,「師」下有「千列,列千人
也」六字。

〔530〕 方駕授邕　胡刻本「邕」作「饔」。饒宗頤云:「上野本同作
『邕』,各刻本作『饔』,蓋通假字。」

〔531〕 「布之」下胡刻本有「善曰:鄭玄《儀禮注》曰:方,併也。
杜預《左氏傳注》曰:熟曰饔」二十一字。

〔532〕 醻　胡刻本作「觴」。伏俊連云:「『醻』為『觴』之俗體。」
按說見《廣韻·陽韻》[140]。下凡「醻」字同。

〔533〕 既醻鳴鐘　胡刻本「鍾」作「鐘」。「鐘」本字,「鍾」假借字。
二字古多混用不分,胡刻本薛綜注亦作「鍾」。

〔534〕 「說文曰」上胡刻本有「升,進也」三字。伏俊連云:「善注
《文選》,皆先引經典成說,有己意者附於後。據此,則『升進
也』三字為後儒竄入者。抑或『升』前脫『何休《公羊傳注》
曰』七字。」

---

140 《宋本廣韻》,第152頁。

〔535〕 騎馳　胡刻本作「馳騎」。伏俊連云：「唐寫本是。『騎馳』即
　　　　下注『騎馬行視』，如倒作『馳騎』則與注不合。」

〔536〕 「宰夫」下胡刻本有「也」字。

〔537〕 空　底卷原誤作「突」，茲據胡刻本改正。其上胡刻本有「貳
　　　　為兼重也」五字。伏俊連云：「此句疑為旁記混入正文中者。
　　　　薛注下文已用『兼重』釋『貳』，李注亦引用鄭玄《禮記注》
　　　　釋『貳』，『貳』為常用詞，雖此處用法特殊，不當如此反覆訓
　　　　釋。且『貳為兼重也』依前後文體例，當作『貳，兼重也』；
　　　　加『為』字者，明示讀者標誌下文『兼重』為釋正文之『貳』
　　　　字。唐寫無之，更為確證。」

〔538〕 也　胡刻本無。

〔539〕 御同於長者　底卷原無「者」字，伏俊連云：「今本《禮記‧
　　　　曲禮》有『者』，唐寫本脫。」茲據胡刻本補。

〔540〕 重殽膳也　胡刻本「重」下有「也」字，「殽」作「肴」。「也」
　　　　為衍文，今本《禮記‧曲禮上》鄭玄注可證[141]，底卷無者是
　　　　也。羅國威云：「『殽』與『肴』同音假借。」按「肴」「殽」
　　　　古今字。胡刻本「肴」字蓋據薛綜注而改。

〔541〕 㫮炰䖆　胡刻本「䖆」作「㷭」。《說文》作「䖆」，「㷭」為
　　　　偏旁易位字，奎章閣本、陳八郎本並作「䖆」，適與底卷相同。
　　　　「㫮」字底卷原作「㫮」，胡刻本作「炙」。高步瀛以為字書無
　　　　「㫮」字，又疑為「餗」之訛。伏俊連云：「㫮即㫮字，唐寫本
　　　　注文即寫『㫮』字，下『㲋』字亦寫作『㫮』，皆其證。字書
　　　　有『㫮』字，但皆『䳰㫮』連用，無單用例。《正字通》：『㫮

141　《十三經注疏》，第1243頁。

，俗字，無確據。』則『𤐋』本有『炙』義，後世『𤐋』字之義失傳，遂改正文『𤐋』為『炙』，而並刪薛注『𤐋炙也』三字。」按高、伏二氏之說皆非是也。饒宗頤云：「『𤐋』字與上野本同。《左傳‧襄二十九》孔疏云：『《西京賦》：炙炮𤐋，清酤多，皇恩溥，洪德施。施與多為韻。』此又孔氏與李善所見本不同。」孔疏所引「炙」字與胡刻本相同。檢《說文‧炙部》「炙」之籀文作「𤐰」，徐鍇注云：「今《東京》文作此字。」[142] 蓋指張衡《東京賦》「春醴惟醇，燔炙芬芬」句。《集韻》隸定為「𤐋」，入聲昔韻之石切小韻：「炙，《說文》：『炮肉也。从肉在火。』籀作𤐋。」[143]《廣韻》則收「𤐋」，入聲燭韻七玉切小韻：「𤐋，弗𤐋，炙具。」[144]「𤐋」可視為「𤐋」之簡體，底卷「𤐋」則「𤐋」之訛形（涉下「𢆉」字俗寫「𤐋」而誤）。徐鍇所見《東京賦》「𤐋」與《說文》所收相合，可證底卷「𤐋」當是《西京賦》原貌。薛綜以通行字「炙」注之，至後世刻本則徑改賦文「𤐋」為「炙」，薛綜注「𤐋，炙也」遂無所附麗，故又加以刪改。

〔542〕𤐋炙也　胡刻本無。參見上條。

〔543〕楚人謂多為𢆉　底卷原無「為」字，饒宗頤以為脫訛，茲據胡刻本補。

〔544〕多也　胡刻本作「日多也」。伏俊連云：「《文選考異》曰：『日字不當有，各本皆衍。』說與唐寫本合。」

〔545〕皇恩溥洪德施　胡刻本此六字併上「炙炰𤐋，清酤𢆉」二句為

142　徐鍇《說文解字繫傳》，第203頁。
143　《宋刻集韻》，第214頁。
144　《宋本廣韻》，第443頁。

一節，其薛綜注徑接於後者李善注「音支」之後，遂致張冠李
戴。

〔546〕　也　胡刻本無。

〔547〕　普博　胡刻本作「普博施也」。伏俊連云：「『施』當為涉正文
　　　　而衍。正文『溥』，注作『普』者，『溥』『普』音同義同，且
　　　　常混用，故注文誤而不覺也。」按古人往往以「溥」「普」為
　　　　古今字，參見《緒論》。

〔548〕　說　胡刻本作「悅」。伏俊連云：「假借字。」按「說」「悅」
　　　　古今字。

〔549〕　「也」下胡刻本有「罷，音皮」三字。

　　　巾車命駕，回斾〔550〕右移。巾車，主車官也。回車右轉，將旋
也。臣善曰：《孔叢子》：歌曰：巾車命駕，將適唐都。鄭玄《周礼注》
曰：巾，猶衣也。相羊五柞之館，旋憩昆明之池〔551〕。相羊，仿羊
也。池，即所謂靈沼也。臣善曰：《楚辭》曰：聊逍遙以相羊〔552〕。登
豫章，簡矰紅。豫章，池中臺也。簡，省也。矰射矢長八寸，其絲名
繳紅也〔553〕。蒲且發，弋高鴻。臣善曰：《列子》曰〔554〕：蒲且子之
弋，弱弓纖繳〔555〕，乘風而振之，連雙鶬於青雲〔556〕。掛白鵠，聯飛
龍。掛，矢絲掛鳥上也。飛龍，鳥名也。磻不特絓，往必加雙。沙
石膠絲為磻。非徒獲一而已，必雙得之也〔557〕。臣善曰：《說文》曰：
磻，以石繳也〔558〕。磻，音波〔559〕。於是命舟牧，為水嬉。舟牧，主
舟官。嬉，戲也。臣善曰：《礼記》曰：舟牧覆舟。《琴道》：雍門周
曰：水嬉則舫龍舟〔560〕。浮鷁首，翳雲芝。船頭象鷁鳥，鷁鳥厭水神
〔561〕，故天子乘之。翳，覆也〔562〕。臣善曰：《淮南子》曰：龍舟鷁首。
《甘泉賦》曰：登夫鳳皇而翳華芝〔563〕。垂翟葆，建羽旗。謂垂羽翟

為葆蓋[564]，建隼羽為旌旗也。臣善曰：《琴道》：雍門周曰：水嬉〔則〕建羽旗[565]。齊栧女，縱櫂歌。臣善曰：栧子，皷栧之子[566]。《漢書音義》：韋昭曰：栧，楫也[567]。櫂歌，〔引櫂而歌〕也[568]。《西都賦》曰：櫂女謳。漢武帝《秋風辞》曰：發櫂歌。《方〔言〕》曰[569]：楫或謂之櫂。郭璞曰：今云櫂歌也[570]。直教反。發引龢[571]，狡鳴葭[572]。奏淮南，度《陽阿》。發引和，言一人唱，餘和也[573]。葭更狡急之乃鳴[574]。臣善曰[575]：杜摯《葭賦》[576]曰：李伯陽入西戎所造。《漢書》有淮南皷員四人。然皷員謂舞人也[577]。《淮南子》曰：足蹀《陽阿》之舞。感河馮，懷湘娥。臣善曰：《莊子》曰[578]：馮夷得道，以潛大川。《楚辞》曰[579]：帝子降兮北渚。王逸曰：言堯二女娥皇、女英隨舜不及，墮湘水之中[580]，因為湘夫人也[581]。驚蝄蜽，憚蛟虵[582]。蝄蜽，水神。蛟虵[583]，龍類。驚、憚，謂皆使駭怖也。臣善曰：楊雄《蜀都賦》曰：其深則有水豹蛟虵[584]。然後釣魴鱧，纚鰋鮋[585]。纚罔如箕形，狹後廣前。魴、鱧、鰋、鮋，皆魚名。臣善曰：纚，所買反。鰋，音偃[586]。鮋，長由反。摭紫貝，搏耆龜。搏、摭[587]，皆拾取之名。耆，老也。龜之老者神[588]。臣善曰：《相貝經》曰：赤電黑雲，謂之紫貝。《楚辞》曰：耆蔡兮踊躍。王逸曰：蔡，龜也。摭，之石反。搤水豹，馽[589]潛牛。水豹、潛牛，皆謂水處也。臣善曰：《說文》曰：搤，捉也。楊雄《蜀都賦》曰：水豹蛟虵。《說文》曰：馽，絆馬也。《上林賦》曰：沉牛麈麋[590]。《南越志》[591]：潛牛形角似水牛[592]，一名沉牛[593]。搤，音戹。馽，中十反[594]。澤虞是濫，何有春秋？澤虞，主水澤官。濫，施罛罔也。言不順時節常設之也[595]。〔臣〕善曰[596]：《國語》曰[597]：魯宣公濫於泗淵[598]。摘漻澥[599]，搜川瀆[600]。布九罭，設罜麗。漻

澥，小水別名。摘、搜[601]，謂一一週索也[602]。臣善曰：《毛詩》曰：
九域之魚[603]，鱒魴[604]。《國語》：里革曰：禁罝罜麗[605]。韋昭曰：
罜麗，小罔也。摘，土狄反。潦，音了。澥，音蟹。罭與域古字通。
罭，音域。罜[606]，音獨。麗，音鹿。摷昆鮞，殄水族。昆，魚子。
鮞，細魚。族，類也。摷、殄，言盡取之[607]。臣善曰：《國語》：里
革曰：魚禁鯤鱧[608]。鯤，音昆。鱧，音而。蘆藕拔，蜃蛤剝。蘆，
芙渠[609]。蜃蛤，蚌也。臣善曰：蜃，音腎。逞欲畋敓，效獲麛麑。
逞，極也。鹿子曰麛，麇子曰麑[610]。臣善曰：《左氏傳》：季梁[611]
曰：今民餒而君逞欲[612]。音魚[613]。《國語》曰：獸長麑〔麌〕[614]。
麑，音迷。麌，烏老反。摎蓼浰浪，所求徧也。臣善曰：摎，古巧
反。蓼，音老。浰，音勞。浪，音郎[615]。乾池滌藪[616]。臣善曰：
孔安国《尚書傳》曰：滌，除也[617]。上無逸飛，下無遺走。攫胎
拾卵，蚳蝝盡取。臣善曰：《國語》曰：鳥翼鷇卵，蟲舍〔蚳〕蝝
[618]。韋昭曰：蚳，蟻子也，可以為醢。蝝，復陶也，可食。未孚曰卵
[619]。蚳，直尸反。蝝，音緣也[620]。取樂今日，遑恤我後？遑，暇
也[621]。言且快今日之苟樂，焉[622]能復顧後日之長久也？臣善曰：《毛
詩》曰：我躬不悅[623]，遑恤我後。既定且寧，焉知傾陁？天下已
定，貴且安樂[624]，極意恣心，何能復顧後日傾壞耶[625]？

【校記】

〔550〕 回斾　胡刻本作「迴斾」。「回」「迴」古今字，胡刻本薛綜注
　　　　亦作「回」。「斾」為「斾」之俗字，《五經文字・㫃部》：「斾，
　　　　或從巾者訛。」[145]

---

〔551〕　相羊五柞之館旋憩昆明之池　胡刻本「相羊」「旋憩」下均有
　　　　一「乎」字，與五臣本相同。

〔552〕　「相羊」下胡刻本有「憩，息也」三字。

〔553〕　繳射矢長八寸其絲名繒紅也　胡刻本「繒」作「矰」，「紅也」
　　　　作「音曾」。饒宗頤云：「高步瀛云：疑當作『矰，射矢，長八
　　　　寸，其絲名紅也，矰音曾』。案：『矰紅』與『豫章』對文，則
　　　　絲名應是『矰紅』，刻本於『矰音曾』上誤脫『紅也』二字耳。」
　　　　伏俊連云：「高氏說有誤，唐寫本『其絲名繒紅也』之繒（通
　　　　「矰」，《正字通》：「繒，與矰同。」）紅為繳之別名。」按薛
　　　　綜無音注，刻本「音曾」二字顯係後人所增，而「紅也」二字
　　　　則確為脫文，葉廷珪《海錄碎事》卷二〇《武部・弓矢門》「矰
　　　　紅」條引《西京賦注》云「繳射矢長八寸，其絲名矰紅」[146]，
　　　　是其切證。唯底卷「繒」不妨徑視為訛字，刻本作「矰」正與
　　　　賦文相同。

〔554〕　列子日　胡刻本無「日」字。伏俊連云：「今本脫『日』字。」

〔555〕　弱弓纖繳　胡刻本「弓」作「矢」，「繳」下有「射」字。饒宗
　　　　頤云：「（底卷）句與《列子・湯問篇》合，各本『弓』誤作
　　　　『矢』，『繳』下衍『射』字。」

〔556〕　「雲」下胡刻本有「也」字，其下尚有「且，子餘切」四字。

〔557〕　也　胡刻本無。

〔558〕　磻以石繳也　胡刻本「以」作「似」，「繳」上有「著」字。饒
　　　　宗頤云：「『以』字各刻本誤作『似』。《考異》引何校舉正，
　　　　是。《說文》『磻，以石箸䌌繳也』，應有『著』字。」伏俊連

146　葉廷珪《海錄碎事》，第890頁。

云：「唐寫本『似』作『以』是。唐寫本脫『著惟』二字，今
本脫『惟』一字矣。」按胡刻本卷二四嵇康《贈秀才入軍五首》
詩其四「流磻平皋」句李善注引《說文》「磻，以石著弋繳也」，
可為伏說之證，「弋」「惟」古今字。

〔559〕「音波」下胡刻本有「絓，音卦」三字。

〔560〕水嬉則舫龍舟　胡刻本「舫」作「艕」。饒宗頤云：「（底卷）
與《三國志‧郤正傳》注引《桓譚新論》『水戲則舫龍舟建羽旗』
合，《琴道》為《新論》篇名。『艕』乃『舫』之籀文。」

〔561〕船頭象鷁鳥鷁鳥厭水神　胡刻本「鷁鳥」二字不重複。底卷重
出「鷁鳥」者義長，刻本脫。

〔562〕「也」下胡刻本有「為畫芝草及雲氣以為船覆飾也」十三字。

〔563〕翳華芝　「芝」字底卷原作「之」，饒宗頤云：「『之』乃『芝』
之譌。」茲據胡刻本改正。

〔564〕謂垂羽翟為葆蓋　胡刻本「蓋」下有「飾」字。饒宗頤謂「飾」
為衍文。伏俊連則云：「有『飾』是，唐寫本脫。」按此與下句
「建隼羽為旌旗」儷偶，饒說是也。古自有羽蓋，非徒以羽為
蓋飾也。

〔565〕水嬉則建羽旗　底卷原無「則」字。胡刻本卷二八陸機《樂府
十七首‧前緩聲歌》「羽旗棲瓊鸞」李善注引《琴道》云「水
嬉則建羽旗」，又此賦上文注引《琴道》云「水嬉則舫龍舟」，
皆有「則」字。高步瀛云：「『建羽旗』三字本在『舫龍舟』三
字下，注以分引二句，故仍出『水嬉則』三字。」伏俊連據以
謂底卷脫「則」字，茲據胡刻本補。

〔566〕枕子皷枕之子　胡刻本二「子」字並作「女」，「皷」作「鼓」。
伏俊連云：「依正文，作『女』是。」「皷」為「鼓」之俗字，

說詳《敦煌俗字研究》[147]下凡「皼」字同。

〔567〕「椺楣也」下胡刻本有「楊至切」三字。

〔568〕櫂歌引櫂而歌也　底卷原無「引櫂而歌」四字，伏俊連云：「今本是，唐寫本脫。此乃兩句字相同而誤脫例。」按伏氏謂底卷涉前後兩「歌」字而誤脫，是也，茲據胡刻本補。

〔569〕方言日　底卷原脫「言」字，茲據胡刻本補。

〔570〕今云櫂歌也　「云」字底卷原作「正」，伏俊連云：「作『云』是，今本《方言》卷九郭注亦作『云』。」茲據胡刻本改。

〔571〕發引龢　胡刻本「龢」作「和」。《說文·龠部》：「龢，調也。」口部：「咊，相應也。」二字有別，故高步瀛云：「此賦乃唱和之『和』，不應作『龢』。」郭沫若《釋和言》則謂「龢」「和」古今字：「龢之本義必當為樂器，由樂聲之諧和始能引出『調』義，由樂聲之共鳴始能引申出『相應』義。《爾雅》云：『大笙謂之巢，小者謂之和。』此即龢之本義矣。當以龢為正字，和乃後起字。字之从龠，正表示其為笙。」[148]按原本《玉篇》殘卷龠部「龢」字注云：「胡戈〔反〕。《說文》：『龢，調也。』《字書》：『龢，龤也。』野王案：此謂絃管聲音之和調也。今為『和』字，在口部。」[149]可為郭說之佐證。伏俊連也以為高氏之說非是，引朱駿聲《說文通訓定聲》說云：「《一切經音義》六引《說文》『音樂和調也』，《國語》『聲相應保日龢』，《洞簫賦》『與謳謠乎相龢』，經傳多以『和』為之。」是以底卷「龢」字為不誤。考金文多用「龢」，經傳則「龢」「和」互

---

147 張涌泉《敦煌俗字研究》（第二版），第928頁。

148 郭沫若《甲骨文字研究》，《郭沫若全集·考古編》第1卷，第96頁。

149 《原本玉篇殘卷》，第67頁。

用[150]；胡刻本卷一七王褒《洞簫賦》「龢」字凡四見而無一「和」，或漢人尚習用「龢」字也（其中「與謳謠乎相龢」李注云「龢，古和字」）。伏氏又云：「如謂唐寫本注文作『和』，與正文作『龢』不一致，則可。」按此古今用字衍變之反映，薛注不乏其例，參見《緒論》。

〔572〕狡鳴葭　「狡」字「犭」旁底卷用粗筆改為「木」旁，遂與薛綜注「葭更狡急之乃鳴」失却照應；胡刻本作「校」，與底卷校改字相同。按薛注可與胡刻本卷一七王褒《洞簫賦》「時奏狡弄」句李善注「狡，急也」相互參看，薛注本《西京賦》自作「狡」。蕭統本《文選》則作「校」。抄手蓋以為「狡」字於義無取，遂從蕭《選》。底卷不乏此類校改之例，參見《緒論》。至胡刻本薛注亦據賦文改作「校」，所失彌遠矣。

〔573〕言一人唱餘和也　胡刻本「餘」作「餘人」。饒宗頤云：「脫『人』字。」伏俊連云：「今本是，唐寫本誤脫。」按此固可承上「一人」而省「人」字。

〔574〕「鳴」下胡刻本有「和，胡臥切」四字。饒宗頤云：「薛注末各刻本混入『和胡臥切』四字。」伏俊連云：「薛注一律無音注，唐寫本是。」

〔575〕臣善曰　胡刻本無。饒宗頤云：「各刻本脫去『善曰』字，誤。」伏俊連云：「今各本皆脫『善曰』二字，則使薛注與李注混淆難辨。唐寫本是。」

〔576〕杜摯葭賦　「摯」字底卷原作「執」，饒宗頤云：「『執』乃『摯』之譌。」按胡刻本卷四一李陵《答蘇武書》「胡笳互動」

150　參見劉鈺、袁仲一《秦文字通假集釋》，第538-539頁。

李善注云：「杜摯《笳賦序》曰：笳者，李伯陽入西戎所作也。」與此注相同（彼注「笳」字蓋據正文而改）。茲據胡刻本改正。

〔577〕漢書有淮南皷員四人然皷員謂舞人也　「舞」字底卷原作「無」，「淮南皷員」下有「謂舞人也淮南皷員」八字；胡刻本作「《漢書》曰：有淮南鼓員四人。謂舞人也」。饒宗頤云：「《漢書・禮樂志》丞相孔光奏『凡鼓十二，員百二十八人』之中有『淮南鼓員四人』。此注所引有複誤處，如刪去『謂舞人也淮南鼓員』八字，改『無』字為『舞』字，則文義適合。蓋賦云『奏淮南』而善引此舞人解釋之，並非十分適切，故用『然』字作轉語。他本無『然』字者，殆非善注原意。各刻本『漢書』下有『曰』字，誤。」按饒校是也，茲據改。抄手蓋誤認「淮南鼓員」之「鼓員」為「然鼓員」之「鼓員」，遂接抄「謂舞人也」；又誤認其下「淮南子」之「淮南」為「淮南鼓員」之「淮南」，又接抄「鼓員四人」以下，故有「複誤處」。胡刻本「漢書」下有「曰」字，與李善注例不合，參見校記〔209〕。

〔578〕「莊子曰」上胡刻本有「感，動也」三字。伏俊連云：「此三字不當有。」

〔579〕「楚辭（辭）曰」上胡刻本有「《說文》曰：懷，念思也」七字。伏俊連云：「此亦後儒為與上『感，動也』三字意對而補者。」

〔580〕墮湘水之中　胡刻本無「之」字。伏俊連云：「今本《楚辭章句》有『之』字，唐寫本與之合。」按胡刻本卷二八陸機《樂府十七首・前緩聲歌》「南要湘川娥」李善注引王逸注亦云「墮湘水之中」。

〔581〕 㘭為湘夫人也　胡刻本無「也」字。伏俊連云：「今本《楚辭章句》有『也』字，唐寫本與之合。」按上揭陸機詩李善注引亦有「也」字。

〔582〕 虵　胡刻本作「蛇」。羅國威云：「『虵』與『蛇』同。」按《新加九經字樣．虫部》：「蛇，今俗作虵。」[151] 下凡「虵」字同。

〔583〕 蛟虵　胡刻本作「蛟」。羅國威謂刻本脫訛一字。

〔584〕 「蛟虵（蛇）」下胡刻本有「也」字。

〔585〕 灑鰋鮋　胡刻本「灑」作「纚」，注同。考詳《緒論》。

〔586〕 鰋音偃　胡刻本無。伏俊連云：「三字當有，胡本脫。」

〔587〕 摭　底卷原作「撫」，羅國威云：「正文有『摭』無『撫』，敦煌本訛，當改。」茲據胡刻本改正。

〔588〕 龜之老者神　「老」字底卷原作「年」，伏俊連云：「上注『耆，老也』，此當作『老』，唐寫本作『年』非。」茲據胡刻本改。

〔589〕 畢　底卷原作「蕃」，伏俊連云：「作『畢』是，《說文》亦作『畢』。」按「蕃」疑為「畢」之俗訛字，茲據胡刻本錄作「畢」。注中「畢」字同。

〔590〕 沉牛麈麋　「麈」字底卷原作「塵」，後以硃筆校改下部「土」為「主」；胡刻本作「鹿」。伏俊連云：「今本《文選．上林賦》及《漢書．司馬相如傳》皆作『麈』，唐寫本與之合。」胡刻本「沉」作「沈」。「沉」為「沈」之俗字，說見《玉篇．水部》[152]。下凡「沉」字同。

〔591〕 南越志　胡刻本「志」作「誌」。胡刻本卷八司馬相如《上林

151 《叢書集成初編》本，第 25 頁。

152 《宋本玉篇》，第 347 頁。

賦》李善注云：「《南越志》曰：潛牛形角似水牛，一名沈牛也。」亦同底卷作「志」，「志」「誌」古今字。又「志」下可據李注體例擬補一「曰」字。

〔592〕潛牛形角似水牛　前「牛」字底卷原作「憑」，涉上「潛」字而誤，茲據胡刻本改正。

〔593〕一名沉牛　胡刻本無。伏俊連云：「《上林賦》李善注引《南越志》有此四字，唐寫本是。」

〔594〕中十反　胡刻本「十」作「立」。伏俊連云：「『十』『立』皆在緝韻齊齒。」

〔595〕常設之也　「設」字底卷原作「誤」，饒宗頤云：「『誤』乃『設』之譌。」茲據胡刻本改正。

〔596〕臣善曰　底卷原脫「臣」字，茲據底卷體例擬補。

〔597〕「国（國）語曰」上胡刻本有「《周禮》曰：澤虞掌國澤之政」十字。

〔598〕淵　底卷避諱缺筆，胡刻本誤作「流」，與今本《國語·魯語上》文不合[153]。

〔599〕摘漻澥　胡刻本「摘」作「擿」。伏俊連云：「《說文》：『摘，拓果樹實也。』又：『擿，搔也。』是二字本義不同。『摘』作『擿』乃借字。《集韻》曰：『摘，取也。或從適。』然《西京賦》本當作正字『摘』，唐寫本作『摘』，今本（李善）注音亦作『摘』，皆其證也。」按《集韻》或體「擿」可視為「摘」之換旁俗字，與《說文》訓「搔也」之「擿」同形。胡刻本薛綜注已據誤本賦文改作「擿」，然李善注尚存原貌「摘」。

153　徐元誥《國語集解》，第167頁。

〔600〕搜川瀆　底卷「搜」字曾經粗筆校改，又於地腳注一小字「搜」。

〔601〕搜　底卷原作「探」，羅國威云：「正文無『探』，作『搜』是，敦煌本誤。」茲據胡刻本改正。

〔602〕謂一一週索也　「一一」二字底卷原作「一二」，饒宗頤云：「『二』乃『一』之譌。」茲據胡刻本改正。

〔603〕毛詩曰九域之魚　胡刻本「域」作「罭」。饒宗頤云：「案《毛詩》及《釋文》皆作『罭』，此作『域』者，善所見本也，故下云『罭與域古字通』。各本引《詩》作『罭』，非善真兒。」按 S.1442、S.2049《毛詩傳箋》寫卷皆作「九域」，與李善所見本相同。「罭」為「域」之後起換旁分別文，表示魚網之界域，考詳許建平師《〈毛詩〉文字探源四則》[154]。又李注「罭與域古字通」之「域」胡刻本作「緎」，胡克家《文選考異》遂以為《西京賦》正文「罭」當本作「緎」字：「善注『罭與緎古字通』，謂引《毛詩》之『罭』與正文之『緎』通也。蓋善『緎』五臣『罭』，而各本亂之。」饒氏駁之云：「『域』字乃善注對所據《文選》之『罭』與所見《毛詩》之『域』作疏通語，應是善注本真兒。各刻本作『緎』，誤。胡克家、郝懿行等所謂善作『緎』者，殆隨誤本而為想當然之辭。」

〔604〕「鱒魴」下胡刻本有「《爾雅》曰：九罭，魚網」七字。《爾雅》云云綴於李注所引《毛詩·豳風·九罭》之後，而毛傳於「九罭」曾加注釋，李善顯然不至更端引《爾雅》，刻本誤也。

〔605〕里革曰禁罝罦麗　胡刻本「禁罝」作「罝禁」。饒宗頤云：「『禁

154 許建平《讀卷校經：出土文獻與傳世典籍的二重互證》，第 112-115 頁。

置罿麗』四字，如依里革所言『水虞于是乎講眾罶，……獸虞
于是乎禁罝羅，……水虞于是乎禁罿麗』語氣讀之，則『置』
字衍，然文義無礙也。至《國語》原文，據明刊李金校本為
『禁罝』，韋昭曰『罝當為罿。罿麗，小網也』，則依韋注所
正，文從字順，故王引之主之，與永隆本所引亦無大差異。若
據黃堯圃札記本作『禁罝罿麗』，雖與楊倞注《荀子・成相篇》
所引相同，然加以韋注、宋（庠）校、黃校諸說，則不易爬
梳，姑從　。《文選》各刻本作『罝禁罿麗』，《考異》謂『罝』
字不當有，亦與李金校本合。頗疑永隆本之『置』字為正，各
本之『罝』乃有疑于『置』字而妄改者。」底卷「置」字伏俊
連錄作「罝」，伏氏云：「《文選考異》曰：『按罝字不當有，
各本皆衍。此蓋有依《國語》記置字於罿旁者，而誤在禁上
也。』《文選李注義疏》曰：『胡校極確，今從之。』按：胡氏、
高氏之說非是。今本《國語》『水虞於是禁罝罿麗』，韋昭注：
『罿麗，小網也。』唐寫本與之合。《荀子》楊注引《國語》、
宋明道本《國語》皆與唐寫本同。至如韋注『罝當作罿。罿
麗，小網也』之誤，王引之《經義述聞》辯之已詳。此皆足證
唐寫本是矣。」按伏氏所據《國語》合於饒氏所揭黃堯圃札記
本。王引之云：「《國語》正文本作『禁罿麗』，注文本作『罿，
小網也』。傳寫者因上文『禁罝羅』而誤為『禁罝』，後人又於
注中『罿』上增『罝當作』三字以遷就已誤之正文耳。篇內『講
眾罶』『取名魚』『登川禽』『禁罝羅』『獵魚鱉』『禁罿麗』『設
穽鄂』皆以三字為句，不得雜入四字句而云『禁罝罿麗』

也。」[155] 王氏謂《國語》不得雜入四字句，其說甚辯，此不妨以底卷「置」為衍文。又據底卷，胡刻本之「罝」疑為「置」之形誤字，未必為旁注混入，胡克家之說尚非定論。

〔606〕 罜　底卷原誤作「里」，茲據胡刻本改正。

〔607〕 「之」下胡刻本有「摋，責交切」四字。伏俊連云：「此四字不當有，乃後人旁記誤入正文者。」

〔608〕 魚禁鯤䲔　胡刻本「䲔」作「鮞」，下同。伏俊連云：「《文選考異》曰：『袁本鮞作䲔，茶陵本亦作鮞。案：䲔即鮞別體字。蓋袁所見正文是䲔也。』按：胡氏說是也。《龍龕手鑒》以為『䲔』同『鱬』，誤矣。《說文》：『鮞，魚子也。』《廣韻》：『鱬，朱鱬，魚名，魚身人面。』則二字義不同。今本《國語·魯語上》作『鮞』，與胡本合。唐寫本正文作『鮞』，則注文亦當統一作『鮞』矣。」按原本《玉篇》殘卷魚部：「鱬，如珠反，《山海經》：『▨□□（即翼之）澤多赤鱬，狀如魚，人□□□（面，音如）鴛鴦，食之不疾也。』」[156] 上揭《廣韻》「鱬」字注即本諸《山海經》。然則《龍龕》以「䲔」為「鱬」之俗字極是，俗書「需」旁多作「罘」，說見《敦煌俗字研究》[157]。李注引書「各依所據本」，所引《國語》「鯤」字既不同於《西京賦》正文「昆」，無妨其所據本《國語》作「鱬」，與賦文「鮞」亦不相同也。胡克家以為袁本正文作「䲔」，不足為據。

---

155 王引之《經義述聞》，第491-492頁。

156 《原本玉篇殘卷》，第119-120頁。按《玉篇·魚部》殘卷由兩部分綴合而成，前後順序顛倒，考詳蘇芃《〈玉篇〉「魚部」殘卷誤綴考》（《中國語文》2009年第3期，第272-275頁）。

157 張涌泉《敦煌俗字研究》（第二版），第861頁。

〔609〕　芙渠　胡刻本作「芙藁」。「藁」為「渠」之後起增旁分化字，《集韻·魚韻》：「藁，芙藁，荷摠名。通作渠。」[158]

〔610〕　橐子曰麋　「麋」字底卷原作「麋」，下部「米」有硃筆校改痕迹，然不可辨識，茲徑據胡刻本錄作「麋」。

〔611〕　季梁　胡刻本作「季良」。饒宗頤云：「『梁』字與《左傳》合。」

〔612〕　今民餒而君逞欲　胡刻本「餒」作「餧」。伏俊連云：「『餒』通『餧』。」按「餧」蓋「餒」之訛俗字。《說文·食部》：「餒，飢也。从食，委聲。一曰魚敗曰餒。」段玉裁改篆作「餧」，注云：「攷《論語音義》曰：『餧，奴罪反，《說文》：魚敗曰餧。本又作餒，《字書》同。』《爾雅音義》亦云：『餧，奴罪反，《說文》：魚敗曰餧。《字書》作餒。』別《字書》於《說文》，則陸所據《說文》从『妥』明矣。」[159] 阮元《爾雅校勘記》駁其說云：「《釋文》本作『餒』，今《釋文》『委』『妥』偏旁互易，《論語音義》同。《五經文字》云：『餒，奴罪反，飢也。經典相承別作餧為飢餒字，以此字為餒餧之餒，字書無文。』然則張參所見經典已有作『餧』者矣，特其所據《釋文》尚是『餒』字。」[160] 又高明《說文解字傳本續考》云：「前人書所引有字從隸俗而說解用《說文》之例。《說文》無『餧』字，乃『魚敗曰餒』之隸俗字，段玉裁注據《釋文》改『餒』為『餧』，蓋未識此例。」[161] 蔣冀騁《說文段注改篆評議》據《荀子》、《漢

158　《宋刻集韻》，第 19 頁。

159　段玉裁《說文解字注》，第 222 頁。

160　《清經解》第 6 冊，第 130 頁。

161　《高明小學論叢》，第 88 頁。

書》、原本《玉篇》字皆作「餧」，亦謂段玉裁改篆非是 [162]。今底卷之「餧」可為張參、高明、蔣冀騁之說添一證。而徐灝《說文解字注箋》「餧」篆下云：「《一切經音義》二十引《三蒼》云：『餧，飤也。《說文》作萎，食牛也。』此亦許書無『餧』字之一證，蓋餧訓飤，餒乃訓飢。」[163] 以段玉裁改篆為是。按《說文》「萎」篆段注：「今字作『餧』，見《月令》。」[164] 查《禮記‧月令》云：「田獵罝罘、羅罔、畢翳，餧獸之藥，毋出九門。」[165]「萎」訓「食（飤）」，故換旁作「餧」，更合乎古人用字心理，然適與訓「飢也」之「餧」同形。漢碑「凍餧」「飢餒」並見 [166]，已用訛形「餒」為「飢餧」字。故宮本王仁昫《刊謬補缺切韻》上聲賄韻奴罪反小韻「餒」字注云「餓」，去聲寘韻於偽反小韻「餧」字注云「食」[167]，即《五經文字》所言「餒」為「飢餒」、「餧」為「餧餉」之例。

〔613〕「音魚」上胡刻本有「《廣雅》曰：逞，快也。孔安國《尚書傳》曰：田，獵也。田與畋同。《說文》曰：敔，捕魚也」二十七字。伏俊連云：「此幾句當有，蓋唐寫本脫，否則下文『音魚』無着落。」按伏說尚可商榷。饒宗頤云：「《說文》無『敔』字，以《說文》所無之字而謂之『《說文》曰』，恐為後人所加。王紹蘭《說文段注訂補》舉此『敔』字為李注《文選》望

---

162 蔣冀騁《說文段注改篆評議》，第 131 頁；參見張延奐《漢碑古字通訓》，第 19-21 頁。
163 《續修四庫全書》第 225 冊，第 543-544 頁。
164 段玉裁《說文解字注》，第 44 頁。
165 《十三經注疏》，第 1363 頁。
166 參見顧藹吉《隸辨》，第 384 頁。
167 周祖謨《唐五代韻書集存》，第 477、490 頁。

文傳會之證，是以誤本歸罪于崇賢也。但永隆本『音魚』之上
所脫佚者不知究為何文。」又薛綜注已云「逞，極也」，李善似
不必引《廣雅》復注；上文「般于游畋」句李注已引《尚書》
「文王弗敢般于遊田」，此注又引偽孔傳而云「田與畋同」，也
不妥帖。然則胡刻本《廣雅》以下三條書證皆可疑，決非李注
原文，「音魚」上或但脫一「敍」字耳。

〔614〕獸長麇麌　底卷原無「麌」字，羅國威云：「《國語‧魯語上》
有『麌』，敦煌本脫。」茲據胡刻本補。

〔615〕「音郎」下胡刻本有「也」字。

〔616〕軋池滌藪　胡刻本「軋」作「乾」。伏俊連云：「『軋』為『乾』
之俗體。」

〔617〕「也」下胡刻本有「鄭玄《禮記注》曰：藪，大澤」九字。胡
刻本卷一班固《西都賦》「林麓藪澤」李善注云：「鄭玄《周禮
注》曰：澤無水曰藪。」卷三五張協《七命》「藪為毛林」李注
同。又《禮記‧月令》鄭注作「大澤曰藪」[168]，「藪，大澤」
云云與李注體例不合，當是後人所增。

〔618〕蟲舍蚳蝝　底卷原無「蚳」字，饒宗頤以為脫訛。按李善接引
《國語》韋昭注「蚳，蟻子也」，則此句不當節省「蚳」字，茲
據胡刻本補。

〔619〕未孚曰卵　胡刻本「孚」作「乳」。饒宗頤云：「『孚』為『乳』
之譌，韋注原文作『乳』。」伏俊連云：「今本《國語‧魯語上》
韋昭注作『未孚曰卵』，唐寫本與之合。《說文》曰：『凡物無
乳者卵生。』今本蓋由此致誤。」按傳本韋注或作「孚」，或作

「乳」，饒、伏二氏皆據所見而言。卵生者為孚，胎生者為乳，孚、乳對文則別，散文則通。然韋注自以作「孚」義長。

〔620〕 音緣也　胡刻本無「也」字，「緣」下有「取，蒼苟切」四字。

〔621〕 遑暇也　胡刻本「遑」作「皇」。伏俊連云：「正文作『遑』，注文亦當作『遑』，唐寫本是。」按「皇」「遑」古今字。

〔622〕 焉　底卷原作「烏」，後以硃筆於頂端補一橫畫，校改為「焉」字。伏俊連錄文作「烏」，云：「『烏』『焉』同為影母字，雙聲正轉。」

〔623〕 我躬不悅　胡刻本「悅」作「閱」。伏俊連云：「今本《詩經‧谷風》作『閱』，與今本《文選》同。『悅』『閱』同音字，自可通假。」按《谷風》毛傳：「閱，容也。」傳語簡貴，其義晦而不顯。馬瑞辰《毛詩傳箋通釋》云：「閱與容雙聲，故傳以閱為容。《孟子》以『容悅』竝言，亦以容為悅也。襄二十五年《左傳》引詩作『我躬不說』。」[169] 馬氏謂毛傳取「容悅」義釋詩（「說」「悅」古今字），當可信從，則《毛詩》容或有作「悅」之異本，胡刻本「閱」字則後人據傳本《毛詩》校改。

〔624〕 貴且安樂　胡刻本「且」作「在」。伏俊連云：「唐寫本作『且』是。作『且』則『貴』『安樂』成並列成分，與下文語意相連，正合正文『既定且寧，焉知傾陁』之意。如作『在』，則既與下文語意齟齬，又與正文之義不合。」

〔625〕 何能復顧後日傾壞耶　胡刻本「耶」作「也」，其下有「陁音雉」三字。羅國威云：「薛注無音注，此三字殆他注混入者也。」

---

169 馬瑞辰《毛詩傳箋通釋》，第135頁。

　　大駕幸乎平樂，張甲乙而襲翠被〔626〕。□（平）樂觀〔627〕，大作樂處也〔628〕。臣善曰：班固《漢書・贊》曰：孝武造甲乙之帳，襲翠被，馮玉几〔629〕。攢珎寶之玩好，紛瑰麗以參靡。攢，聚也。紛，猶雜也。瑰，奇也。麗，美也。參靡，奢放〔630〕。臨迴望之廣場〔631〕，程角牴之妙戲〔632〕。程，謂課其伎能也〔633〕。臣善曰：《漢書》曰：武帝作角抵戲。文穎曰：秦名此樂為角抵，兩兩相當，角力伎藝射御，故名角抵〔634〕。烏獲扛鼎〔635〕，都盧尋橦。臣善曰：《史記》曰：秦武王有力，力士烏獲、孟說皆至大官〔636〕，王與孟說舉鼎。《說文》曰：扛〔637〕，橫關對舉也〔638〕。扛与舡同〔639〕，古尨反。《漢書》曰：武帝享四夷之客，作巴俞都盧〔640〕。《音義》曰：體輕善緣也〔641〕。衝陜鷰濯〔642〕，匈〔643〕突銛鋒。卷簟席，以矛舌其中〔644〕，伎兒以身投從中過。燕濯，以盤水置前，坐其後，踊身張手跳前，以足偶節踰水，復却坐，如鷰之浴也。臣善曰：《漢書音義》〔曰〕〔645〕：銛，利也。息廉反。跳丸劍之徽霍〔646〕，走索上而相逢。徽霍，躍丸劍之形也〔647〕。索上，長繩繫兩頭於梁，舉其中央，兩人各從一〔648〕頭上，交相度，所謂儛絙者也〔649〕。華岳峨峨〔650〕，崗巒參差。神木靈草，朱實離離。華山為西嶽。峨峨，高大〔貌〕〔651〕。參差，低仰皃也〔652〕。神木，松栢靈壽之屬。靈草，芝英〔653〕。〔朱〕〔654〕，赤〔655〕。離離，實垂之皃也〔656〕。臣善曰：《西都賦》曰：靈草冬榮，神木叢生。《毛詩》曰：其桐其椅，其實離離。毛萇曰：離離，垂也。緫會僊倡〔657〕，戲豹儛羆〔658〕。白虎皷瑟，倉龍吹箎〔659〕。仙倡，偽作假形，謂如神也。羆、豹、熊、虎，皆為假頭〔660〕。女娥坐而長歌，聲清凹〔661〕而蜲蛇。蜲蛇，聲餘詰曲也。臣善曰：女娥，娥皇、女英〔662〕也。洪涯立而指麾，被毛羽之襳襹〔663〕。洪涯，三皇時伎人〔664〕，倡家託作之〔665〕。毛羽之襳襹，衣毛形也〔666〕。臣善曰：襳，所炎反。襹，史

宜反。度曲未終，雲起雪飛。初若飄飄，後遂霏霏。飄飄、霏
霏，雪下皃也〔667〕。皆幻偽作之〔668〕。臣善曰：班固《漢書・贊》曰
〔669〕：元帝自度曲。臣瓚曰〔670〕：度曲，歌終更授其次謂之度曲也〔671〕。
復陸重閣〔672〕，轉石成雷。復陸，復道閣也。於上轉石以象雷聲。
礔礰激而增響，磅礚象乎天威。增響，重聲〔673〕。磅礚，雷霆之
音，如天之威怒也〔674〕。臣善曰：礔〔675〕，敷赤反。磅，怖萌反。礚，
苦蓋反〔676〕。巨獸百尋，是為曼延〔677〕。作大獸長八十丈，所謂虵龍
曼延也。臣善曰：《漢書》曰：武帝作漫衍之戲〔678〕。神山崔巍，欻
從背見。欻之言忽也。所作大獸從東來〔679〕，當觀樓前，背上忽然出
神山，正崔巍也〔680〕。熊虎升而挐攫，猨狖超而高援。皆偽所作
也。臣善曰：挐攫，相搏持也。挐，奴加反〔681〕。攫，居碧反〔682〕。怪
獸陸梁，大雀踆踆。皆偽所作也。陸梁，東西倡佯也。踆踆，大雀容
也〔683〕。臣善曰：《尸子》曰：先王豈無大鳥怪獸之物哉，然而不私
也。白象行孕，垂鼻轔囷。偽作大白象從東來，當觀前行且乳，鼻
正轔囷也。臣善曰：轔，音隣〔684〕。囷，巨貧反。海鱗變而成龍，狀
蜿蜿以蝹蝹。海鱗，大魚也〔685〕。初作大魚從東方來，當觀前而變作
龍。蜿蜿、蝹蝹，龍形皃也。臣善曰：蜿，於袁反。蝹，於君反。含
利颬颬，化為仙車。驪駕四鹿，芝蓋九葩。含利，獸名，性吐
金，故曰含利。颬颬，容也。驪，猶羅列駢駕之也。以芝為之蓋〔686〕，
蓋有九葩之采也。臣善曰：颬，呼加反。蟾蜍與龜，水人弄虵。作
千歲蟾蜍及千歲龜，行舞於前也。水人，狸兒〔687〕，能禁固弄虵也。臣
善曰：蟾，音詹〔688〕。蜍，市余反。奇幻倏忽，易貌分形〔689〕。吞刀
吐火，雲霧杳冥。臣善曰：《西京雜記》曰：東海黃公，立興雲霧。
《漢官典職》曰：正旦作樂，漱水成霧〔690〕。畫地成川，流渭通涇。

臣善曰：《西京雜記》曰：東海黃公，〔坐〕成山河〔691〕。又曰：淮南
王好〔方〕士，方〔士〕畫地成河〔692〕。東海黃公，赤刀粵祝〔693〕。
有能持赤刀禹步越祝厭虎者〔694〕，号〔695〕黃公。又於觀前為之。冀厭
白虎，卒不能救。臣善曰：《西京雜記》曰：東海人黃公，少時為
幻，能制虵御虎〔696〕，常佩赤金刀〔697〕，及衰老〔698〕，飲酒過度，有白
虎見於東海，黃公以赤刀往厭之，術既不行，遂為虎所煞也〔699〕。挾
邪作蠱，於是不售。蠱，或也〔700〕。售，猶行也。謂懷挾不正道者，
於是時不得行也。爾乃建戲車，樹脩旃。樹，植也。旃，謂橦也
〔701〕。建之於戲車上也。侲童程材〔702〕，上下翩翻。侲之言善。善
童，幼子也。程，猶見也。材，伎能也。翩翻，戲橦形也。臣善曰：
《史記》：徐福曰：海神云：若振女即得之矣〔703〕。侲，之刃反。突倒
投而跟絓，譬隕絕而復聯。突然倒投，身如將墮〔704〕，足跟反絓橦
上，若已絕而復連也。臣善曰：投，他豆反。《說文》曰：跟，足踵
也。音根。百馬同轡，騁足並馳。於橦上作其形狀〔705〕。臣善曰：陸
賈《新語》〔706〕曰：楚平王增駕百馬而行〔707〕。橦末之伎，態不可彌。
彌，猶極〔708〕。言變巧之多，不可極也。彎弓射乎西羌，又顧發乎
鮮卑。彎，挽弓也。鮮卑在羌之東。皆於橦上作之。臣善曰：《魏書》
〔曰〕〔709〕：鮮卑者，東胡之餘也，別保鮮卑山，曰號焉。

【校記】

〔626〕　被　底卷原作「秡」，注同，乃俗書偏旁禾、礻混用所致，茲
　　　　逕據胡刻本錄作「被」。

〔627〕　平樂觀　「樂」上底卷空缺一格，茲據胡刻本補一「平」字。
　　　　胡刻本「觀」作「館」。伏俊連云：「今本薛注引《平樂觀賦》，
　　　　亦作『觀』，與唐寫本同。古『觀』『館』字同，《史記》『觀』

字，《漢書》多作『館』。」按刻本薛注所引《平樂觀賦》不足
為據，參見下條。胡刻本卷三張衡《東京賦》「其西則有平樂
都場」薛注云：「平樂，觀名也。」可證《西京賦》注「館」字
經後人校改，底卷作「觀」是也。

〔628〕「也」下胡刻本有「襲，服也。李尤《樂觀賦》曰：設平樂之
顯觀，處金商之維限」二十一字。胡克家謂「樂觀」上脫一
「平」字。饒宗頤云：「觀其誤改李尤賦之『維陬』為『維限』，
當非薛注。」

〔629〕「几」下胡刻本有「《音義》曰：甲乙，帳名也。《左氏傳》
曰：楚子翠被。杜預曰：翠羽飾被。披義切」二十六字。

〔630〕「奢放」下胡刻本有「也」字。

〔631〕塲　胡刻本作「場」。「塲」為「場」之後起別體。

〔632〕程角牴之妙戲　胡刻本「牴」作「觝」。饒宗頤云：「『牴』字
疑誤筆，注中並作『抵』，與《漢書·武紀》合。」按李善所引
《漢書》及文穎注「抵」字與《西京賦》正文「牴」不同，「各
依所據本」也。《玉篇·牛部》：「牴，角牴，雜技樂也。或作
觝。」[170]與底卷相合（「雜技樂」亦據《漢書》「武帝作角抵戲」
文穎注，李善所引不全），「牴」未必為「抵」之形訛字。《說
文》未收「觝」，蓋「牴」之後起換旁字（涉「角」字類化）。
至於胡刻本李注亦盡作「觝」者，又是後人據誤本賦文校改。
胡刻本卷一〇潘岳《西徵賦》「縱逸遊於角觝」李注引《漢書》
云「武帝作角抵戲」，正文、注文蓋皆存李善注本原貌。

〔633〕謂課其伎能也　胡刻本「伎」作「技」。伏俊連云：「『伎』同

---

170 《宋本玉篇》，第427頁。

　　『技』。」按《說文・手部》：「技，巧也。」人部：「伎，與也。」
是「技」本字，「伎」假借字。據下文「侲童程材」句薛注
「材，伎能也」，可證「技」字出後人校改。又李注所引《漢書》
文穎注「伎」胡刻本亦作「技」，合於今本《漢書》[171]，然《史
記・李斯列傳》裴駰集解引作「伎」[172]，正與底卷相同。

〔634〕角抵　胡刻本作「角觝也」，參見校記〔632〕。

〔635〕烏獲釭鼎　胡刻本「釭」作「扛」。饒宗頤云：「觀下注『扛與
釭同』，知善本賦文作『釭』。」按顏師古《匡謬正俗》卷六「剛
扛」條云：「或問曰：『吳楚之俗謂對舉物為剛，有舊語否？』
答曰：『扛，舉也。音江，字或作釭。《史記》云項羽力能扛
鼎，張平子《西京賦》云烏獲扛鼎，並是也。』」[173] 五臣本作
「扛」，「扛」「釭」異體字。

〔636〕秦武王有力力士烏獲孟說皆至大官　胡刻本「力」字不重複，
無「至」字。饒宗頤云：「各刻本少一『力』字，失《史記》
原意。」伏俊連云：「《史記・秦本紀》有『至』字，唐寫本與
之合。」「大官」下底卷原有「王與孟說皆至大官」八字，因
誤認下文「王與孟說舉鼎」之「孟說」為「烏獲孟說」之「孟
說」而致衍，茲據胡刻本刪正。

〔637〕扛　底卷原誤作「扗」，茲據胡刻本改正。

〔638〕橫開對舉也　胡刻本「開」作「開」。羅國威云：「《說文・手
部》作『關』，『開』與『關』通，各刻本作『開』誤。」按「開」
為「關」之俗字。

171　《漢書》第 1 冊，第 194 頁。

172　《史記》第 8 冊，第 2560 頁。

173　劉曉東《匡謬正俗平議》，第 194 頁。

〔639〕 扛与舡同　胡刻本「与舡」作「與舩」。「与」「與」二字古混
用無別，敦煌吐魯番寫本往往用「与」字，後世刊本則多改作
「與」。伏俊連云：「『舡』『舩』字同，然正文作『舡』，引《說
文》作『扛』，當依唐寫本作『舡』為是。」

〔640〕 都盧　底卷原作「盧都」，伏俊連云：「今本《漢書·西域傳》
作『都盧』，唐寫本誤倒。」茲據胡刻本乙正。

〔641〕 體輕善緣也　胡刻本無「也」字，「緣」下有「橦，直江切」
四字。

〔642〕 衝陿鷰濯　「衝」字底卷原作「衡」，高步瀛云：「衡殆誤字。」
茲據胡刻本改正。胡刻本「陿鷰」作「狹鸞」。伏氏云：「『狹』
『陿』字通，《集韻》：『陝，《說文》：隘也。或作陿、狹。』」
按胡刻本「狹」字蓋襲自六臣本，下文「促中堂之陿坐」五臣
本亦作「狹」。底卷薛綜注「燕」「鷰」錯見，胡刻本皆作
「鸞」。燕子之「燕」增旁繁化作「鷰」「鸞」，「鸞」又「鸞」
之省變，說見《敦煌俗字研究》[174]。下凡「鷰」字同。

〔643〕 匈　胡刻本作「胷」。伏俊連云：「『匈』『胸』古今字。《說文》：
『匈，聲（段玉裁改為「膺」）也。或从肉。』」按「匈」篆段
注云：「今字『胷』行而『匈』廢矣。」[175]

〔644〕 以矛舂其中　胡刻本「舂」作「插」。《說文·支部》「敇」篆
段注云：「舂者，今之插字，漢人祇作『舂』。」[176]

〔645〕 漢書音義曰　底卷原無「曰」字，不合李善注例，茲據胡刻本
補。

---

174 張涌泉《敦煌俗字研究》（第二版），第611頁。
175 段玉裁《說文解字注》，第433頁。
176 段玉裁《說文解字注》，第124頁。

〔646〕徽霍　胡刻本作「揮霍」，注同。饒宗頤云：「『徽』字上野本同。」伏俊連云：「《文選李注義疏》徑改為『徽』。按：『徽』『揮』古通，毋須改也。李注《文選》，屢云『徽與揮古字通』。」按張衡原文當作「徽霍」，胡刻本「揮霍」襲自六臣本。

〔647〕躍丸劍之形也　胡刻本「躍」作「謂」。伏俊連云：「《廣雅·釋詁》：『躍，跳也。』跳丸劍之形，即丸劍跳躍之形貌也。」羅國威云：「敦煌本作『躍』是，躍者跳也，以跳丸劍之形釋『徽霍』也。」

〔648〕一　胡刻本作「壹」。「一」「壹」古通用。下文「多歷年所，二百餘朞」薛綜注「朞，壹帀也」，胡刻本「壹」作「一」，適與此相反。

〔649〕「也」下胡刻本有「跳，都彫切」四字。羅國威云：「薛注無音注，此四字殆他注混入者也。」

〔650〕華岳峨峨　胡刻本「岳」作「嶽」，注同。饒宗頤云：「『岳』古文，『嶽』篆文。」按上文「吳岳為之陁堵」胡刻本亦作「嶽」，蓋皆襲自六臣本。

〔651〕高大貌　底卷原無「貌」字，伏俊連以為脫訛，茲據胡刻本補。

〔652〕也　胡刻本無。

〔653〕芝英　「英」字底卷原作「莫」，饒宗頤云：「『莫』乃『英』之譌。」茲據胡刻本改正。

〔654〕朱　底卷原無，饒宗頤以為脫訛，茲據胡刻本補。

〔655〕「赤」下胡刻本有「也」字。

〔656〕也　胡刻本無。

〔657〕總會僊倡　胡刻本「緫」作「總」。「緫」「緫」「總」篆文隸

變之異，說詳《敦煌俗字研究》[177]。

〔658〕戲豹儛羆　胡刻本「儛」作「舞」。羅國威云：「『儛』與『舞』同。」按《干祿字書・上聲》：「儛舞，上俗下正。」[178] 此賦上文「走索上而相逢」句薛注「所謂儛絙者也」，胡刻本及底卷均作「儛」。下凡「儛」字同。

〔659〕倉龍吹箎　胡刻本「倉」作「蒼」，「箎」作「篪」。「倉」「蒼」古今字。《說文》無「箎」字，龠部：「龤，管樂也。从龠，虒聲。篪，龤或从竹。」俗書虒、虎二旁往往無別，故「篪」或作「箎」、「龤」或作「龤」。

〔660〕「頭」下胡刻本有「也」字。

〔661〕清邑　胡刻本作「清暢」。伏俊連云：「『暢』為本字，『邑』借字。」按此賦下文「美聲邑於虞氏」胡刻本亦作「暢」，蓋皆襲自六臣本。胡刻本卷八揚雄《羽獵賦》「於是醇洪邑之德」李善注云：「邑與暢同，暢，通也。」蓋漢人習用「邑」字，故《漢書・禮樂志》「清明邑矣」顏師古注云：「邑，古暢字。」[179]

〔662〕女英　「英」字底卷原誤作「莫」，茲據胡刻本改正。

〔663〕�=襬　底卷原作「穖穖」。饒宗頤云：「『穖穖』字注皆从衣，各刻本文注並作『襬襬』。」伏俊連云：「連緜字或體。」按此乃俗書衤、木、禾旁混用所致，茲據注文及胡刻本改。

〔664〕三皇時伎人　「伎」字底卷原作「皮」，伏俊連云：「今本是，唐寫本形近而誤。」茲據胡刻本改正。

〔665〕倡家託作之　「託」字底卷原作「記」，伏俊連云：「作『託』

177 張涌泉《敦煌俗字研究》（第二版），第778-779頁。

178 施安昌《顏真卿書干祿字書》，第37頁。

179 《漢書》第4冊，第1047頁。

是，唐本形近而誤。」茲據胡刻本改正。

〔666〕毛羽之襂襹衣毛形也　胡刻本作「衣毛羽之衣襂衣毛形也」。
　　　　伏俊連云：「依今本，則『衣毛羽之衣』當為上句。《文選考異》
　　　　謂『襂衣』之『衣』當為『襹』之誤，《文選李注義疏》謂『襂』
　　　　下脫一『襹』字。」羅國威云：「敦煌本以『衣毛形也』釋正文
　　　　『毛羽之襂襹』，文義甚明，各本並誤也。」

〔667〕也　胡刻本無。

〔668〕皆幻偽作之　「幻」字底卷原作「幼」，饒宗頤云：「『幼』乃
　　　　『巧』之譌。」以胡刻本「巧」字為是。按「幼」為「幻」之形
　　　　訛字，下文「冀厭白虎，卒不能救」李善注「幻」字底卷亦誤
　　　　作「幼」。「幻」「偽」連文同義，不當作「巧」。

〔669〕班固漢書贊曰　胡刻本無「贊」字。饒宗頤云：「『贊』字各刻
　　　　本誤脫。」按胡刻本卷二三顏延年《拜陵廟作》詩「皇心憑容
　　　　物，民思被歌聲」李善注云：「班固《漢書・贊》曰：元帝自
　　　　度曲，被歌〔聲〕。」正有「贊」字，李善注例如此。

〔670〕臣瓚曰　胡刻本無「臣」字。伏俊連云：「唐寫本有『臣』字
　　　　是。」按胡刻本無「臣」者不合李善注例。

〔671〕謂之度曲也　胡刻本無「也」字，「曲」下有「《毛詩》曰：雨
　　　　雪霏霏」七字。

〔672〕復陸重閣　胡刻本「復」作「複」。高步瀛云：「『複』『復』
　　　　字通。然此處皆『复』之通假字，《說文》曰：『复，重也。』」
　　　　按《說文・彳部》：「復，往來也。」衣部：「複，重衣兒。」
　　　　二字義異。《漢書》概作「復道」，「復」字合於底卷；《郊祀志》

「為復道」顏師古注云「復讀曰複」[180]，似以「複」為本字。注中「復」字同。

〔673〕重聲　胡刻本作「委聲也」。饒宗頤云：「『重』字與叢刊本同。《考異》依袁、茶本作『重』，謂尤氏誤改作『委』。」按胡克家《文選考異》又云：「此與上注『重聲也』可互證。」指上文「隱隱展展」句薛綜注「重車聲也」，胡氏據袁、茶陵二本以為衍「車」字。

〔674〕也　胡刻本無。

〔675〕礔　底卷原作「辟」，伏俊連云：「正文作『礔』，今本是。」茲據胡刻本改正。

〔676〕礚苦蓋反　胡刻本「苦」作「古」。伏俊連云：「《廣韻》：『礚，苦蓋切。』與唐寫本合。」

〔677〕「延」下胡刻本夾注「去聲」。饒宗頤云：「『去聲』二字下與薛注相連，高步瀛曰：『蓋五臣音注尤氏失刪者。』」

〔678〕「戲」下胡刻本有「也」字。

〔679〕所作大獸從東來　胡刻本「所」上有「偽」字，「大」作「也」。饒宗頤云：「各刻本分作二句讀，高步瀛謂永隆本勝。」

〔680〕正崔巍也　胡刻本無「正」字，「也」下有「欻，許律切」四字。按下文「白象行孕，垂鼻轔囷」薛綜注云「鼻正轔囷也」，文例正同，胡刻本蓋脫「正」字。羅國威云：「薛注不當有音注，敦煌本無之，是也。」

〔681〕挈奴加反　「奴加」二字底卷原作「皆偽」，饒宗頤云：「『皆偽』二字涉上下注文而誤。」伏俊連云：「原卷『皆偽』二字因

---

180 《漢書》第4冊，第1244頁。

上文而誤，據今本改。」茲據胡刻本改正。

〔682〕攫居碧反　胡刻本「碧」作「縛」。伏俊連云：「《廣韻》碧在藥、縛在昔，皆入聲字。」按《周禮・考工記・梓人職》「凡攫殺援簭之類」《釋文》：「凡攫，俱縛反，舊居碧反。」《莊子・徐無鬼》「委蛇攫搔」《釋文》：「攫，俱縛反，徐居碧反。《三蒼》云：搏也。」[181] 又音皆與底卷李善音相同。六臣本亦作「碧」，「縛」字蓋尤袤據《廣韻》音系校改。

〔683〕「也」下胡刻本有「七輪切」三字。羅國威云：「薛注無音注。」

〔684〕隣　胡刻本作「鄰」。《廣韻・真韻》：「鄰，俗作隣。」[182]

〔685〕海鱗大魚也　「大魚」二字底卷原作「大海」，饒宗頤云：「『海』字或『魚』字之誤，或其下脫『魚』字。」伏俊連云：「唐寫本誤。《文選李注義疏》據此改原文為『大海魚也』，疑亦不當。海鱗謂大魚，江中大魚亦曰海鱗，非謂大海中魚作『海鱗』也。」按薛注下句云「初作大魚從東方來」，伏說是也，茲據胡刻本改。

〔686〕以芝為之蓋　胡刻本無「之」字。

〔687〕水人狸兒　胡刻本「狸」作「俚」。伏俊連云：「作『俚』是，唐寫本誤。」按五臣呂延濟注云「水人，狸人也」，即本諸薛綜注，而亦作「狸」，伏說不可遽從。

〔688〕蟾音詹　胡刻本作「蟾，昌詹切」。「蟾」字《廣韻》收入平聲鹽韻「詹」「棎」二小韻，一為章紐，一為禪紐，與胡刻本昌

181 陸德明《經典釋文》，第140、193頁。
182 《宋本廣韻》，第83頁。

紐之音不同。S.2071《切韻箋注》及 P.2011《刊謬補缺切韻》
「蟾」字皆僅章紐一音，合於底卷李善音。胡刻本「昌詹切」
顯係後人所改。

〔689〕奇幻倏忽易貌分形　底卷原抄脫此二句，後以淡墨補於行間。
胡刻本「倏」作「儵」，此節注作「儵忽，疾也。易貌分形，
變化異也。善曰：幻，下辦切」。「倏」為「倏」之俗字，《說
文・犬部》「倏」篆段注云：「或叚儵字為之。」黑部「儵」篆
注亦云：「古亦叚為倏忽字。」[183]

〔690〕「霧」下胡刻本有「《楚辭》曰：杳冥兮晝晦」八字。

〔691〕坐成山河　底卷原無「坐」字，伏俊連云：「今本《文選》、今
本《西京雜記》俱有『坐』，據補。」茲從之。

〔692〕淮南王好方士方士畫地成河　「方士方士」四字底卷原作「士
方」，饒宗頤云：「各刻本『士方』有上『方』字下有『士』字，
此誤脫。」伏俊連云：「原卷『士方』乃『方士』誤倒。」羅國
威云：「《西京雜記》卷 3 作『淮南王好方士，方士皆以術見，
遂有畫地成江河』，敦煌本脫，當補。」按饒、羅二氏之說是，
茲據胡刻本補。

〔693〕「祝」下胡刻本夾注「音呪」。饒宗頤云：「『音呪』二字非薛
注，而下與薛注混連。」伏俊連云：「此亦削刊未盡者。」按六
臣本但夾注一「呪」字，「音」字蓋尤袤所加。

〔694〕有能持赤刀禹步越祝厭虎者　「虎」字底卷原作「唐」，後以
硃筆校改。胡刻本「有」上有「東海」二字，無「持」字，「越
祝」作「以越人祝法」。

---

183 段玉裁《說文解字注》，第 475、489 頁。

〔695〕号　胡刻本作「號」。「号」「號」古今字，敦煌吐魯番寫本多作「号」。下凡「号」字同。

〔696〕少時為幻能制虵御虎　「幻」字底卷原作「幼」，饒宗頤云：「『幼』乃『幻』之譌。」胡刻本「為幻能」作「能幻」。高步瀛云：「今依唐寫本。」按今本《西京雜記》作「少時為術，能制龍御虎」[184]，與底卷合。

〔697〕赤金刀　「刀」字底卷原作「為力」，羅國威云：「敦煌本衍『為』，『刀』訛『力』。」茲據胡刻本改。

〔698〕及衰老　「衰」字底卷原作「襄」，伏俊連云：「作『衰』是。」茲據胡刻本改正。

〔699〕術既不行遂為虎所煞也　胡刻本無「既」「也」二字，「煞」作「食」，其下尚有「故云不能救也，皆偽作之也」十一字。羅國威云：「《西京雜記》卷3作『術既不行，遂為虎所殺』，與敦煌本合。」

〔700〕蠱或也　胡刻本「或」作「惑」。伏俊連云：「同音假借字。」按「或」「惑」古今字。

〔701〕斾謂橦也　胡刻本「橦」作「族」。伏俊連云：「《說文》：『橦，帳柱也。』『族』字不見《說文》。《字彙補》曰：『族，楊氏《轉注古音》曰：與幢同。』《說文》新附：『幢，旌旗之屬。』是則橦、族義別。據下文『侲童程材，上下翩翻』（薛注），則作『橦』是。《文選李注義疏》謂『橦』為『幢』之借，似不當。」按薛綜注「謂橦也」乃據《西京賦》下文「橦末之伎」而言，「族」字非是。

184　《古小說叢刊》本，第16頁。

〔702〕 侲童程材 胡刻本「童」作「僮」。高步瀛云:「注各本亦作
『童』,似薛注本作『童』。然童子本字當作『僮』,經傳假『童』
字為之。」按胡刻本賦文「僮」字蓋襲自六臣本。「童」「僮」
古今字,漢以後始有僮僕之「僮」字,說見齊佩瑢[185]。

〔703〕 若振女即得之矣 胡刻本「振」作「侲」。羅國威云:「敦煌本
依《史記》作『振』,高步瀛云『振』與『侲』通,各本改注
文以從正文也。」

〔704〕 身如將墮 胡刻本「墮」作「墜」。「墮」「墜」義同。

〔705〕 於橦上作其形狀 胡刻本「上」作「子」。饒宗頤云:「『上』
字各刻本誤作『子』。」

〔706〕 新語 底卷原作「雜語」,饒宗頤云:「『雜』乃『新』之譌。」
茲據胡刻本改正。

〔707〕 楚平王增駕百馬而行 胡刻本「而行」作「同行也」。饒宗頤
云:「(底卷)句與《新語·無為篇》合。」

〔708〕 「極」下胡刻本有「也」字。

〔709〕 魏書曰 底卷原無「曰」字,伏俊連以為脫訛,蓋據李善注例
而言,茲據胡刻本補。

　　於是眾變盡,心醒醉。般樂極[710],悵懷萃。醒,飽也。萃,
猶至也。於是遊戲畢,心飽於悅樂,悵然思念所當復至也。臣善曰:
《孟子》曰:般樂飲酒[711],驅騁田獵[712]。陰戒期門,微行要屈。
臣善曰[713]:《漢書》曰:武帝與北地良家子期諸殿門,故有期門之號
[714]。又曰[715]:武帝微行始出[716]。張晏曰:騎出入市里,不復警蹕,

---

185 《訓詁學概論》齊佩瑢《訓詁學概論》,第112頁。

若微賤之所為，故曰微行也〔717〕。降尊就卑，懷璽藏紱。天子印曰璽〔718〕。紱，綬也。懷藏之，自同卑者〔719〕。便旋閭閻，周觀郊遂。臣善曰：《字林》曰〔720〕：閭，里門也。閻，里中門也。《周禮》有六遂〔721〕。若神龍之變化，章后皇之為貴。龍出則升天〔722〕，潛則泥蟠，故云變化。章，明也。天子稱元后。皇，漢帝稱也。臣善曰：《管子》曰：龍被五色，欲小則如蠶蠋〔723〕，欲大函天地〔724〕。然後歷掖庭，適驪館。掖庭令官主後宮〔725〕。擇所驪者乃幸之。捐衰色，從嬿婉。嬿婉，美好之皃也〔726〕。臣善曰：《毛詩序》曰：華落色衰。《韓詩》曰：嬿婉之求。薛臣善曰〔727〕：嬿婉，好皃也〔728〕。嬿，於見反。婉，於万反〔729〕。促中堂之陿坐，羽行而無筭。中堂，堂中央也〔730〕。臣善曰：《楚辭》曰：瑤漿蜜勺實羽觴。《漢書音義》曰：羽觴作生爵形。《儀禮》曰：無筭爵。鄭玄曰：筭，數也。秘〔731〕儛更奏，妙材騁伎。祕，言希見為奇也。更，遞也。奏，進也。妖蠱豔夫夏姬，美聲㘝於虞氏〔732〕。臣善曰：《左氏傳》：子產曰〔733〕：在《周易》，女惑男謂之蠱。音古。《左氏傳》曰〔734〕：楚莊王欲納夏姬。杜預曰：夏姬，鄭穆公女，陳大夫御叔妻。《七略》曰：漢興，善歌者魯人虞公，發聲動樑上塵。㘝，條暢也。勑亮反〔735〕。始徐進而贏形，似不任乎羅綺。嚼清商而却轉，增蟬娟以此豸〔736〕。清商，鄭音。蟬娟、此豸，姿態妖蠱也〔737〕。臣善曰：宋玉《笛賦》曰：吟清商，追流徵。嬋，音蟬。娟，於緣反。紛縱體而迅赴，若驚鶴〔738〕之羣罷。縱體，儛容也。迅，疾。赴，節相越也〔739〕。振朱屣於盤樽，振，猶掉也。朱屣，赤地絲屣〔740〕。奮長袿之颯纚〔741〕。舞人特作長袿。颯纚，長皃也。臣善曰：《韓子》曰：長袖善舞。颯，素合反。纚，所倚反。要紹脩態〔742〕，麗服颺菁。要紹，謂娟嬋作姿容也。脩，為也。態，驕媚意也〔743〕。菁，華英也。臣善曰：《楚辭》曰：夸容脩態。

要，於妙反。菁，音精。睞藐流眄〔744〕，壹〔745〕顧傾城。睞，眉睫之間。藐，好眠〔746〕容也。流眄，轉眼視也〔747〕。臣善曰：睞，亡挺反。《漢書》：李延年歌曰：北方有佳人，絕世稱獨立〔748〕。一顧傾人城，再顧傾人国。展季桑門，誰能不營？臣善曰：《國語》曰：臧文仲聞柳下季〔749〕之言。韋昭曰：柳下，展禽之邑。季，字也。《家語》〔750〕：昔有婦人曰：柳下惠嫗不逮門之女〔751〕，国人不稱其乱〔752〕焉。桑門，沙門也。《東觀漢記》：詔楚王曰〔753〕：以助伊蒱塞、桑門之盛饌〔754〕。列爵十四，竟媚取榮。後宮官從皇后以下凡十四等，竟爭耶媚求榮愛也。臣善曰：《漢書》曰：漢興，因秦之稱號，帝正適稱皇后，妾皆稱夫人，稱號凡十四等云〔755〕。盛衰無常，唯愛所丁。臣善曰：《尔雅》曰：丁，當也。衛后興於鬒髮，飛燕寵於體輕。臣善曰：《漢書》曰：孝武衛皇后字子夫。《漢武故事》曰：子夫得幸，頭解，上見其美髮，悅之。《毛詩》曰〔756〕：鬒髮如雲。之忍反。荀悅《漢紀》曰：趙氏善舞，号曰飛鷰，上悅之〔757〕。事由體輕而封皇后〔758〕。爾乃逞志究欲，窮身極娛。逞，快也〔759〕。娛，樂也。臣善曰：《楚辝》曰：逞志究欲心意安〔760〕。鑒戒《唐詩》，他人是婾。《唐詩》曰〔761〕：子有衣裳，弗曳不婁〔762〕，宛其死矣，他人是婾。言今日之不極意恣驕亦如此矣〔763〕。自君作故，何礼之拘？臣善曰：《國語》：魯侯曰：君作故〔764〕。韋昭曰：君所作則為故事也。《商君書》曰：賢者更礼，不肖者拘焉。增昭儀於婕妤，賢既公而又侯。臣善曰：《漢書》曰〔765〕：孝元帝傅婕仔〔766〕有寵，乃更號曰昭儀，在倢仔上〔767〕，昭儀，尊之也〔768〕。又曰：封董賢為高安侯，後代丁明為大司馬，即三公之職也。許趙氏以無上，思致董於有虞。臣善曰：《漢書》曰：成帝謂趙昭儀曰：約趙氏〔769〕，故不立許氏，使天下無出趙氏上者。王閎爭於坐側，漢載安而不渝。臣善曰〔770〕：《漢書》曰：上置酒麒麟殿，

視董賢而〔771〕曰：吾欲法堯禪舜，何如？王閎曰〔772〕：天下乃高帝天下，非陛下之有〔773〕，統業至重，天子無戲言。

【校記】

〔710〕般樂極　胡刻本「般」作「盤」。「般」「盤」古今字。參見校記〔507〕。

〔711〕般樂飲酒　胡刻本「般樂」作「盤遊」。伏俊連云：「今本《孟子》亦作『般樂』，唐寫本與之合。」

〔712〕驅騁田獵　「騁」字底卷原誤作「聘」，乃「聘」之俗字，茲據胡刻本改正。胡刻本「驅」作「馳」。伏俊連云：「今本《孟子》作『驅』，唐寫本與之合。」

〔713〕臣善曰　胡刻本此上有薛綜注「要或為徼」四字。伏俊連云：「此四字非薛注，當為後人旁證誤入正文者。」

〔714〕「漢書」以下二十一字，胡刻本作「期門，已見《西都賦》」。胡刻本卷一班固《西都賦》「爾乃期門佽飛」李善注引《漢書》與底卷相同，「期門」異卷再見，根據李善注例，不妨重複出注。

〔715〕又曰　胡刻本作「《漢書》曰」。饒宗頤云：「『又曰』二字承上文引《漢書》期門事，胡刻因上文期門事所引《漢書》已從省，故此處應出『《漢書》曰』。」

〔716〕武帝微行始出　胡刻本「始」作「所」。饒宗頤云：「『始』字與《漢書·東方朔傳》合。」

〔717〕故曰微行也　胡刻本無「也」字，「微行」下有「要屈至尊，同乎卑賤也」九字。

〔718〕璽　底卷原誤作「爾」，茲據胡刻本改正。

〔719〕「者」下胡刻本有「也」字。

〔720〕字林曰　胡刻本無。伏俊連云:「今本甚誤,李注釋字,皆引經史傳注,今本脫『字林曰』三字,則失李注體例矣。」按胡刻本卷一班固《西都賦》「閭閻且千」李善注云:「《字林》曰:閭,里門也。閻,里中門也。」與底卷完全相同。

〔721〕周禮有六遂　胡刻本「周」上有「郊,已見《西都賦》」六字,「遂」下有「也」字。羅國威云:「敦煌本有『遂』之注,則『遂』之注上當有『郊』之注,當依寫本舊例,補引《西都賦》『若乃觀其四郊』句下善注引『鄭玄《周禮》注:王國百里為郊』十一字。」按羅氏所謂「寫本舊例」,乃謂底卷多複出前注,而非如胡刻本之再見從省。考《西京賦》上文「郊甸之內」已見「郊」,薛綜注云:「五十里為近郊。」其後「周觀郊遂」句李善固可不復注「郊」或從省云「郊,已見上文」。胡刻本「郊,已見《西都賦》」捨近求遠,顯係後人所增補,羅說不足為據。

〔722〕升天　胡刻本作「昇天」。伏俊連云:「『升』『昇』古今字。《說文》新附:『昇,日上也。从日,升聲。古只用升。』」

〔723〕欲小則如蜒蠋　胡刻本「蜒蠋」作「蠶蝎」。《干祿字書·平聲》:「蜒蠶,上俗下正。」[186]饒宗頤云:「『蠋』字與《管子·水地篇》合,各刻本誤。」

〔724〕「地」下胡刻本有「也」字。

〔725〕掖庭令官主後宮　胡刻本「令」作「今」。饒宗頤云:「『令』字各刻本誤作『今』,《考異》引陳景雲云『當作令』,與永隆

---

186 施安昌《顏真卿書干祿字書》,第28頁。

本正合。」

〔726〕 也　胡刻木無。

〔727〕 薛臣善曰　胡刻本無。高步瀛云：「各本引《韓詩》句下脫去『薛君曰』三字。唐寫作『薛臣善曰』，蓋『臣』為『君』字之誤，又衍『善』字也。治《韓詩》者不見此本，故不敢輯入薛君《章句》中。然則此本雖誤，有益於古書亦大矣。」饒宗頤云：「『臣善』二字殆『君』字或『君章句』字之譌。」按高氏之說合於李善注例，是也。

〔728〕 也　胡刻本無。

〔729〕 於万反　胡刻本此下有「捐，棄也」三字。饒宗頤云：「善注順文作注，此三字順序應在引《毛詩序》之上，今在注末，殆為後人所加。」

〔730〕 中堂堂中央也　胡刻本「堂」字不重複。伏俊連云：「今本脫一『堂』字。」

〔731〕 秘　胡刻本作「祕」。《廣韻·至韻》：「祕，俗作秘。」[187] 底卷薛綜注亦作「祕」，俗書礻、禾二旁混用所致。

〔732〕 美聲㿧於虞氏　胡刻本「㿧」作「暢」，注同。參見校記〔661〕。

〔733〕 左氏傳子產曰　「子」字底卷原作「曰」，饒宗頤云：「『產』上脫『子』字。」伏俊連、羅國威說同。按「左氏傳」下重出「曰」字者不合李善注例，參見校記〔376〕。茲據胡刻本改正。

〔734〕 「左氏傳曰」上胡刻本有「又」字。據李善注例，此云「又曰」或「《左氏傳》曰」均無不可，胡刻本衍「又」字。

---

187 《宋本廣韻》，第 331 頁。

〔735〕 勑亮反　胡刻本此下有「蠱，媚也」三字。饒宗頤云：「此後
人所加。」

〔736〕 增蟬蜎以此豸　胡刻本「蟬蜎」作「嬋娟」，「豸」下夾注「音
雉」。底卷李善注作「嬋娟」，與賦文「蟬蜎」不同，蓋一據蕭
統《文選》原帙，一據薛綜注本。李注本不乏其例，參見《緒
論》。胡刻本薛注作「蟬蜎」，正可證李善所據薛注本《西京賦》
從「虫」不從「女」；其李注已據賦文改作「嬋娟」。聯綿詞無
定字，底卷薛注又作「蟬嫣」。饒宗頤云：「胡刻『音雉』二字
與薛注混。」羅國威云：「此 2 字不當有，殆他注混入者也。」
按「音雉」據五臣音。

〔737〕 姿態妖蠱也　胡刻本「姿」作「恣」。羅國威云「恣」字誤。

〔738〕 鸛　胡刻本作「鶴」。《干祿字書・入聲》：「鸛鶴，上俗下
正。」[188]

〔739〕 「也」下胡刻本有「《相鶴經》曰：後七年學舞，又七年舞應
節」十五字。

〔740〕 赤地絲屣　胡刻本作「赤絲履也」。伏俊連云：「『地』字當是
衍文。」按胡刻本卷一四顏延年《赭白馬賦》「綠虵衛轂」李善
注云：「《尚書中候》曰：龍馬赤文綠色。鄭玄曰：赤文而綠地
也。」卷七司馬相如《子虛賦》「碝石碔砆」張揖注云：「碔砆，
赤地白采。」卷八同作者《上林賦》「禺禺魼鰨」郭璞注云：「禺
禺魚，皮有毛，黃地黑文。」諸「地」字用法皆與此薛綜注相
同，地，底也，謂底色，伏氏衍文之說不可遽從也。《西京賦》
正文「屣」字五臣本亦作「履」。羅國威云：「《呂氏春秋・觀

---

188 施安昌《顏真卿書干祿字書》，第64頁。

表》『視天下若舍屣』高誘注：『屣，弊履。』是『屣』與『履』通。」按《說文》未收「屣」字，足部：「躧，舞履也。」革部：「鞋，鞮屬也。」而《玉篇·履部》云：「屣，履也。亦作躧、鞋。」[189] 故王筠《說文釋例》謂「躧」「鞋」二字為異部重文[190]。至於「屣」，當是「躧」「鞋」之後出通行俗字。在足之服通稱履，而屣或特指舞履，《史記·貨殖列傳》「揄長袂，躡利屣」裴駰集解引徐廣曰「屣，舞屣也」[191] 是也。

〔741〕奮長袖之颯纚　胡刻本「袖」作「袖」，「颯」作「颴」，注皆同。饒宗頤云：「案《說文》：『袖，袂也。俗袖从由。』」《說文》作「颯」，「颴」為偏旁易位字。

〔742〕要紹脩態　胡刻本「脩」作「修」，薛綜注同。《說文·肉部》：「脩，脯也。」彡部：「修，飾也。」二字古多通用。據薛注「脩，為也」，此處蓋以作「修」為本字。不過《西京賦》「脩態」本諸李善注所引《楚辭·招魂》「夸容脩態」，王逸注：「脩，長也。」則以作「脩」為本字。

〔743〕驕媚意也　胡刻本「驕」作「嬌」。伏俊連云：「驕媚字本作『驕』，『嬌』為後起字。段注《說文》曰：『古無嬌字，凡云驕即嬌也。』」

〔744〕睰藐流眄　「睰」字底卷作「𥆙」，薛綜、李善二注則作「𥇡」，饒宗頤均錄文作「昭」，云：「昭，齒紹切，《玉篇》：『昭，目弄人也。』」據此則賦文作『昭』，當無疑義。惟永隆本善注『睰，亡挺反』，是善作『睰』字讀。案《廣雅》：『睰，讀也。』」

189　《宋本玉篇》，第 216 頁。

190　王筠《說文釋例》，第 157 頁。

191　《史記》第 10 冊，第 3271 頁。

《玉篇》:『眳,不悅皃。』如此,則與賦文不照。高步瀛未校
出『眳』字,謂眳藐猶縣藐。」按《說文》無「眳」字,《毛詩・
齊風・猗嗟》「猗嗟名兮」毛傳云:「目上為名。」《爾雅・釋訓》
「猗嗟名兮,目上為名」郭璞注云:「眉眼之間。」[192] 此賦薛綜
注云「眉睫之間」,與上揭「名」字義合,是薛綜依「眳」字
施注,「眳」可視為《毛詩》、《爾雅》「名」之後起分別文。《玉
篇・頁部》:「䫤,莫丁切。《詩》云:『猗嗟䫤兮。』䫤,眉目
間也,本亦作名。」[193] 則為從頁、冥聲之「後起本字」。李善
音「亡挺反」亦注「眳」字。胡刻本作「眳」不誤,底卷賦文
「眳」也尚存「眳」字痕迹。又李注「眳,亡挺反」四字胡刻
本作「眳,亡井切」,在「善曰」之上,則誤為薛綜注,反切
下字又與底卷不同。考「眳」字《廣韻》亡井、莫迥二切,前
者合於胡刻本,後者與底卷李善音「亡挺反」聲、韻、等並
同,唯開合口有異。而故宮本王仁昫《刊謬補缺切韻》「眳」
字僅上聲迥韻「莫迥反」一音,S.2071《切韻箋注》上聲靜韻
無亡井反小韻,迥韻莫迥反小韻亦不收「眳」,是《切韻》原
無「眳」字。又《廣韻》「䫤」音「莫經切」,合於上揭《玉篇》
「莫丁切」,與李善「亡挺反」則聲調有平、上之異。「眳」「䫤」
一字之異體,本亦當讀「莫丁反」,李善則以「眳藐」為聯綿
詞,乃準「藐」字破讀為上聲,李注多有此例。《刊謬補缺切
韻》「莫迥反」不知何據;而《廣韻》、胡刻本之上聲靜韻「亡
井反」,似據「眳」字聲旁「名」而「正讀」(「名」是靜韻對

192　《十三經注疏》,第 355、2591-2592 頁。

193　《宋本玉篇》,第 76 頁。

應的平聲清韻字）。又高步瀛謂眕藐猶緜藐，極是，陳奐《詩
毛氏傳疏》亦云：「薛綜注《西京賦》云：『眕，眉睫之間。
藐，好視容也。』二字分釋，誤矣。」[194]胡刻本卷一六陸機《歎
逝賦》「或冥邈而既盡」，「冥」字李善無音注（《廣韻》「冥」
「顭」屬同一小韻）；卷三五張協《七命》「茗邈苕嶢」注云：「茗
邈，高貌也。茗，莫冷切。」按《廣韻》「茗」音「莫迥切」，
「莫冷切」則與底卷「亡挺反」聲韻皆同，益證底卷當作「眕」
不作「昭」也。茲皆據胡刻本改正。五臣本作「昭邈」，《藝文
類聚・居處部一》引《西京賦》同[195]，「昭」字訛中之訛也。

〔745〕壹　胡刻本作「一」。「一」「壹」古通用。

〔746〕眡　胡刻本作「視」。伏俊連云：「『眡』『視』古今字。《玉篇》：
『眡，古文視。』《漢書・王莽傳》師古注：『眡，古視字。』」
按《玉篇》本諸《說文》，見部：「視，瞻也。眡，古文視。」

〔747〕轉眼視也　胡刻本「視」作「貌」。饒宗頤云：「『視』字各刻
本誤作『貌』。」伏俊連云：「唐寫本作『視』義長。」

〔748〕絕世稱獨立　胡刻本「稱」作「而」。伏俊連云：「今本《漢書・
外戚傳》作『而』。」按奎章閣本、叢刊本卷一六江淹《別賦》
「下有芍藥之詩，佳人之謳」李善注引《漢書》李延年歌作「絕
世稱獨立」，正與底卷相合；其「稱」字胡刻本同《西京賦》
注作「而」，蓋皆後人據傳本《漢書》校改。

〔749〕柳下季　胡刻本「季」作「惠」。饒宗頤云：「『季』字與《國
語・魯語》合。」按李善注接引《國語》韋昭注云「季，字

---

194 陳奐《詩毛氏傳疏》卷八，第20頁。
195 歐陽詢《藝文類聚》，第1100頁。

也」，胡刻本所改甚誤。

〔750〕「家語」下胡刻本有「曰」字，伏俊連謂底卷脫訛。按李善引
《家語》「昔有婦人曰」云云，「家語」下重出「曰」字不合注
例，參見校記〔376〕。

〔751〕昔有婦人曰柳下惠嫗不逮門之女　胡刻本作「昔有婦人召魯男
子，不往，婦人曰：子何不若柳下惠然？嫗不逮門之女也」。
饒宗頤云：「此注刪節《家語‧好生篇》文。永隆本節引二十
一字，意義自明，胡刻本增加字數，並多一『召』字，有違原
意，此亦永隆本未經淺人混亂之可貴處。」伏俊連云：「『逯』
通『逮』。《集韻》：『逮，及也。古作逯。』今本『不逮門之女』
後有『也』字，非。」

〔752〕乱　胡刻本作「亂」。《干祿字書‧去聲》：「乱亂，上俗下
正。」[196]

〔753〕東觀漢記詔楚王曰胡刻本「詔」作「制」。饒宗頤云：「『詔』
字與《後漢書‧楚王英傳》合。」伏俊連云：「今本《（後）漢
紀‧楚王英傳》作『詔』，唐寫本與之合。」

〔754〕「盛饌」下胡刻本有「《說文》曰：營，惑也」六字。胡紹煐
曰：「《說文‧目部》：『營，惑也。从目，熒省聲。』按：經典
通作『營』，善引《說文》『營』作『營』者，依正文改也。」
按此依正文改字，當非李善注原文，底卷無者最是。

〔755〕「漢書」以下二十八字，胡刻本作「列爵十四，見《西都賦》
也」。胡刻本卷一班固《西京賦》「後宮之號，十有四位」李善
注引《漢書‧外戚傳》與底卷相同，唯「稱號凡十四等云」下

---

196 施安昌《顏真卿書干祿字書》，第52頁。

尚連引「昭儀位視丞相」云云近百字列舉十四等稱號。「列爵十四」異卷再見，根據李善注例，不妨重複出注。

〔756〕毛詩曰　胡刻本「曰」作「云」。「云」字不合李善注體例。

〔757〕上悅之　胡刻本「悅」作「說」。「說」「悅」古今字。伏俊連云：「今本《漢紀》作『說』。」

〔758〕事由體輕而封皇后　「皇后」二字底卷原作「后皇」，羅國威云：「敦煌本誤倒。」茲據胡刻本乙正。胡刻本「體」作「躰」，句末有「也」。《玉篇・身部》：「躰體，並俗體字。」[197]

〔759〕逞快也　胡刻本「快」作「娛」。饒宗頤云：「『快』字各刻本誤作『娛』，五臣濟作仍作『逞，快』。」伏俊連云：「作『娛』字乃因下文『娛』字致誤。」

〔760〕逞志究欲心意安　胡刻本「安」下有「之也」二字。饒宗頤云：「（底卷）句與《楚辭・大招》合，各刻本句末衍『之也』二字。」羅國威云：「《楚辭・大招》作『心意安只』，敦煌本注引省略句末語辭『只』，各刻本誤衍『之也』二字。」

〔761〕唐詩曰　胡刻本「唐詩」下有「刺晉僖公不能及時以自娛樂」十二字。

〔762〕弗曳不婁　胡刻本「不」作「弗」。饒宗頤云：「『不』字不作『弗』，與《白帖》所引同，而與《韓詩外傳》及《玉篇》所引不合。」按「不」「弗」義同。

〔763〕不極意恣驕亦如此矣　胡刻本「驕」作「嬌」，「矣」作「也」，其下有「善曰：《國語》曰：鑒戒而謀。賈逵曰：鑒，察也」十五字。按「驕」「嬌」古今字，已見校記〔743〕。

---

197 《宋本玉篇》，第63頁。

〔764〕君作故　胡刻本「故」作「故事」。饒宗頤云：「（底卷）與《國語·魯語》合，各刻本衍，殆淺人所加。」

〔765〕「漢書日」下胡刻本有「孝成帝趙皇后有女弟為婕妤，絕幸，為昭儀。又曰」十九字。按下文「許趙氏以無上，思致董於有虞」二句與此「增昭儀於婕妤，賢既公而又侯」前後照應，李善固當引趙婕妤事以釋「增昭儀於婕妤」。唯「乃更號曰昭儀，在健伃上」云云與賦文「增」字密合，故李善轉引傅婕妤事。而傅、趙二婕妤事但引其一已足以解釋賦文，胡刻本「孝成帝」以下當是後人所增。檢胡刻本卷一班固《西都賦》「昭陽特盛，隆乎孝成」李注引《漢書》云「孝成趙皇后弟絕幸，為昭儀，居昭陽舍」，與今本《外戚傳》相合198，此《西京賦》注云「孝成帝」衍「帝」字，也可證其非李注原文。

〔766〕婕伃　胡刻本作「婕妤」。今本《漢書·外戚傳》作「健伃」199，合於底卷李善注下文所引，此作「婕伃」，「伃」字尚不誤，胡刻本則皆據賦文改為「婕妤」。

〔767〕乃更號曰昭儀在健伃上　胡刻本「昭儀」「健伃（婕妤）」互易。饒宗頤云：「（底卷）文句與《漢書·外戚傳》合，各刻本並互倒，謬甚。」

〔768〕昭儀尊之也　胡刻本無「昭儀」二字。饒宗頤云：「《外戚傳》『昭』下有『其』字，永隆本誤脫。各刻本止存『尊之也』三字而無上半句，誤甚。」

〔769〕約趙氏　胡刻本無「約」字。饒宗頤云：「《外戚傳》『約』下

---

198 《漢書》第12冊，第3988-3989頁。

199 《漢書》第12冊，第4000頁。

有『以』字，永隆本脫，各刻本並無『約以』二字。」

〔770〕 臣善曰　胡刻本此上有薛綜注「渝，易也」三字。羅國威云：「敦煌本無，殆他注混入者也。」

〔771〕 唉　胡刻本作「笑」。「唉」為「笑」之增旁俗字。

〔772〕 王閎曰　「閎」字底卷原誤作「閣」，茲據胡刻本改正。

〔773〕 非陛下之有　胡刻本「之有」作「有之」。饒宗頤云：「『之有』與《漢書‧佞幸傳》原文合，各刻本誤倒。」

高祖創業，継〔774〕體承基。蹔〔775〕勞永逸，無為而治。臣善曰：《劇秦美新》曰：漢祖創業蜀〔漢〕。《漢書》〔776〕：平當曰：今漢継體承業〔777〕，三百餘年。又楊雄曰：不壹勞者不久佚〔778〕。《論語》曰：無為而治，其舜也與〔779〕？躭樂是從〔780〕，何慮何思？臣善曰：《尚書》曰：惟湛樂之從〔781〕。《周易》曰：天〔下〕何思何慮〔782〕。多歷年所，二百餘茮。茮，壹匝〔783〕也。從高祖至于王莽，二百餘年。臣善曰：《尚書》曰：殷礼配天，多歷年所。徒以地沃野豐，百物殷阜。沃，肥也。豐，饒也。殷，盛也。阜，大也。巖險周固，衿帶易守。謂左崤函，右隴坻〔784〕，前終南，後高陵。臣善曰：《左氏傳》曰：制，巖邑也。李尤《函谷關銘》曰：衿帶喉咽〔785〕。《管子》曰：地形險阻，守而難攻〔786〕。得之者彊〔787〕，據之者久。流長則難竭，柢深則難朽。故奢泰肆情，聲烈彌梥〔788〕。言土地險固，故得放心極意而夸泰之，聲列〔789〕益以茂盛。鄙生生乎三百之外，傳聞於未聞之者〔790〕。鄙生，公子自稱，謙辤也。三百，高祖以下至作賦時〔791〕。臣善曰：者〔792〕，之與反。增髣髴其若夢〔793〕，未一隅之能睹。臣善曰：《甘泉賦》曰：猶髣髴其若夢〔794〕。《論語》：子曰〔795〕：舉一隅而示之。此何與於殷人屢遷，前八後五〔796〕，居相圮耿，

不常厥土，盤庚作誥，帥人以苦？臣善曰：《尚書》曰〔797〕：自契至
成湯八遷。《尚書序》曰：盤庚五遷。又曰：河亶甲居相，祖乙圮于耿
〔798〕。《尚書》曰：盤庚遷于殷〔799〕，人弗適有居〔800〕，率喻眾戚〔801〕，
出矢言〔802〕。方今聖上同天號於帝皇，天稱皇天、帝，今漢天子號
皇帝，兼同之。臣善曰：《尚書刑德放》曰〔803〕：帝者，天号也，天有
五帝。皇者，煌煌也〔804〕。《春秋元命苞》曰：皇者，煌煌也，道爛顯
明也〔805〕。掩四海而為家，掩，覆也。臣善曰：《礼記》：孔子曰：大
道既隱，天下為家。又曰：聖人能天下為一家〔806〕。富有之業，莫我
大也，三皇以來，無大於漢者。臣善曰：《周易》曰：富有之謂大業
〔807〕。徒恨不能以靡麗為国華，臣善曰：《國語》：季文子〔808〕曰：
吾聞以德榮為国華〔809〕。韋昭曰：為国光華也。獨儉嗇以偓促〔810〕，
忘《蟋蟀》之謂何。儉嗇，節愛也。《蟋蟀》，《唐詩》刺儉也。言獨
為此節愛〔811〕，不念《唐詩》所剌耶〔812〕？豈欲之而不能，將能之
而不欲歟？蒙竊惑焉，言我不解何故反去西都徙東京〔813〕，置奢逸即
儉嗇也。臣善曰：蒙，謙稱也。《周易》曰：非我求童蒙〔814〕。願聞所
以辯之之說也。說，猶分別解說之〔815〕。
文選卷第二

【校記】

〔774〕　継　胡刻本作「繼」，注同。「継」為「繼」之俗字，說見《玉
　　　　篇‧糸部》[200]。

〔775〕　蹔　胡刻本作「暫」。羅國威云：「『暫』與『蹔』同。」按「蹔」
　　　　當是「暫」之後起換旁字，《五經文字‧日部》：「暫，作蹔

---

[200] 《宋本玉篇》，第493頁。

訛。」²⁰¹

〔776〕漢祖創業蜀漢漢書　「漢」字底卷原不重複，饒宗頤云：「『蜀』下應有『漢』字，與下『漢書』字連，永隆本脫一『漢』字。」茲據胡刻本補。

〔777〕今漢継體承業　胡刻本「業」作「基」。饒宗頤云：「『業』與《平當傳》合。」伏俊連云：「作『基』乃涉正文而誤。」

〔778〕不壹勞者不久佚　胡刻本「壹」作「一」。伏俊連云：「今本《漢書・匈奴傳》引楊雄語作『壹』，唐寫本與之合。」

〔779〕其舜也與　胡刻本「與」作「歟」。饒宗頤云：「『與』字與《論語》合。」按「與」「歟」二字古通用。

〔780〕躭樂是從　胡刻本「躭」作「耽」。饒宗頤云：「《玉篇・身部》：『躭，俗耽也。』」

〔781〕惟湛樂之從　胡刻本「湛」作「耽」。高步瀛云：「唐寫引《書》『湛』與《論衡・語增篇》引同，是一本作『湛』也。」饒宗頤云：「《毛詩・鹿鳴》、《常棣》之『和樂且湛』並作『湛』。陳喬樅《韓詩遺說攷》云：『耽，《毛詩》作湛，耽、湛皆媅之假借，《說文》：媅，樂也。』」按李善引《尚書》「湛」與賦文「耽」不同者，「各依所據本」也。而高步瀛云：「然本文作『耽』，則注引《書》亦當作『耽』，否則當有『湛與耽同』之語。」其說羅國威從之，其實不足為據。

〔782〕天下何思何慮　底卷原無「下」字，伏俊連云：「原卷脫『下』字，據今本及《周易・繫辭下》補。」茲從之。

〔783〕壹帀　胡刻本作「一帀」。「帀」為「帀」之後起字，說見《敦

煌俗字研究》[202]。「一」「壹」古通用。

〔784〕 右隴坻　胡刻本「坻」作「坻」。《說文・阜部》：「阺，秦謂
陵阪曰阺。」氏部：「氏，巴蜀山名（名山）岸脅之〔堆〕旁箸
欲落墮者曰氏，氏崩，聲聞數百里。楊雄賦：響若氏隤。」「響
若氏隤」出《解嘲》，胡刻本《文選》所載《解嘲》「氏」作
「坻」，應劭注云：「天水有大坂名曰隴坻，其山堆傍著崩落，
作聲聞數百里，故曰坻隤。坻，丁禮切。」韋昭注云：「坻，音
若是理之是。」胡克家《文選考異》謂正文「坻」字當作
「坻」，云：「應劭本《漢書》作『坻』，音『丁禮反』；韋昭本
《漢書》作『坻』，音『是』；（李）善意從韋，故又引《字書》
『巴蜀名山堆落曰坻』也。各本正文從應，注中亦一概盡作
『坻』，皆誤。顏注《漢書》作『阺』，云：『阺，音氏。巴蜀
人名山旁堆欲墮落曰阺。應劭以為天水隴氏，失之矣。阺音丁
禮反。』所言更顯然易知。《說文》『氏』下云云即《字書》所
本，引此作『氏』，韋昭本與之合。」按胡氏之說可與《說文》
「氏」篆段玉裁注相互參看，段注云：「其字亦作『坻』，亦作
『阺』。楊雄《解嘲》曰『響若坻隤』，今本《漢書》作『阺
隤』。『阺』『坻』字同，氏聲；或從氐聲而丁禮切者，字之誤
也。『坻』韋音『是』，『阺』顏音『氏』，皆不誤。攷『氏』
亦作『是』，見《夏書》。《禹貢》曰：『西傾因桓是來。』鄭注
云：『桓是，隴阪名，其道般桓旋曲而上，故曰桓是。今其下
民謂阪為是、謂曲為桓也。』據此則桓是即隴，亦可作隴氏，

---

202 張涌泉《敦煌俗字研究》（第二版），第268頁。

昭昭然矣。古經傳『氐』與『是』多通用。」²⁰³ 然則底卷「坻」
從「氏」，與鄭玄、韋昭說相同；胡刻本「坻」從「氐」，則與
許慎、應劭說相同，唯應氏「坻（氐）隤」字亦以為從「氏」，
又與許慎相異也。

〔785〕衿帶喉咽　胡刻本「喉咽」作「咽喉」。伏俊連云：「作『喉咽』
是。《藝文類聚·地部》引李尤《函谷關銘》曰『函谷險要，
襟帶喉咽。尹從李老，留作二篇』，咽、篇叶韻。」按胡刻本卷
五九沈約《齊故安陸昭王碑文》「吳興襟帶」李善注引作「衿
帶喉咽」，與底卷合。

〔786〕守而難攻　胡刻本作「易守難攻」。伏俊連云：「今本《管子·
九交篇》作『易守而難攻』。」羅國威云：「敦煌本脫『易』，
各本脫『而』。」

〔787〕得之者彊　胡刻本「彊」作「強」。羅國威云：「『彊』與『強』
同。」按「彊」本字，「強」假借字。

〔788〕聲烈彌楙　胡刻本「聲」作「馨」，「楙」作「茂」。伏俊連云：
「『馨』乃『聲』字形近而誤。『馨烈』不辭，『聲烈』為中古
習用語，謂顯赫功業。」羅國威云：「『茂』與『楙』通。」按
《說文·艸部》：「茂，艸豐盛。」林部：「楙，木盛也。」「楙」
篆段注云：「此與艸部『茂』音義皆同，分艸、木耳。」²⁰⁴ 漢
人多用「楙」字，後世則多用「茂」，故《漢書·律曆志上》
「林，君也，言陰氣受任，助蕤賓君主種物使長大楙盛也」顏
師古注云：「楙，古茂字也。」²⁰⁵ P.3315《尚書釋文》云：「楙，

---

203 段玉裁《說文解字注》，第 628 頁。
204 段玉裁《說文解字注》，第 271 頁。
205 《漢書》第 4 冊，第 961 頁。

古茂字。」胡刻本「茂」蓋後人據薛綜注校改，實則賦文、薛注用字未必相同，參見《緒論》。

〔789〕 聲列　胡刻本作「馨烈」。羅國威云：「敦煌本『烈』訛『列』，各本『聲』訛『馨』。」

〔790〕 傳聞於未聞之者　「者」下底卷注一小字「口」。劉師培云：「此卷『者』下注『口』字，蓋兼誌別本異文，亦李注有二本之證。」饒宗頤云：「叢刊本『者』下校云『五臣作口』，永隆本『者』下注一小『口』字，然其下善注有『者，之與反』，亦非改『者』為『口』也。」按此蓋李善所據薛綜注本作「者」，蕭統《文選》原帙作「口」，劉氏以為李注有二本，其說非也。參見《緒論》。

〔791〕 三百高祖以下至作賦時　胡刻本「高」上有「自」字，「時」下有「也」字。

〔792〕 「者」上胡刻本有「《孔叢子》：子高謂魏王曰：君聞之於耳邪，聞之於傳邪」二十字。高步瀛云：「《孔叢子》，見《陳士義篇》，今本作『未審君之所聞，親聞之於不死者耶，聞之於傳聞者耶』，與李注引異。」

〔793〕 增髣髴其若夢　胡刻本「增」作「曾」。伏俊連云：「『增』『曾』字通。」按《說文·八部》：「曾，語之舒也。」土部：「增，益也。」是「曾」本字，「增」假借字。

〔794〕 「夢」下胡刻本有「《說文》曰：彷彿，相似，見不諦也」十一字。按此所引《說文》非李善注原文，考詳高步瀛所引梁章鉅、胡紹煐二家之說。

〔795〕 論語子曰　胡刻本「論語」下有「曰」字，伏俊連、羅國威皆謂底卷脫訛。按胡刻本「曰」字重出者不合李善注例，底卷是

也，參見校記〔376〕。

〔796〕　前八後五　胡刻本「八」下有「而」字。按「殷人屢遷」以下皆四字句，「而」字非《西京賦》原文所當有，蓋據六臣本而誤。

〔797〕　「尚書曰」上胡刻本有「《廣雅》曰：與，如也。言欲遷都洛陽，何如殷之屢遷乎？言似之也」二十三字。

〔798〕　「耿」下胡刻本有「孔安國曰：河水所毀曰圯」十字。

〔799〕　尚書曰盤庚遷于殷　胡刻本無「尚書曰」三字。伏俊連云：「《文選考異》曰：『陳云盤上脫尚書曰三字，是也，各本皆脫。』唐寫本有此三字，與陳說合。」

〔800〕　人弗適有居　胡刻本「人」作「殷人」。伏俊連云：「今本《尚書》此句無『殷』字，唐寫本與之合。」

〔801〕　率喻眾慼　胡刻本「喻」作「籲」，「慼」作「感」。饒宗頤云：「各刻本與今本《尚書》同。案《釋文》出『籲』字及『感』字，『籲』注『音喻』。《說文》、《玉篇》引『感』作『慼』。故永隆本之『喻』與『籲』同音假借，『慼』『感』字通。」按李善所據本《尚書》蓋作「率喻眾慼」。《立政》「籲俊尊上帝」，P.2630《古文尚書傳》寫卷「籲」作「喻」；《盤庚中》「保后胥慼」，P.3670《古文尚書傳》寫卷「感」作「慼」：並與底卷相合也。「籲」本字，「喻」假借字；「慼」「感」古今字。

〔802〕　「言」下胡刻本有「圯，平鄙切」四字。

〔803〕　「尚書刑德放曰」上胡刻本有「方今，猶正今也」六字。伏俊連云：「『方今』唐時亦常用，毋須作注。又與善注體例不合，當為後儒竄入者。」

〔804〕　皇者煌煌也　胡刻本無。高步瀛云：「『皇者煌煌也』五字今依

唐寫增。《藝文類聚・帝王部》引亦有此句，《太平御覽・皇王部》引《書緯》同。」

〔805〕道爛顯明也　胡刻本無。伏俊連云：「《太平御覽・皇王部》引《春秋元命苞》引句作『天道煌煌也，道爛然顯明也』，則唐寫本『爛』後脫一『然』字。」

〔806〕聖人能天下為一家　胡刻本「能」下有「以」字，「家」下有「也」字，饒宗頤、伏俊連皆據今本《禮記・禮運》謂底卷脫「以」字。

〔807〕業　底卷原作「漢」，後硃筆塗去，旁注一「業」字。胡刻本「業」下有「也」字。

〔808〕季文子　「季」字底卷原誤作「李」，茲據胡刻本改正。

〔809〕吾聞以德榮為国華　胡刻本無「榮」字。饒宗頤云：「（底卷）句與《國語・魯語》合，各刻本脫『榮』字。」

〔810〕偓促　胡刻本作「齷齪」。饒宗頤云：「『偓促』二字各刻本並從齒旁，《玉篇》分收于人部、齒部、足部。案《史記・司馬相如傳》作『握齪』，《漢書》作『握蹴』，本書相如《難蜀父老》文作『喔蹴』，本書《吳都賦》六臣校云『善本握齪』。並通用字。」按聯綿詞無定字，然「偓／握／喔」及「促」字見於《說文》，而從齒之字概皆未收，是《西京賦》殆本作「偓促」。《楚辭・九歎・憂苦》「偓促談於廊廟兮」[206]，可資參證。

〔811〕言獨為此節愛　胡刻本無「此」字。饒宗頤、伏俊連皆以為刻本脫訛。

〔812〕耶　底卷原似誤作「聊」，後以粗筆校改；其下胡刻本有「《漢

---

206 洪興祖《楚辭補注》，第301頁。

書注》曰：齷齪，小節也。王逸《楚辭注》曰：謂，說也。何休《公羊傳注》曰：謂據疑問所不知者曰何也」三十六字。饒宗頤謂胡刻本「漢書注」上脫「善曰」二字，又云：「案《漢書注》乃韋昭注，今本《漢書》無之，見《史記・酈食其傳》索隱所引。又注引《公羊傳注》，案之隱公元年何休解詁，有誤有倒，《考異》尚未檢原文而悉正之。」伏俊連云：「此節所引諸家訓釋皆無關緊要。」按「漢書注」云云不合李善注體例，固非李注原文。

〔813〕何故反去西都徙東京　「反」字底卷原作「及」，饒宗頤云：「『及』乃『反』之譌。」茲據胡刻本改正。胡刻本「徙」作「從」。伏俊連云：「唐寫本是，今本『從』乃『徙』字形近致誤者。」

〔814〕非我求童蒙　胡刻本「非」作「匪」，「蒙」下有「也」字。饒宗頤云：「今本《周易》作『匪』。」羅國威云：「『非』與『匪』通。」按「非」本字，「匪」假借字。

〔815〕猶分別解說之　胡刻本無「之」字。

地域文化研究叢書．敦煌文化研究叢刊　A0204030

敦煌吐魯番本《文選》輯校　中冊

作　　者　金少華

版權策畫　李煥芹

責任編輯　曾湘綾

發 行 人　林慶彰

總 經 理　梁錦興

總 編 輯　張晏瑞

編 輯 所　萬卷樓圖書股份有限公司

排　　版　菩薩蠻數位文化有限公司

印　　刷　博創印藝文化事業有限公司

封面設計　菩薩蠻數位文化有限公司

出　　版　昌明文化有限公司

桃園市龜山區中原街 32 號

電話 (02)23216565

發　　行　萬卷樓圖書股份有限公司

臺北市羅斯福路二段 41 號 6 樓之 3

電話 (02)23216565

傳真 (02)23218698

電郵 SERVICE@WANJUAN.COM.TW

大陸經銷

廈門外圖臺灣書店有限公司

　　電郵 JKB188@188.COM

ISBN 978-986-496-482-6

2021 年 3 月初版二刷

2019 年 3 月初版

定價：新臺幣 360 元

如何購買本書：

1. 轉帳購書，請透過以下帳戶

　 合作金庫銀行 古亭分行

　 戶名：萬卷樓圖書股份有限公司

　 帳號：0877717092596

2. 網路購書，請透過萬卷樓網站

　 網址 WWW.WANJUAN.COM.TW

大量購書，請直接聯繫我們，將有專人為您

服務。客服：(02)23216565 分機 610

如有缺頁、破損或裝訂錯誤，請寄回更換

版權所有·翻印必究

Copyright©2021 by WanJuanLou Books CO., Ltd.

All Right Reserved　　　　Printed in Taiwan

國家圖書館出版品預行編目資料

敦煌吐魯番本<<文選>>輯校 中冊 / 金少華

著. -- 初版. -- 桃園市：昌明文化出版；臺北

市：萬卷樓發行, 2019.03

　 冊；　　公分

ISBN 978-986-496-482-6(中冊 : 平裝). --

1.文選 2.研究考訂 3.敦煌學

830.18　　　　　　　　　　108003214

本著作物經廈門墨客知識產權代理有限公司代理，由浙江大學出版社授權萬卷樓圖書股
份有限公司出版、發行中文繁體字版版權。

本書為金門大學產合作成果。　　　　　　　　校對：洪婉妮／華語文學系三年級